Zu diesem Buch Jahrhundertelang versuchten Menschen, den Vogelflug nachzuahmen – dazu erfanden sie die abenteuerlichsten Flugapparate. Schließlich haben wir Menschen gelernt zu fliegen – von den einst anschnallbaren Flügeln und dem ersten motorlosen Gleiter vollzog sich die technische Entwicklung bis zu mit Überschallgeschwindigkeit fliegenden Großraumflugzeugen. Doch wie plump sind selbst die modernsten Flugzeuge im Vergleich sowohl zu einem 25 Pfund schweren Schwan als auch zu einem nur 2 Gramm wiegenden Kolibri.

Dieses Buch beschreibt die Stammesgeschichte der Vögel, vom Urvogel Archaeopteryx bis zum Sperling. Weitere Kapitel befassen sich mit der Technik des Vogelfluges, dem Rätsel des Vogelzugs und neuesten Erkenntnissen aus der Verhaltensforschung. Die wichtigsten der 8600 heute lebenden Vogelarten werden am Beispiel typischer Vertreter in Bild und Wort vorgestellt.

Der Autor Roger Tory Peterson ist ein international anerkannter Ornithologe, Vogelmaler und Tierfotograf. Er ist Mitglied zahlreicher nationaler und internationaler ornithologischer Organisationen und hat viele wissenschaftliche und populärwissenschaftliche Bücher über die Vogelwelt verfaßt.

Umschlagfoto © Dmitri Kessel
Vom Nistplatz auffliegende Seeschwalben. Seeschwalben gehören zur Familie der Möwenvögel (Laridae).

Die Vögel

von Roger Tory Peterson
und der Redaktion
der TIME-LIFE-Bücher

Einführung von
Dean Amadon

rororo

Rowohlt

Titel der Originalausgabe «The Birds»
Aus dem Englischen übertragen von
Carl Vogel und Hans-Heinrich Wellmann
in Zusammenarbeit mit Wilhelm Meise
Für die Taschenbuchausgabe eingerichtet und bearbeitet
von Jürgen Volbeding
Layout Hermann Becker
Umschlagentwurf Werner Rebhuhn

Veröffentlicht im März 1976 mit freundlicher Genehmigung
TIME-LIFE-BOOKS, Time Inc., New York

Original English language edition published by Time Inc.
in the United States
Deutsche Taschenbuchausgabe:
Rowohlt Taschenbuch Verlag GmbH, Reinbek bei Hamburg
Satz: Otto Gutfreund & Sohn, Darmstadt
Druck: Mühlmeister & Johler, Hamburg
Umschlagdruck und buchbinderische Verarbeitung:
Clausen & Bosse, Leck/Schleswig
Printed in Germany
880-ISBN 3 499 180561

Inhaltsverzeichnis

Einführung von Dean Amadon 6

1. Vom Archaeopteryx zum Sperling 9
2. Was zum Fliegen gehört 27
3. Nahrungssuche 51
4. Wieviele Vögel gibt es? 75
5. Das Rätsel des Vogelzuges 95
6. Wie die Vögel sich untereinander verständigen 125
7. Vom Ei zum ausgewachsenen Vogel 145
8. Zusammenleben mit den Menschen 169

Literaturhinweise 183

Personennamenregister 184

Sachwortregister 185

Danksagungen 188

Bildquellennachweis 189

Einführung

Der Mensch hat stets ein doppeltes Interesse an Vögeln gehabt – einerseits ein ästhetisches, persönliches, «nutzloses», andererseits ein zweckbedingtes. In jenen Jahrhunderten, da Aberglaube und Priesterkult noch als «Wissenschaft» galten, wurde der Flug der Vögel, wurden ihre Eingeweide sorgfältig studiert und als Omen gedeutet. Jahrhundertelang versuchte der Mensch dann, die Geheimnisse des Vogelfluges zu erforschen. Obgleich es ihm nie gelang, die mühelose, unerhört bewegliche Meisterschaft nachzuahmen, die die Vögel besitzen, teilt er dennoch heute die Luft mit ihnen. So tauchten Probleme der Navigation und des Raumflugs auf, und wieder wendet der Mensch sich den Vögeln zu – denn es sammeln sich Hinweise, daß sie sich bei ihren Wanderungen nach der Sonne und den Sternen orientieren. Werden wir von den Vögeln etwas über die Navigation lernen? Das ist durchaus denkbar, doch wahrscheinlich wird es uns nur gelingen, etwas zu entwickeln, das im Hinblick auf das, was die Vögel besitzen, so roh, so kostspielig und unflexibel ist wie ein von Propellern angetriebenes Flugzeug im Vergleich zu einem befiederten Flügel.

Die Vögel haben dem Menschen seit Jahrtausenden geholfen – angefangen von den Gänsen, deren Warnschreie Rom retteten, bis zu den Kanarienvögeln, die benutzt wurden, um die Bergleute vor ausströmendem Methangas zu warnen. Neueste Forschungsergebnisse deuten darauf hin, daß die Vögel uns weiterhin als Lebensretter dienen können, indem sie uns vor der gefährlichen Grenze warnen, an der die Chemikalien und radioaktiven Partikeln, die wir täglich essen, trinken, einatmen und absorbieren, verhängnisvoll zu werden beginnen. Tatsächlich begegnen uns die Vögel an den unerwartetsten Plätzen. Wir dürfen in ihnen nicht nur die Enten und Fasane sehen, die wir schießen, oder die Meisen und Kardinäle, die uns im Winter in den Vorstädten erfreuen.

Roger Peterson, ein begabter Vogelmaler und überdies noch ein hervorragender Fotograf, ist der Autor dieses Bandes. Ich verbrachte einmal einen Tag mit ihm in Rhodesien, als er Große Kudus, Grünscheitelracken, afrikanische Löwen und andere Tiere fotografierte. Ich war tief beeindruckt von seiner Umsicht und Beharrlichkeit, und ich empfehle dem Leser, sich den Quellennachweis der Abbildungen auf Seite 191 dieses Buches anzusehen, um Beispiele für Rogers fotografische Geschicklichkeit zu finden.

Dean Amadon
Direktor der Ornithologischen Abteilung am American Museum of Natural History

Der amerikanische Meerespelikan (auch Braunpelikan genannt) ist der kleinste aller Pelikane und der einzige mit hauptsächlich dunklem Gefieder. Wie alle Pelikane hat auch der Meerespelikan einen äußerst dehnbaren Schlund, in den die Jungvögel ihren Schnabel tief versenken, um an die bereits vorverdaute Fischnahrung zu gelangen. Untersuchungen haben ergeben, daß ein junger Meerespelikan etwa 140 Pfund Nahrung auf diese Weise verzehrt, ehe er flügge ist.

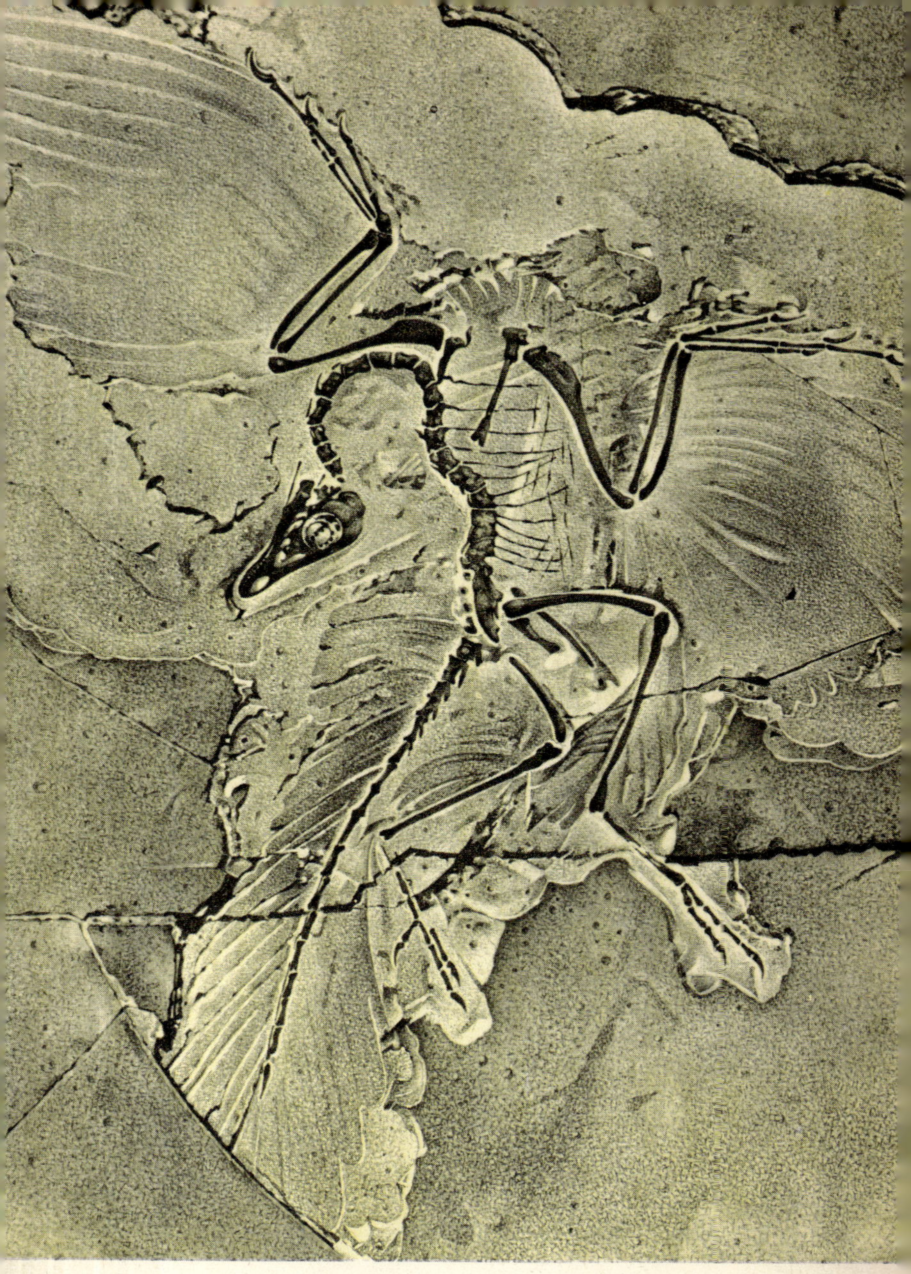

1. Vom Archaeopteryx zum Sperling

Was für eine Art von Lebewesen sind die Vögel? Sicherlich sind sie unter allen höheren Formen, den Vertebraten (Wirbeltiere), die prächtigsten, haben die schönste Stimme, werden am meisten bewundert, am meisten studiert – und am intensivsten geschützt. An Zahl übertreffen sie alle anderen Wirbeltiere mit Ausnahme der Fische und sind praktisch überall in der Welt anzutreffen, von den Rändern der Polargebiete und den höchsten Hängen des Himalaja und der Anden bis zu der rauhesten See, den dunkelsten Dschungeln, den ödesten Wüsten und den am dichtesten besiedelten Städten. Das Zentrum des antarktischen Kontinents ist der einzige Platz auf der Erdoberfläche, wo keine Vögel gefunden wurden. Einige dringen sogar in den Lebensraum der Fische bis zu einer Tiefe von 30 Metern und mehr vor, während andere sich in Höhlen verbergen, die so dunkel sind, daß die Vögel sich eines radarartigen Organs bedienen müssen, um sich zurechtzufinden.

Aufgetakelte Reptilien mit Federn. Vor etwa 100 Jahren nannte T. H. Huxley (1825–1895) die Vögel «aufgetakelte Reptilien». Dieser Ausdruck mag hart klingen in den Ohren jener Leute, die Wellensittiche halten oder Meisen am Fenster füttern, aber mancherlei stützt die streitbare Behauptung Huxleys. Vögel haben mit den Reptilien viele charakteristische Merkmale gemeinsam: bestimmte Eigentümlichkeiten des Skeletts und der Muskulatur, die Art der Eier, den «Eizahn» am Oberkiefer in der Schlüpfperiode, um nur einige zu nennen. Aber das einzigartige Merkmal, das sie von allen anderen Tieren unterscheidet, besteht darin, daß sie Federn haben. Federn haben alle Vögel, doch außer ihnen hat sie kein anderes Wesen.

Wenn man bedenkt, daß es Leben auf der Erde seit mehr als 2 Milliarden Jahren gibt, so sind die Vögel erst eine Schöpfung der jüngsten Zeit. Paläontologen glauben, daß sie sich vor etwas mehr als 140 Millionen Jahren von den Reptilien abzweigten, kurz nach dem Auftreten der ersten Säugetiere.

Es ist nicht genau bekannt, in welchen Formen die Entwicklung vom kriechtierhaften Vorfahr zum echten Vogel stattgefunden hat. Eine Zwischenstufe hat jedenfalls bereits in der Jurazeit vor mindestens 140 Millionen Jahren gelebt: der Urvogel Archaeopteryx. 1861, 1877 und zuletzt 1956 wurden bei Solnhofen in Franken Kalkschieferplatten mit sehr klaren Abdrücken des Urvogels gefunden (links eine der Schieferplatten). Viele Skelettteile und viele Federn, besonders an Flügeln und Schwanz, sind deutlich abgedrückt. Archaeopteryx bedeutet soviel wie «Ur-Flügel».

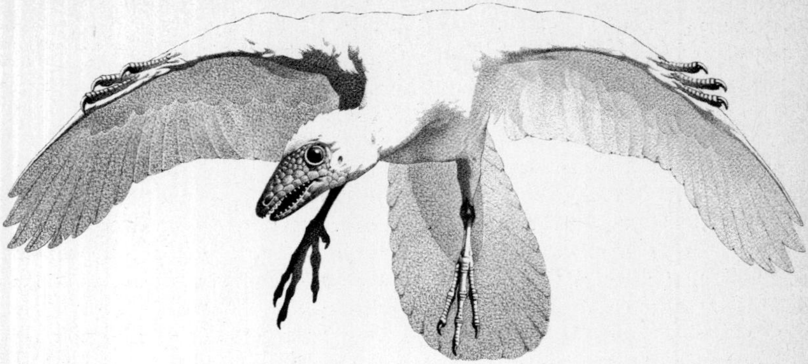

Die zeichnerische Rekonstruktion eines Archaeopteryx erinnert an eine Elster, deren Kopf allerdings einer Eidechse mit bezahnten Kiefern ähnelt. Baumkronen konnten die Urvögel wohl nur kletternd erreichen. Flügel- und Schwanzform weisen darauf hin, daß der Urvogel kein «echter Flieger» war, sondern wahrscheinlich nur gleiten und flattern konnte.

Das «missing link». Der älteste, fossil erhaltene Vogel stammt aus dem Späten Jura, etwa vor 140 Millionen Jahren; und obwohl es schon früher Vögel oder vogelartige Tiere gegeben haben muß, hat dieser eine ganz besondere Bedeutung. Er wurde 1861 aus einem Schieferbruch bei Langenaltheim in Bayern geborgen, und man hätte ihn als Reptil klassifiziert, wenn ihn nicht der unverwechselbare Abdruck von Federn als Vogel ausgewiesen hätte. Diese Entdeckung schlug ein wie eine Bombe. Zwei Jahre zuvor, 1859, hatte Charles Darwin nämlich sein damals stark umstrittenes Buch über die «Entstehung der Arten» veröffentlicht, und hier war der im versteinerten Abdruck wunderbar erhaltene Beweis für die Richtigkeit seiner neuen Theorie, das *missing link*, das fehlende Glied, das bezeugte, daß die Vögel sich aus den Reptilien entwickelt hatten. Das Fossil wurde *Archaeopteryx* genannt, was soviel wie «Ur-Flügel» bedeutet. 1877 wurde ein zweites Skelett etwa 15 Kilometer entfernt gefunden und 1956 ein drittes.

Obwohl nicht ganz ein Vogel in der Art der heutigen, war der *Archaeopteryx* ganz sicher kein echtes Reptil. Allerdings ähnelte sein Kopf dem einer Eidechse mit bezahnten Kiefern, sein schlanker Schwanz mit vielen beweglichen Wirbeln war vom Skelett her der eines Reptils, und seine Flügelknochen endeten in drei dünnen, unverbundenen Klauen. Dennoch: *Er hatte Federn!*

Der *Archaeopteryx* konnte vermutlich nicht gut fliegen. Aus seiner Erscheinung ist zu schließen, daß er mit seinen starken Beinen auf dem Boden lief und mit Hilfe seiner sechs bekrallten Flügelfinger auf Felsen, Sträuchern und Bäumen herumkletterte. Seine Flügel und sein langer und breiter Schwanz weisen darauf hin, daß er ein Gleiter war, der sich nur für kurze Strecken, wie ein Flughörnchen, in die Luft stürzte.

Bis heute ist *Archaeopteryx lithographica*, etwa von der Größe eines Fasans, die einzig bekannte Art geblieben, die die Unterklasse Archaeornithes (Urvögel) vertritt, und wir können nur vermuten, von welcher Reptilienordnung sie abstammten. Es mag ein Thecodont gewesen sein, der auf seinen langen Hinterbeinen halb aufrecht laufen konnte, wobei er seinen langen Schwanz zum Gleichgewichthalten benutzte.

Die Pterodactylen, die mit schlanken Flughäuten ähnlich denen der Fledermäuse flogen, waren ebenfalls im Jura lebende flugfähige Reptilien. Obwohl diese Tiere bestimmte Eigentümlichkeiten der Vögel, wie Schnäbel und leichte Röhrenknochen, entwickelten, überlebten sie nicht. Die Kreidezeit, welche vor ungefähr 135 Millionen Jahren begann und vor rund 63 Millionen Jahren endete, sah ihre Entstehung und ihr Sterben, während sie gleichzeitig den Aufstieg der «echten Vögel» erlebte.

Echte Vögel. Dies waren die Neornithes – Vögel wie der *Hesperornis*, ein bezahnter Tauchvogel, der den Seetauchern ähnelte, aber 120 bis 170 Zentimeter lang war und nicht fliegen konnte, sowie der *Ichtyornis*, ein kleiner seeschwalbenartiger Vogel, der im Tonschiefer der Kreidezeit in Kansas (USA) gefunden wurde. Auch ein kormoranartiger Vogel lebte während dieser Periode, und ein primitiver Flamingo wurde in Skandinavien gefunden. Es ist also offenkundig, daß die Wasservögel sich zu dieser Zeit in Gestalt und Anpassungsfähigkeit bereits stark entwickelt hatten.

Das gegenwärtige Erdzeitalter wird oft als das Zeitalter der Säugetiere bezeichnet, im Unterschied zum Zeitalter der Reptilien, das sich mit dem Aussterben der Dinosaurier und Pterosaurier dem Ende zuneigte. Viele der heutigen Ordnungen der Vögel entstanden im Paleozän und im Eozän (vor 63 bis 36 Millionen Jahren), darunter ein Vorfahr der Strauße, primitive Pelikane, Reiher, Enten, Greifvögel, hühnerartige Vögel, Watvögel, Eulen, Kraniche und andere. Im Oligozän und Miozän vor 36 bis 13 Millionen Jahren entwickelten sich viele unserer heutigen Gattungen – Vögel, die den jetzigen sehr ähnlich sind. Ein moderner Vogelbeobachter, der sich 20 Millionen Jahre zurückversetzt sähe und die Vogelwelt eines miozänen Sees mit seinem Feldstecher erforschen könnte, würde viele ihm vertraut erscheinende Tiere bemerken, aber keines, das genau mit einem der heutigen übereinstimmte. Aber es gab damals auch Vögel, deren Entwicklung in einer Sackgasse steckte. Zum Beispiel die Phororhaciden – riesige, flugunfähige Vögel mit massigen Köpfen, die beinahe so groß waren wie die von Pferden. Diese furchterregenden Tiere starben aber aus.

Ichthyornis (Kreidemöwe). Nach 50 Millionen Jahren hatten die Vögel sich weit von dem reptilartigen Archaeopteryx entfernt. Der Ichthyornis hatte etwa die Größe einer Taube und sah wahrscheinlich so ähnlich wie eine der jetzt lebenden Seeschwalben aus. Er lebte vor etwa 100 Millionen Jahren an den Küsten des großen nordamerikanischen Binnenmeeres und war sicherlich ein geschickter Flieger, hatte aber vermutlich nur kleine, recht schwach entwickelte Beine

Während des Pliozäns, vor 13 bis 2 Millionen Jahren, tauchten viele Arten auf, die noch heute leben – Arten, die viel älter sind als der Mensch. Dies war die Periode, während der die Vögel den größten Artenreichtum zeigten. Ornithologen (Vogelkundler) glauben, daß etwa 11 600 Arten gleichzeitig lebten, ein Drittel mehr als heute.

Das Pleistozän, das 1 oder 2 Millionen Jahre dauerte, war eine Zeit der Klimaschwankungen. Die Welt spielte «heiß und kalt» mit der Flora und Fauna. Eiszeiten und wärmere Zwischeneiszeiten wechselten einander ab. Die großen Eisdecken vernichteten viele Pflanzen, und viele Vögel mußten sich andere Lebensräume suchen.

Heute wird die Zahl der auf der Erde lebenden Vogelarten gewöhnlich auf 8600 geschätzt – eine Zahl, die je nach der Systematik, die verwendet wird, um einige Dutzend mehr oder weniger variiert. Die Gesamtsumme der ausgestorbenen Arten, beschrieben nach fossilen Belegen, liegt bei 800, also bei weniger als 10 Prozent der lebenden.

27 Arten, 155 Familien. Die Evolution ist ein fließender Prozeß, der durch einen Stammbaum mit vielen Zweigen und Ästen dargestellt werden kann, die abgestorben sind, während andere, die nach allen Richtungen hin ausladen, sich weiterhin verwandeln und wachsen. Die 8600 Vogelarten, die heute auf der Erde leben, bilden gewissermaßen die wachsenden Zweigenden. Sie sind verschiedene Einheiten, die sich aus irgendwelchen Gründen normalerweise nicht miteinander kreuzen. Sie sind hinsichtlich der Vermehrung isoliert. Die lebenden Arten sind von den Systematikern in 27 Ordnungen gebracht worden, und diese wiederum sind in etwa 155 Familien unterteilt worden.

Hesperornis (Zahntaucher). Der Hesperornis lebte ebenfalls vor 100 Millionen Jahren an Amerikas Binnenmeeren. Er ähnelte unseren heutigen Seetauchern mit seinen weit zurücksitzenden Beinen. Als kräftiger Schwimmer hatte er nur rudimentäre Flügel und konnte nicht fliegen. In einer Schnabelrandrinne trug er – reptilienartig – scharfe Zähne. Die größte der bekannten Hesperornis-Arten erreichte die Ausmaße einer kleinen Robbe.

Die Vögel verschiedener niedriger Ordnungen können nicht fliegen – die Strauße, die Nandus, die Kasuare und Emus, die Kiwis und die Pinguine. Auf diese Tatsache gründet sich eine Theorie, die besagt, daß die heutigen Vögel nicht alle einen gemeinsamen Stammvater haben, sondern sich von zwei Linien herleiten, deren eine schon vor langer Zeit die Fähigkeit zu fliegen erlangt hat und deren andere sich noch nicht vom Boden erhoben hat. Die Anhänger dieser Theorie meinten, daß die Strauße und andere Ratitenvögel (flugunfähige Laufvögel mit ungekieltem Brustbein) ebenso wie die Pinguine nie in der Lage gewesen seien zu fliegen, sondern noch dabei wären, ihre Flügel zu entwickeln. Inzwischen ist diese Theorie aber verworfen worden, und man nimmt allgemein an, daß all diese Vögel fliegende Vorfahren hatten, aber den Gebrauch ihrer Flügel aufgaben, weil Fliegen für die von ihnen angenommene Lebensweise nicht länger sinnvoll war. Tatsächlich wird das Fliegen unmöglich für so schwere Tiere wie diese Laufvögel.

Riesen unter den Vögeln. Obwohl der Strauß mit seinen muskulösen, nackten Schenkeln der größte lebende Vogel ist, gab es vor nur wenigen Jahrhunderten noch größere Arten. Es waren die Moas (*Dinornis*) Neuseelands und die Madagaskar-Strauße (*Aepyornis*) Madagaskars. Der größte der Moas, der aussah wie ein gewaltiger Strauß mit winzigem Kopf, erreichte eine Höhe von 3,60 Metern und besaß wahrscheinlich ein Gewicht von 250 Kilogramm. «Moa-Friedhöfe», die Hunderte von Skeletten enthalten, sind in Neuseeland gefunden worden, und einige der kleineren Moas gab es noch vor tausend Jahren, als die ersten Siedler ankamen, in großer Zahl. Es wird behauptet, daß eine Art auf der Südinsel Neuseelands bis ins 18. Jahrhundert hinein vorkam.

Weniger ist über den Madagaskar-Strauß bekannt. Er war sogar noch schwerer gebaut als der Moa und mag weit mehr als eine halbe Tonne gewogen haben. Ob der Mensch die letzten Madagaskar-Strauße ausgerottet hat und – wenn ja – wann, ist nicht bekannt. Frühe Madagaskar-Reisende beschrieben *Aepyornis*-Eier, die als Feldflaschen von den Eingeborenen verwendet wurden. Einige dieser Flaschen sind noch erhalten; sie können über 7 Liter Flüssigkeit aufnehmen.

Der Strauß, der Riese unter den lebenden Vögeln, erreicht eine Höhe von 2,40 Metern. Strauße leben wie typische Weidetiere und streifen in kleinen Gruppen zusammen mit Zebras, Gnus und Gazellen über die afrikanische Steppe. Als einziger Vogel zeichnet der Strauß sich dadurch aus, daß er nur zwei Zehen hat, von denen einer stark verkümmert ist, was darauf hindeutet, daß dieser schnellfüßige Riese – er kann 56 Kilometer in der Stunde zurücklegen – einen «Einzeher»-Fuß zu entwickeln beginnt wie das Pferd. Die beiden Nandu-Arten, die oft auch als Pampas-Strauße bezeichnet werden, ähneln – oberflächlich betrachtet – stark ihren afrikanischen Gegenstücken, aber sie haben drei Zehen, ihre Schenkel tragen Federn, und es fehlen ihnen die hübschen Schmuckfedern des Straußes. Dennoch: wenn sie über die Pampas jagen, wirken sie fast wie kleine Strauße.

Auch Australien hat seine straußartigen Laufvögel, die Emus und die Kasuare. Auch ihnen fehlt das Gefieder des Straußes, ihre Flügel sind noch mehr zurückgebildet. Die australischen Farmer hegen einen beständigen Groll gegen den schnellen, 60 Kilogramm schweren Emu, weil er Zäune beschädigt und in die Getreidefelder einfällt. Weit seltener sind die verwandten schwarzen Kasuare zu finden, die in den Wäldern Nordaustraliens und Neuguineas leben. Die dort ansässigen Papuas haben großen Respekt vor diesen temperamentvollen Vögeln, von denen man weiß, daß sie Menschen mit schnellen Hieben ihrer langen, dolchartigen Krallen an den inneren Zehen sehr gefährlich werden können.

Die seltsamsten und vielleicht primitivsten aller Ratiten sind die Kiwis auf Neuseeland. Gewiß sind sie die am wenigsten vogelartigen unter allen Vögeln – aussehend wie haarige Fußbälle, ohne äußerliche Zeichen von Flügeln. Sie haben haarige Gesichter, und ihre Nasenlöcher sitzen ganz an den Spitzen ihrer langen Schnäbel, was ihnen auf ihren nächtlichen Raubzügen das Auffinden der Würmer erleichtert. Das gewaltige, 12 Zentimeter große Ei des Kiwis wiegt beinahe ein Pfund, d. h. ein Viertel bis ein Drittel des Körpergewichts des Vogels. Man vergleiche damit das 13 bis 17 Zentimeter große Straußenei, das nur den sechzigsten Teil eines weiblichen Tieres wiegt.

Rechts: Diatryma. Dieser flugunfähige Riese lebte vor ungefähr 60 Millionen Jahren in den nordamerikanischen Ebenen. Der Vogel wurde mehr als 2 m groß, und sein Kopf war so groß wie der eines Pferdes. Sein riesenhafter, scharfer Schnabel und seine kraftvollen Beine weisen darauf hin, daß er ein Raubvogel war. Wahrscheinlich lebte er vorwiegend von Reptilien und Säugetieren.
Links: Phororhacos. Dem Diatryma verwandt und mit einem ähnlichen Greifvogelschnabel und rudimentären Flügeln ausgestattet, war der Phororhacos etwas kleiner als Diatryma. Er lebte vor 30 Millionen Jahren in Südamerika, ungehindert durch die großen räuberischen Säugetiere, die später dort auftauchten.

Steißhühner. Fast auf dem ganzen südamerikanischen Kontinent südlich von Mexiko leben die Steißhühner, fast schwanzlose Vögel, die leuchtend bunte, wie Porzellan glänzende Eier legen. Diese Bodenvögel mit ihren gespenstisch-pfeifenden Rufen sehen Rebhühnern verblüffend ähnlich, sind ihnen aber nicht einmal entfernt verwandt. Die Evolution führt oft dazu, daß Vögel, die gar nicht miteinander verwandt sind, sehr ähnlich aussehen, besonders dann, wenn sie sich einer ähnlichen Umgebung angepaßt haben – eine Erscheinung, die man als «Konvergenz» bezeichnet. Die Steißhühner nehmen einen «unteren Zweig» im Stammbaum der lebenden Vögel ein, wahrscheinlich nahe den flugunfähigen Laufvögeln, aber sie besitzen noch die Fähigkeit zu fliegen.

Seetaucher. Die wie Torpedos geformten Seetaucher und die kleineren Lappentaucher mit ihren lappenbesetzten Schwimmfüßen sind beides Tauchvögel. Sie bewegen sich durch das Wasser mit Füßen, die weit hinten am Körper, in der Nähe des Schwanzes sitzen. Auf den ersten Blick sieht es aus, als gehörten sie zur gleichen Ordnung. Tatsächlich sind sie aber überhaupt nicht verwandt und leiten sich von ganz verschiedenen Vorfahren her – ein anderes Beispiel für die Konvergenz.

Pinguine. Pinguine können nicht fliegen. Dennoch haben sie ein stark gekieltes Brustbein und kräftige Flugmuskeln. Hier haben sich die Flügel in Ruder verwandelt; die Pinguine «fliegen» buchstäblich durchs Wasser, wobei sie ihre fleischigen Füße als Steuerruder benutzen. Bis auf eine sind alle 15 lebenden Arten in den kalten Meeren der südlichen Halbkugel beheimatet.

Merkwürdigerweise haben die flugunfähigen Pinguine sich wohl vom gleichen Ahnenstamm her entwickelt wie die Albatrosse, die überragenden Meister des Fliegens. Forscher weisen darauf hin, daß diese beiden Vögel den Hornplatten-Schnabel gemeinsam haben, im Gegensatz zu den ungeteilten Schnäbeln der meisten anderen Vögel. Jahrtausende der Entwicklung haben aus der einen Gruppe «ein Unterseebot», aus der anderen «ein Segelflugzeug» gemacht.

«Röhrennasen». Albatrosse, Sturmschwalben und Sturmtaucher gehören zur Ordnung der «röhrennasigen Schwimmer», die deshalb so genannt werden, weil ihre Nasenlöcher, anders als bei den meisten übrigen Vögeln, in kurzen Röhren auf den Schnäbeln oder an deren Seiten sitzen. Die einzelnen Arten dieser Ordnung reichen von der schwalbengroßen schwarz-

Obwohl beide von den gleichen reptilienartigen Ahnen abstammen, haben Eidechsen und Vögel sich in ihrem Körperbau sehr verschieden entwickelt. Eine typische Eidechse hat heute ein langes Rückgrat und einen noch längeren Schwanz. Ihr festes Knochengerüst und ihre kräftigen Gliedmaßen mit den vielen beweglichen Knochen sind gut für ihren vierfüßigen Gang geeignet. Ihr Schultergürtel, zusammengesetzt aus drei schweren Knochen, ist kräftig, aber das Brustbein ist flach; denn große Brustmuskeln werden von der Eidechse nicht benötigt. Kurze, gespreizte Vorderbeine geben der Eidechse den geduckten Bau eines Kriechtieres, aber mit ihren differenzierten Sprungbeinen und fünfzehigen Füßen kann sie sehr rasch laufen. Verglichen mit Eidechsen sind Vögel leichte Flugmaschinen mit wenigen Knochen. Abgeflachte und einem kurzen Rückgrat fest angefügte Knochen unterstützen die Flügel. Die beiden Schlüsselbeine verschmelzen zum Gabelbein. Das Brustbein hat einen tiefen Kiel, der genug Oberfläche bietet, um großen Flugmuskeln Halt zu geben. Der Flügel ist ein verlängertes Vorderbein. Der Arm trägt die Armschwingen (farbig). Das Handgelenk und die dreigefingerte Hand unterstützen die langen Handschwingen. Das Becken und das Lenden-Rückgrat bilden eine feste Einheit. Die oft kräftig entwickelten Schwanzfedern sitzen im fleischigen Bürzel, nahe dem Schwanzstiel, einem zusammengezogenen Überbleibsel des Eidechsenschwanzes.

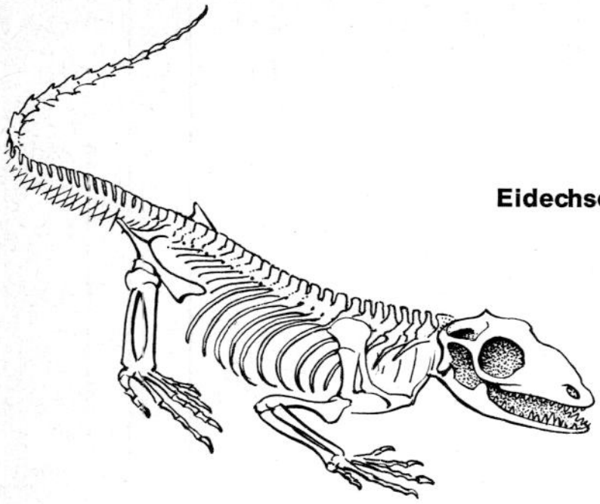

Eidechse

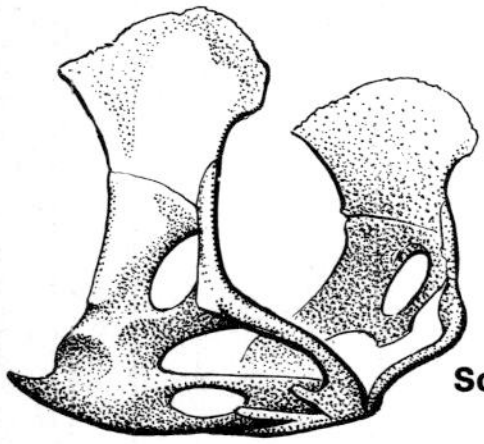

Schultergürtel

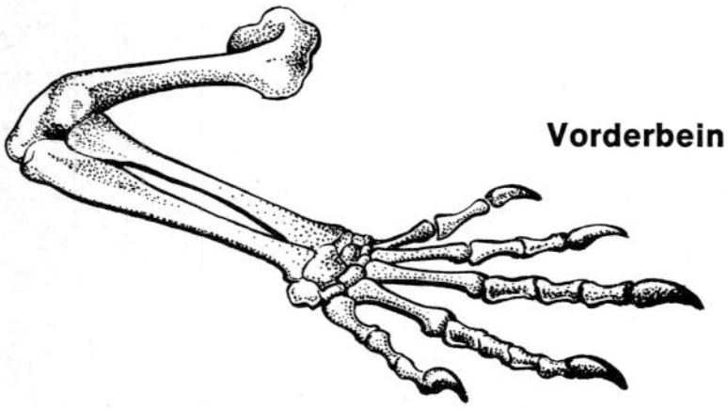

Vorderbein

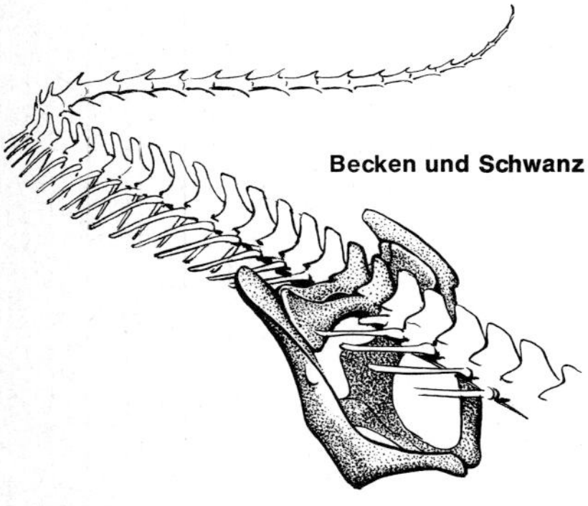

Becken und Schwanz

Vogel

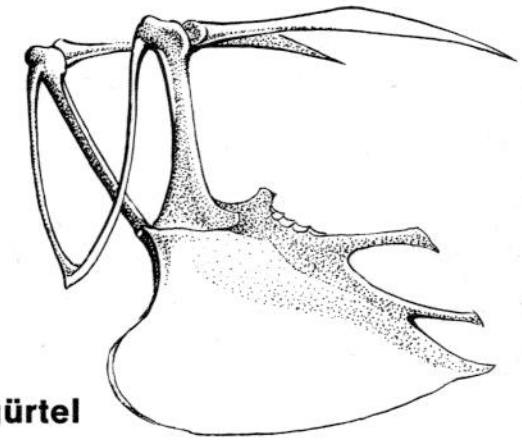

Schultergürtel

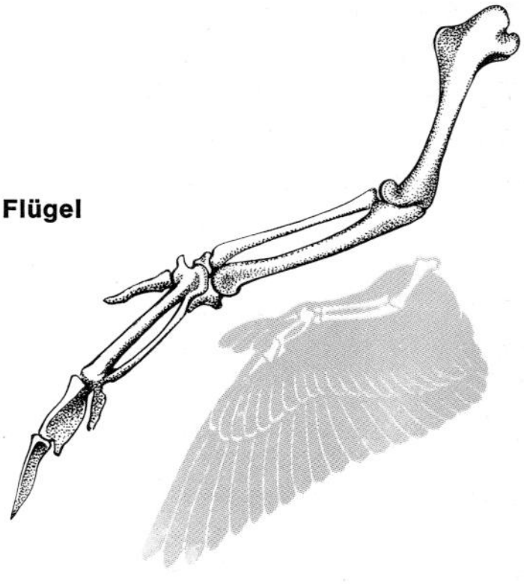

Flügel

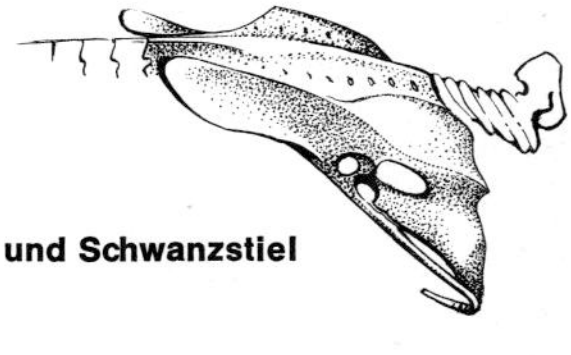

Becken und Schwanzstiel

weißen Sturmschwalbe bis zum Wanderalbatros, dessen Flügelspannweite mehr als 3,35 Meter beträgt. Obwohl sie über alle Ozeane streifen, lebt die Mehrzahl dieser Arten auf der südlichen Halbkugel, und zwar besonders zahlreich zwischen dem antarktischen Packeis und den südlichen Spitzen der Kontinente.

Das Wort «Albatros» ist eine Verballhornung von *alcatraz*, womit die Portugiesen alle großen Seevögel, besonders die Pelikane, bezeichneten. Die Pelikane sind aber den Albatrossen nicht nahe verwandt. Sie gehören der nächsten großen Ordnung, den «ruderfüßigen Schwimmern» an, welche sich von allen anderen Vögeln mit Schwimmhäuten dadurch unterscheiden, daß bei ihnen auch die Hinterzehe mit den drei vorderen durch eine Schwimmhaut verbunden ist. Sie haben auch Kehlhautsäcke: die Tölpel, Kormorane, Schlangenhalsvögel und Fregattenvögel verhältnismäßig kleine, die Pelikane aber enorm große. Einige von ihnen haben ein Fassungsvermögen von über 10 Litern. Alle Vögel dieser Ordnung sind Fischfresser, die meisten sind Meeresvögel.

Schreit- und Flamingovögel. Die heutigen Vögel, die sich in 100 Millionen Jahren entwickelt und angepaßt haben, bevölkern nun wirklich jeden verfügbaren Raum der Erde. Ungefähr 120 lebende Arten langbeiniger Schreitvögel haben sich entwickelt. Diese Vögel – die Reiher, Störche, Ibisse und verwandte Vögel mit ihren langen Beinen und ebenso langen Hälsen – ernähren sich vom Fang kleiner Fische, Frösche und anderer Wassertiere. Die Schnäbel zeigen einen großen Formenreichtum. Es gibt dolch- oder speerartige, aufwärts oder abwärts gekrümmte, schuhförmige und sogar löffelartige.

Die spezialisiertesten unter allen Stelzvögeln sind die farbenfreudigen Flamingos. Die Gelehrten streiten sich heftig, ob sie näher den Störchen, denen sie oberflächlich ähneln, oder den Gänsen verwandt sind. Ihre gänseartigen Schreie, ihre gänseartigen Jungen, ihre Mauser und sogar ihre Federparasiten weisen auf eine Verwandtschaft mit den Gänsen hin.

Gänsevögel. Die Gänsevögel – die bekannten schwimmhäutigen Vögel, die von den Jägern geschossen werden – umfassen die Enten, Gänse und Schwäne. Das kennzeichnende Merkmal, das die meisten der 146 Arten gemeinsam haben, ist der flache Entenschnabel, wenn auch die Säger oder Fischgänse mit sägeartigen Kieferbezügen ausgestattet sind. Einige Enten suchen ihre Nahrung nahe der Wasseroberfläche, andere tauchen danach, während die Schwäne, deren Hälse länger als der Körper sind, sich die

Der bis zu 35 cm große Ohrentaucher gehört zur Ordnung der Steißfüße (Familie: Lappentaucher), die sich seit etwa 80 Millionen Jahren nur wenig verändert hat.

Pflanzen, von denen sie leben, durch Eintauchen des Kopfes aus dem Wasser holen. Auch die Gänse mit ihrem kürzeren Hals tun dies, doch vorwiegend ernähren sie sich von dem Gras und den Wurzeln, die sie auf dem Land finden.

Greifvögel. Zu den auffallendsten aller Gruppen gehört die der Greifvögel. Hervorragend ausgestattet für ihre räuberische Aufgabe, sind sie kraftvolle Flieger, die teilweise zu mühelosem Segeln oder zu rasenden Sturzflügen befähigt sind. Die Ordnung umfaßt über 270 lebende Arten. Alle haben hakenförmige Schnäbel, um das Fleisch zu zerreißen, und diejenigen, die lebende Beute fangen, haben charakteristischerweise stark gekrümmte Krallen. Geier, aasfressende Greifvögel, haben schwächer entwickelte Füße – eine offensichtliche Anpassung, da ihre Beute nicht entkommen kann. Obwohl die Eulen Nachtgreifvögel sind, gehören sie nicht zur gleichen Ordnung.

Hühnervögel. Zu den etwa 250 lebenden Arten der Hühnervögel gehören die Rauhfußhühner, die Truthähne, Wachteln, Rebhühner, Fasane, Hokkos, Guanhühner, Großfußhühner und der primitive Hoatzin. Sie sind alle Bodenvögel mit Grabschnäbeln und kräftigen Scharrfüßen. Einige von ihnen zählen zu den prächtigsten Vögeln der Erde, andere, wie vor allem das Hausgeflügel, gehören zu den volkswirtschaftlich wichtigsten.

Kranichvögel. Die Kraniche, Rallen, Bleßhühner, Trappen und verwandte Familien – insgesamt etwa 185 Arten – gehören zu einer Ordnung, die als Kranichvögel bezeichnet wird. Die stattlichen Kraniche ähneln Störchen, während die Rallen und Bleßhühner eher hühnerartige Merkmale aufweisen und sich im Schilf verbergen. Die Trappen sind Bodenvögel von schwerem Körperbau, die sich vor allem in baumlosen Ebenen aufhalten. Sie alle sind Tiere von alter Herkunft und werden vielleicht einmal im Kampf ums Dasein unterliegen.

Regenpfeifervögel. Die Watvögel, Möwen und Alke bilden eine andere Ordnung und sind ebenfalls auf Grund anatomischer Übereinstimmungen des inneren Körperbaus miteinander verwandt. Die Vögel dieser mannigfaltigen Gruppe zählen nahezu 300 Arten, sind in hohem Grade gesellig und weiter auf der Erde verbreitet als irgendeine andere Gruppe.

Das Bleßhuhn, ein Sumpfvogel, hat lappige Zehen, die wie Gummiflossen wirken, wenn das Tier schwimmt. Die Bleßhühner sind mit den Kranichen und Rallen verwandt und gehören zur Ordnung der Gruiformes (Kranichvögel). Diese Ordnung enthält 11 Familien mit 200 Arten, deren Größe von 12 cm bis zu 1,5 m reicht. Das bis zu 40 cm große europäische Bleßhuhn (rechts) gehört zu einer der 10 heute lebenden Bleßhuhnarten.

Diese 63 cm große, mit einem Schopf geschmückte Taubenart gehört zur Ordnung der Columbiformes (Taubenvögel), zu der auch der ausgestorbene Dodo gehörte. Die Art lebt im Nordwesten Neuguineas und auf den vorgelagerten Inseln.

Taubenvögel. Vier Fünftel der lebenden Vögel auf der Erde gehören zu den verschiedenen Ordnungen der Landvögel, die anscheinend ihre stärkste Entwicklung während der jüngsten geologischen Epoche durchgemacht haben. Die über die ganze Welt verbreiteten Tauben zum Beispiel und die altweltlichen Flughühner mit ihren kleinen Köpfen und den kurzen Beinen machen mehr als 300 lebende Arten aus. Sie sind übrigens die einzigen Vögel, die Wasser aufsaugen können, wenn sie trinken; alle anderen müssen den Kopf heben, um das Wasser die Kehle hinunterrinnen zu lassen.

Papageivögel und Kuckuckartige. Die bunten Papageien, die alle Farben des Regenbogens aufweisen, haben große Köpfe mit niedrig sitzenden, hakenförmigen Schnäbeln und behende Greiffüße. Sie leben meistens in den Tropen und zählen 317 lebende Arten. Anatomisch ähnlich gebaut, wenn auch völlig anders aussehend, sind die über die ganze Welt verbreiteten Kuckucke und die afrikanischen Turakos – schlanke Tiere mit langen Schwänzen. Wie bei den Papageien sind zwei Zehen ihrer Füße nach vorn und zwei nach hinten gerichtet, aber die Füße sind schwächer und weniger behende. Wenn wir die Kuckucke und die Turakos zusammenfassen, zählt die Ordnung insgesamt 143 Arten.

Eulenvögel. Die Eulen wurden früher wegen ihrer Hakenschnäbel und gekrümmten Krallen bei den Habichtartigen untergebracht; in Wirklichkeit aber sind sie mit den Greifvögeln nicht verwandt. Hier handelt es sich eher wieder um ein gutes Beispiel von Konvergenz, insofern Vögel verschiedener Abkunft auf Grund ihrer Lebensweise ähnliche Merkmale entwickeln. Die Eulen jagen sozusagen in «Nachtschicht», während die Habichte Tag-Räuber sind. Sie werden am besten charakterisiert durch ihr lockeres Federkleid, ihre großen Köpfe und ihre großen, nach vorn gerichteten Augen, die von dem rundlichen Schleier der Gesichtsfedern umgeben sind. Nahezu über die ganze Welt verbreitet, zählen sie 132 Arten.

Schwalmvögel. Die Nachtvögel einer anderen Ordnung, die Nachtschwalben, haben ein weiches Gefieder wie die Eulen, aber ihre Schnäbel und Füße sind bis zur Bedeutungslosigkeit zurückgebildet. Sie sind fliegende Insektenfallen, die ihre Beute mit höhlenartig aufgesperrten Mäulern schnappen. Die Gruppe umfaßt 92 Arten.

Seglerartige. Die ausdauerndsten Flieger sind die Segler – schwalbenartige Tiere mit säbelförmigen Flügeln. Wie bei den Nachtschwalben sind Schnäbel und Füße stark zurückgebildet. Die meisten Systematiker fassen die Segler mit den Kolibris in einer Ordnung zusammen, indem sie darauf hinweisen, daß sie den gleichen Stammbaum haben. Von den kleinen Kolibris mit ihren nadelfeinen Schnäbeln gibt es 320 Arten, die alle in Amerika vorkommen. Dazu gehören die winzigsten Vögel, die es überhaupt gibt. In Eurasien, im tropischen Asien und Australien hat noch keine Gruppe eine derartige Geschicklichkeit in der Kunst entwickelt, sich von Nektar zu ernähren.

Der Laie ist verwirrt, wenn er die Ordnungen der Vögel überblickt. Warum gehören Strauße, Nandus und Emus zu verschiedenen Ordnungen, wenn sie so ähnlich sind? Und warum gehören die Seetaucher und die Lappentaucher verschiedenen Ordnungen an? Oder Greifvögel und Eulen? Andererseits werden Vögel, die so verschieden sind wie Strandläufer und Papageitaucher, der gleichen Ordnung zugerechnet. Ebenso Kraniche und Bleßhühner.

Die Systematiker haben herausgefunden, daß die äußere Erscheinung der Vögel täuschen kann. Vögel, die gar nicht miteinander verwandt sind, können auf Grund einer ähnlichen Lebensweise ähnlich aussehen. Es ist ein Gesetz der Evolution, daß sie sich zueinander hin entwickelt haben. Andererseits können Vögel sehr verschieden aussehen und doch von den gleichen Vorfahren abstammen. Ihre Entwicklung ist in entgegengesetzter Richtung verlaufen. Aus diesem Grunde neigen die Wissenschaftler mehr dazu, ihre Entscheidungen hinsichtlich der Zuordnung auf die innere Anatomie, den Knochenbau, die Muskulatur, die Gaumenstruktur oder die Fußform zu gründen, da dies Merkmale sind, die gemeinsame Abstammung verraten.

Mausvögel. So bilden die *Coliiformes* oder Mausvögel – eine kleine Gruppe von sechs afrikanischen Vögeln mit Hauben und schmalen Schwänzen – auf Grund ihrer eigentümlichen Fußform eine Ordnung für sich. Ebenso verhält es sich mit den farbenfreudigen tropischen Trogons, die zu den schönsten Vögeln der Welt gehören.

Rackenvögel. Die Eisvögel und ihre Verwandten bilden eine andere große Ordnung von phantastischem Formenreichtum, die durch ihre eigentümliche «syndaktyle» Fußform charakterisiert wird, bei der die Vorderzehen zum Teil zusammengewachsen sind. Die Eisvögel mit ihren speerförmigen Schnäbeln sind fast über die ganze Erde verbreitet. Andere lebhaft gefärbte Familien, die zu dieser Ordnung gehören, sind die winzigen westindischen Todis; die Sägeracken der amerikanischen Tropen, die die Fahnen ihrer eigenen Schwanzfedern rupfen, so daß die Spitzen aussehen wie Tennisschläger; die hübschen Bienenfresser, die Racken und die Wiedehopfe der Alten Welt sowie die gewaltigen, bizarren Nashornvögel der altweltlichen Tropen. Alle 192 Arten nisten in Höhlen – gewöhnlich in Erdhängen oder in Bäumen.

Spechtvögel. Die Spechte und ihre Verwandten – insgesamt 377 Arten – sind ebenfalls Höhlennister. Zu ihnen gehören so unterschiedliche Familien wie die Bartvögel mit ihren borstenbesetzten Schnäbeln, die schillernden Glanzvögel und die Pfefferfresser mit ihren riesigen Schnäbeln. Die Turkane sind sozusagen der Ausgleich dafür, daß es in den Tropen der Neuen Welt keine Nashornvögel gibt.

Sperlingsvögel. Wenn diese kurze Übersicht auch stark zusammengefaßt war, so gibt sie doch eine Vorstellung von der großen Verschiedenartigkeit der Ordnungen. Keine von ihnen läßt sich übrigens vergleichen mit der Ordnung der Passeres oder Sperlingsvögel. Diese Ordnung ist bei weitem die größte. Sie umfaßt ungefähr 5110 Arten, die in etwa 55 Familien aufgeteilt worden sind. Zu dieser Ordnung gehören ebenso die kleinen Zaunkönige wie die großen und prachtvollen Paradiesvögel und Leierschwänze. In einer Epoche, in der so urtümliche Typen wie die Strauße, Pelikane, Kraniche und andere im Begriff sind auszusterben, werden die Sperlingsvögel wohl den kleinen Teil der Erde in Besitz nehmen, den der Mensch ihnen übrig läßt.

Obwohl viele Systematiker heute die Finken und Sperlinge als die am höchsten entwickelten unter allen Sperlingsvögeln ansehen, setzten viele Ornithologen die Krähen und Häher in den Wipfel des Stammbaums.

2. Was zum Fliegen gehört

Die Fähigkeit zu fliegen ist nicht einzigartig. Die meisten Insekten fliegen und auch eine Ordnung der Säugetiere, die der Fledermäuse, hat eine echte Flugfähigkeit entwickelt. Die Vogelfeder aber ist einzigartig und hat die Vögel zu den Fähigsten unter allen Fliegern gemacht.

Die Feder ist ein Wunder der «Naturtechnik». Sie ist sehr leicht und doch kräftig gebaut, sie ist viel geschmeidiger als die Flughaut, mit der die Fledermaus sich in der Luft hält, als die starre Konstruktion eines Flugzeugflügels.

Eine Taubenfeder unter dem Mikroskop. Obwohl nahezu gewichtslos, ist sie doch kräftig. Der steife Schaft des Federkiels gibt Festigkeit, wo sie erforderlich ist, dennoch ist er biegsam am Ende, wo Geschmeidigkeit Voraussetzung dafür ist, in Sekundenbruchteilen Manöver in der Luft ausführen zu können. Man fühle die Glätte der Fahne, weich und doch fest. Man trenne die einzelnen Federteilchen und lasse sie wieder zusammenschwirren, indem man sie durch die Fingerspitzen gleiten läßt, so wie ein Vogel es mit seinem Schnabel tut, wenn er sich das Gefieder putzt. Die Vollkommenheit einer Vogelfederkonstruktion kann man erst ermessen, wenn man eine Feder unter das Mikroskop legt. Man wird sehen, daß die parallelen Äste, die schräg vom Schaft abzweigen, nicht wie zum Beispiel Haare geformt sind, sondern als verkleinerte Wiederholung der Feder selbst erscheinen: mit zahlreichen kleineren Seitenästchen oder Strahlen, die jene der benachbarten Äste in der Form eines Fischgräten-Musters überlagern. Sie haben ihrerseits winzige überhängende, sogenannte Häkchen, die alle Federelemente zusammenhalten. Eine einzelne Taubenfeder kann unter Umständen mehrere Hunderttausende von Strahlen und Millionen von Häkchen haben.

Wie hat sich dieses Strukturwunder entwickelt? Es gehört keine große Einbildungskraft dazu, um sich eine Feder als eine abgewandelte Schuppe vorzustellen, im Grunde ähnlich der eines Reptils – eine lange, lose befestigte Schuppe, deren äußere Kanten sich ausfaserten und ausbreiteten, bis sich die äußerst komplexe Struktur entwickelt hatte, die die Feder heute

Die Unschärfe dieses mit 1/250 Sekunde gemachten Fotos, das eine Gruppe von Seeschwalben im Fluge zeigt, läßt etwas von der überragenden Beweglichkeit dieser Vögel ahnen. Die Seeschwalben sind bekannt wegen ihrer langen Flugwanderungen. Eine arktische Art fliegt über 15 000 Kilometer weit, um in wärmeren Regionen den Winter zu verbringen.

Die Schwungfedern der Vögel bestehen aus einem zentralen Schaft, von dem nach jeder Seite eine Reihe parallel stehender Äste diagonal abzweigt. Diese Äste ihrerseits tragen kleinere Federstrahlen, die zur Hälfte mit Häkchen ausgestattet sind und sich maschenförmig zu einem dichten Netz zusammenschließen, wodurch der Vogel auf der Luft «getragen» wird.

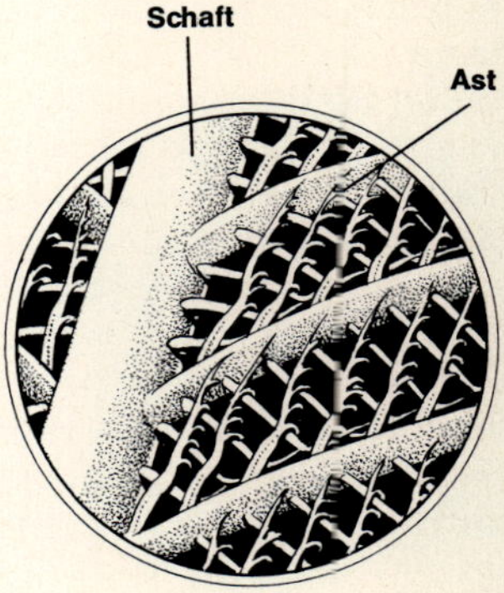

aufweist. Tatsächlich haben die Vögel ja noch an den Beinen und Füßen Schuppen, die denen der Reptilien gleichen. Jetzt noch entwickeln sich die Schuppen an den nackten Läufen des Weißkopfseeadlers aus Knospen, die sich kaum von jenen des Steinadlers unterscheiden, der jedoch an Stelle der Schuppen Federn besitzt. Sowohl die Schuppen als auch die Federn werden aus der Haut gebildet – hornartige Auswüchse, ebenso gefühllos wie unser Haar oder unsere Fingernägel.

Die Konturfedern geben dem Vogel seine äußere Form. Jede besteht aus einem Schaft, der an beiden Seiten Fahnen trägt. Um den Fuß des Schaftes stehen die Fadenfedern, weiche Schäfte mit einem Büschel kurzer Äste an der Spitze. Viele Vögel haben auch Dunenfedern, weiche, schaftlose Büschel, verborgen unter der Hülle der Konturfedern. Bei einigen Vogelgruppen findet man noch eine vierte Art von Federn, die Puderdunen. Diese sondern ständig ein feines Pulver ab, mit dem etwa Reiher und Rohrdommel ihr Gefieder pflegen.

Als außerordentlich leichte, feste und dauerhafte Wattierung schützen Federn die dünne und empfindliche Haut der Vögel und fungieren gewissermaßen als wirksame Klimaanlage, indem sie die Körperwärme in den Zwischenräumen der aufgeplusterten Federn festhalten, wenn es kalt ist, und sie durch die flach angelegten Federn hindurchlassen, wenn es warm ist.

Wie viele Federn hat ein Vogel? Die Konturfedern eines Vogels sind schon oft gezählt worden. Eine Grundregel scheint zu sein: je größer der Vogel, desto zahlreicher die Federn. Um die Frage endgültig zu klären, zählte ein Farmer einmal sämtliche Federn einer Plymouth-Henne. Es waren 8325. Jemand anders rupfte geduldig einen Singschwan und brachte einen Rekord von 25 216 Federn zusammen. 80 Prozent davon stammten vom Kopf und dem extrem langen Hals. Ein Rubinkehlkolibri, den Alexander Wetmore vom Smithsonian Institute untersuchte, hatte nur 940 Federn. Dennoch trug der winzige Vogel viel mehr Federn als der Schwan pro Quadratzentimeter der Körperoberfläche. Singvögel haben je nach Art zwischen 1100 und 4600 Federn, wobei die Zählungen bei jeder Art erstaunlich gleichbleibend ausfallen, obgleich es jahreszeitlich bedingte Unterschiede gibt. Drei Haussperlinge hatten zum Beispiel im Winter durchschnittlich etwa 3550 Federn, während die leichteren Sommerkleider zweier im Juli gefangener Exemplare etwa 400 weniger aufwiesen. Ein Stieglitz trägt im Winter gewöhnlich etwa 1000 Federn mehr auf dem Körper als im Sommer.

Mauser. Ein so kompliziertes Gebilde wie eine Feder, mag sie auch noch so robust sein, nutzt ab. Sie fasert aus und kann sogar brechen. Daher muß jeder ausgewachsene Vogel sein Federkleid wenigstens einmal im Jahr völlig erneuern. Gewöhnlich geschieht das im späten Sommer nach der Nistzeit. Viele Vögel haben auch noch eine zweite völlige oder teilweise Mauser im Frühjahr, ehe die Nistzeit beginnt, z. B. diejenigen, die dann den vollen Putz anlegen, der bei dem aggressiven Sich-zur-Schau-Stellen während der Balz eine Rolle spielt.

Außer bei den Pinguinen werden die Federn nicht gleichzeitig abgestoßen. Auch bleibt dieser Prozeß keineswegs dem Zufall überlassen. Schwungfedern und Schwanzfedern werden gewöhnlich paarweise abgeworfen, immer zwei einander gegenüberliegende zur gleichen Zeit, während die sie ersetzenden Federn nachwachsen. Der Vogel muß vielleicht auf einige seiner Schwungfedern während der Mauser verzichten, aber er wird nie flugunfähig. Darin bilden lediglich Enten, Gänse und einige andere Wasservögel eine Ausnahme, die bei der Nahrungssuche nicht so abhängig von ihren Flügeln sind.

Knochengerüst. Nachdem die Vögel sich vom Stammbaum der Reptilien abgezweigt hatten, begann sich auch ihr Knochenbau auf das Leben in der Luft hin zu verändern. Ihre Knochen wurden zu hohlen Röhren, und bei einigen der größeren Knochen entwickelten sich innere Verstrebungen zur Verstärkung. Weil für den Flug ein starres Gerüst erforderlich ist, haben Brustkorb und Rückgrat sich zu einem steifen Fluggestell entwickelt, bei dem einige Knochen untereinander verwachsen sind. Nur der Hals mit seinen vielen Wirbeln und der Schwanz sind beweglich geblieben.

Am Brustbein hat sich ein Kiel herausgebildet, der die gewaltigen Flugmuskeln trägt, die fünfzehn bis zwanzig Prozent – bei einigen Kolibris sogar dreißig Prozent – des Gewichts eines Vogels ausmachen. Dagegen beträgt das Gewicht der Brustmuskeln eines Menschen weniger als ein Prozent seines gesamten Körpergewichts.

Leichtigkeit ist eine Grundvoraussetzung für den Flug. Die Vögel haben nicht nur ein paar Lungen, klein und höchst vollkommen, die gegen die Rippen gelagert sind, sondern auch ein wunderbares System von Luftsäkken, das sich auf höchst komplizierte Weise fast im ganzen Körper verteilt und sogar zu den Lufträumen in einigen der hohlen Knochen führt. Diese feinen, blasenähnlichen Säcke erlauben dem Vogel, die Luft, die er einatmet, weit wirksamer auszunutzen als selbst die Säugetiere mit ihren viel größeren Lungen. Die Luftsäcke dienen auch als Wärmeregler; denn die Vögel mit ihrem raschen Stoffwechsel und ihren hohen Körpertemperaturen besitzen keine kühlenden Schweißdrüsen.

Gleichzeitig Fernrohr und Vergrößerungsglas. Sicherlich kann sich kein anderes lebendes Wesen hinsichtlich der Sehschärfe mit den Vögeln messen. Ein Geier, der sich 1,5 Kilometer hoch über die Erde erhebt und geduldig nach Aas späht, ein Bussard, der auf der Suche nach einer Maus über eine Wiese kreist, ein Singvogel, der Insekteneier von der Unterseite der Blätter abliest, ein Seetaucher, der seine Beute unter Wasser verfolgt – sie alle besitzen eine außerordentliche Sehkraft, die weit schärfer ist als die des Menschen. Ein Sperber, der seine Beute sucht, hat eine Sehschärfe, die die des Menschen um das Achtfache übertrifft.

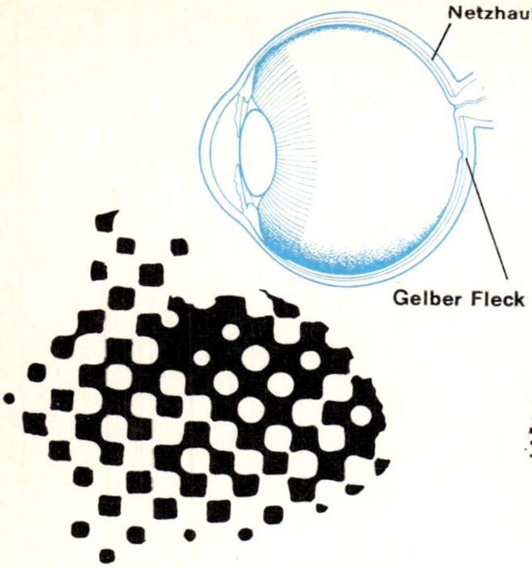

Das Bild auf der Netzhaut beim Menschen

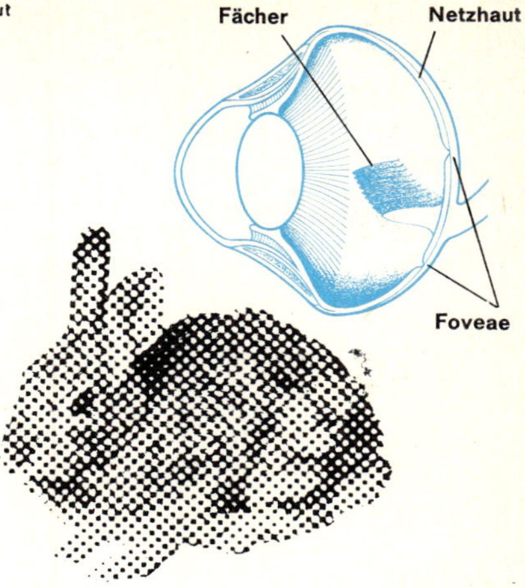

Das Bild auf der Netzhaut beim Falken

Falken sehen nicht deshalb besser als Menschen, weil sie – wie viele Leute glauben – einen vergrößernden «Fernrohrblick» haben, sondern weil ihre Netzhaut mit einem viel dichteren Netz von Sehzellen ausgestattet ist. 1,5 Millionen sitzen an der empfindlichsten Stelle, den Foveae. Die entsprechende Stelle im menschlichen Auge, der gelbe Fleck, hat nur 200 000 solcher Zellen. So sieht der Falke etwa achtmal schärfer als der Mensch, wie oben an den beiden Bildern des Kaninchens illustriert wird – von denen das eine darstellt, wie grob ein weit entfernter Gegenstand von einer menschlichen Netzhaut aufgefangen wird, während das andere zeigt, wieviel genauer das scharfe Auge des Falken wahrnimmt. Für den Menschen ist das Kaninchen nur in verschwommenen Umrissen zu erkennen, während der Falke das Tier sofort scharf aufnehmen kann.
Der Fächer, ein gefaltetes Organ, das das Auge des Falken zusätzlich mit Blut versorgt, kann auch Schatten auf die Netzhaut werfen, die es dem Vogel ermöglichen, bereits Bewegung in der Ferne wahrzunehmen.

Das Auge eines Vogels ist – gemessen an Säugetierverhältnissen – besonders groß. Der sichtbare Teil der Hornhaut ist klein, verglichen mit dem riesigen Augapfel, der nahezu unbeweglich in seiner knochigen Höhle ruht. Bei den meisten Vögeln ist das Volumen der Augen größer als das des Gehirns. Das Auge eines Adlers oder das einer großen Eule ist größer als das eines Menschen, und der Augapfel eines Straußes hat einen Durchmesser von 5 Zentimetern, was nahezu der Größe eines Tennisballs entspricht.

Die Vögel können nicht nur weit entfernte, sondern auch nahe Dinge wesentlich klarer erkennen. Ein Singvogel, der ständig vor einem fernen Habicht auf der Hut ist, kann sofort den Blick auf das kleinste Insekten-Ei unmittelbar vor seinem Schnabel fixieren, indem er starke

Eule

Bei fast allen Vögeln überlagern sich die Sehfelder der beiden Augen. Der Bereich binokularen Sehens (dunkel) gestattet dem Tier das tiefenscharfe Sehen, das notwendig ist, um Entfernungen sicher zu beurteilen. Die Eulen, bei denen beide Augen nach vorn gerichtet sind und deren Gesicht verhältnismäßig flach ist, haben ein weiteres binokulares Sehfeld als irgendein anderer Vogel.
Singvögel wie dieser Ammerfink haben Augen, die mehr an der Seite des Kopfes sitzen. Sie ernähren sich von Samen und Insekten und benötigen ein binokulares Sehen nach vorn, müssen aber auch ein weites seitliches Gesichtsfeld haben, um rechtzeitig Raubvögel erkennen zu können. Die Waldschnepfe bedarf kaum eines binokularen Gesichtsfeldes nach vorn, da sie Sümpfe und Moraste mit ihrem biegsamen Schnabel nach Nahrung durchsucht. Ihre Augen sitzen weit nach hinten, so daß sie den vollen Umkreis überblicken kann, ohne den Kopf zu bewegen.

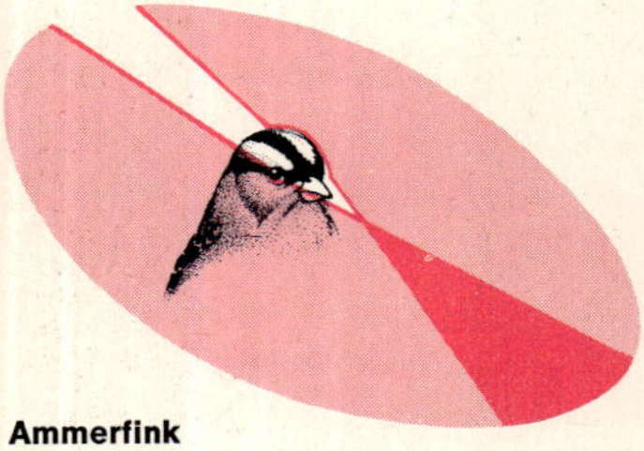

Ammerfink

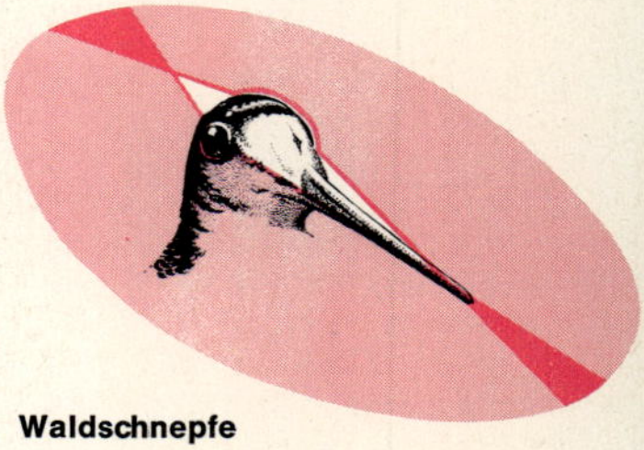

Waldschnepfe

Ziliar-Muskeln anspannt, die die ziemlich flache Linse zu einer mehr sphärischen Form zusammenwölben.

So besitzen die meisten Vögel in dem gleichen Instrument sowohl ein eingebautes Fernrohr als auch ein Vergrößerungsglas. Außerdem sind sie ebenso zu binokularem wie zu monokularem Sehen befähigt. Anders als bei uns sitzen ihre Augen (die Eulen bilden eine Ausnahme) nicht vorne auf der gleichen Ebene, sondern an beiden Seiten des Kopfes. Dies vermittelt jedem Auge ein großes Sehfeld für die monokulare Sicht nach der Seite. Eine Wanderdrossel, die den Kopf schief legt, während sie auf dem Rasen innehält, «lauscht» nicht, sie dreht den Kopf nur so, daß das Feld ihrer größten Sehschärfe dorthin gewendet ist, wo sie die Bewegung eines Wurmes an den Graswurzeln entdeckt haben mag.

Die großen Augen der Eulen, die wie die der Menschen vorn im Gesicht sitzen, sehen hauptsächlich binokular. Bestimmt, der Jagd in der Dämmerung oder im Dunkeln zu dienen, können diese Linsen – die nicht wie bei den meisten anderen Vögeln in abgeflachten Augäpfeln sitzen, sondern in

Wie Scheibenwischer gleiten Nickhäute über die Augäpfel eines Königsgeiers (unten) und eines Königspinguins (oben). Man findet diese dritten Augenlider bei allen Vögeln. Sie halten die Hornhaut sauber und feuchten sie an. Der Königspinguin kann seine Pupille quadratisch zusammenziehen. Der Sitz der Augen und ihre Form sind bei den Vögeln von Art zu Art verschieden. Die meisten Vögel haben ziemlich flache Augäpfel mit einer großen Netzhaut, auf der sich die Bilder einprägen können – Augen, die glänzend geeignet sind, die Landschaft abzusuchen. Greifvögel haben runde, fast zylindrische Augen. Diese benötigen weniger Platz als flache, sehen weiter und nehmen mehr Einzelheiten wahr. Ein Vogel hat mehr Wahrnehmungszellen im Auge als irgendein anderes Tier – besonders in der Gegend der Fovea, einer kleinen Vertiefung in der Netzhaut an der Stelle der schärfsten Sehkraft. Die konvexe Seite der Fovea vergrößert einen Teil des Bildes bei einigen Vogelarten bis zu 30 Prozent.

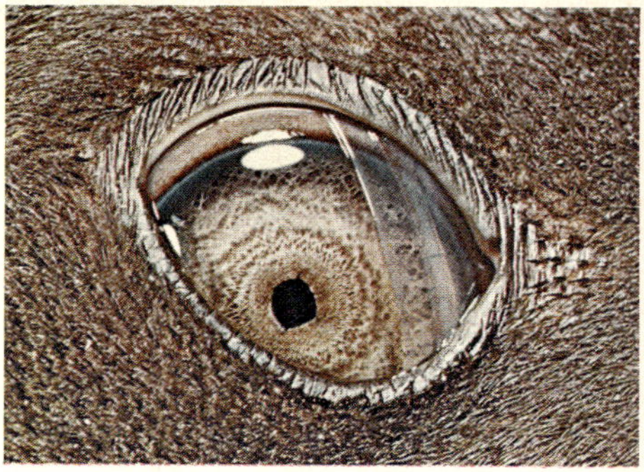

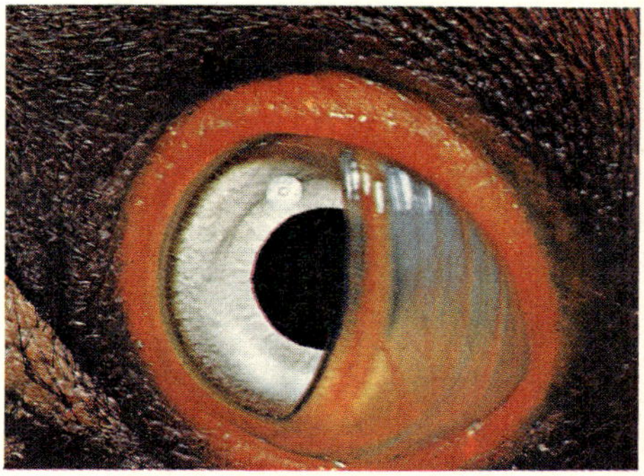

tiefen, hornigen Röhren – mit den weit geöffneten Linsen einer Miniaturkamera verglichen werden, deren Filmoberfläche verhältnismäßig klein ist. Wenn die Netzhaut, die «Filmoberfläche», das gleiche Größenverhältnis zu den gewaltigen Linsen hätte, wie wir es von anderen Vögeln kennen, wäre nicht Raum genug für die Augäpfel vorhanden.

Den Eulen fehlt nicht nur der große monokulare Sichtbereich, den die meisten Vögel haben, ihre Augen sitzen überdies fast unbeweglich in den Höhlen. Sie gleichen diese starre Konstruktion der Augen jedoch aus durch die schnellen, reflexartigen Bewegungen des Halses und durch sehr bewegliche Wirbel. Da sie nicht in der Lage sind, aus den Winkeln ihrer Augen zu sehen, bewegen die Eulen ständig den Kopf, den sie nach jeder Seite über 180° hinaus drehen können. Durch diese Fähigkeit erwecken Eulen oft den Eindruck, als ob sie den Kopf einmal im Kreise drehten. Dieses Phänomen erklärt den alten Aberglauben, daß Eulen dazu gebracht werden könnten, sich selbst den Hals umzudrehen. Schon manch ein Junge hat den Versuch

Einsiedlerkolibri

Adlerkolibri

Obwohl niemand weiß, wie die ersten Kolibrischnäbel aussahen, vermuten Ornithologen (= Vogelkundler), daß die Ausmaße ungefähr die gleichen waren wie die des Einsiedlerkolibris, da die meisten heutigen Kolibris einen ähnlichen Schnabel haben. Andere Arten jedoch haben sich in bemerkenswerter Weise auseinanderentwickelt. Der Schnabel des Adlerkolibris weist die stärkste Krümmung unter allen Arten auf, der des Kleinschnabelkolibris ist der kürzeste und der des Schwertschnabelkolibris ist mit 10 cm der längste. Jeder dient speziell für die Nahrungsaufnahme aus Blumen von bestimmter Größe und Form.

dazu unternommen, indem er immer wieder um den Schlafbaum einer Eule herumgelaufen ist; aber der Kopf schnellt stets blitzschnell herum, wenn der kritische Punkt erreicht ist. Übrigens sind die Eulen die einzigen Vögel, die das Oberlid herunterlassen, wenn sie blinzeln. Wenn sie aber schlafen, heben sie das untere Lid wie alle Vögel. Die Vögel haben auch alle noch ein drittes Augenlid, die Nickhaut, ein durchsichtiges Häutchen, das beim Blinzeln die Augen feucht hält, ohne daß dadurch das Sehen beeinträchtigt wird.

Geruchs- und Geschmackssinn. Der Vogel, der vielleicht am kurzsichtigsten ist, der flugunfähige Kiwi auf Neuseeland, jagt im Dunkeln anscheinend nur mit Hilfe seines Geruchssinnes Würmer. Seine Nasenlöcher sitzen höchst zweckmäßig an der Spitze des langen, dünnen Schnabels, und er entbehrt kaum die ohnehin schon mangelhafte Sehkraft. Experimente mit Eimern voll Sand haben gezeigt, daß dieser flügellose kleine Bursche sehr gut seine Nahrung wittern kann. Flink stochert er in denjenigen Eimern herum, die Würmer enthalten, und ignoriert die anderen.

Die Biologen sind sich nicht darüber einig, ob der Geruchssinn für die meisten Vögel lebenswichtig ist. Die Vögel mit Röhrennasen (Albatrosse, Sturmschwalben und Sturmtaucher) haben sicherlich einen guten Geschmackssinn, wenn sie auch vielleicht nicht gut riechen können. Von Enten glaubt man, daß sie einen guten Geruchssinn haben. Jedoch streiten die

Kleinschnabelkolibri

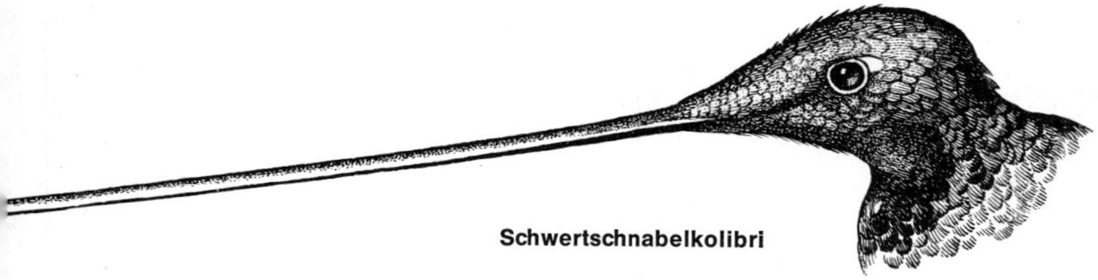

Schwertschnabelkolibri

Ornithologen immer noch darüber, ob die Geier das Aas mit den Augen oder mit Hilfe des Geruchssinnes aufspüren. 1835 machten Audubon und John Bachman Experimente mit faulen Kadavern, indem sie einige verbargen, andere offen liegen ließen. Aus den Ergebnissen schlossen sie, daß diese dunkelflügeligen Leichenbestatter nur ihren Augen folgen. Fast ein Jahrhundert später bestritt Frank M. Chapman diese These. Auf der Barro Colorado-Insel im Panama-Kanal versteckte er tote Säugetiere in einem Schuppen unter alten Säcken. Als die Kadaver genug verfault waren, um einen starken Geruch auszusenden, sammelten sich sofort Truthahngeier um den Schuppen und fanden das Aas. Einige Kritiker, die nicht überzeugt waren, wiesen darauf hin, daß vielleicht Fliegen oder andere Insekten das Versteck der Kadaver verraten hatten. Als man jedoch verfaulten Fisch mit einem ebenso starken Geruch versteckte, erschienen keine Vögel. Chapman schloß daraus, daß die Geier von manchen Gerüchen angezogen werden, von anderen dagegen nicht. Er meinte, daß sie ihre Nahrung nicht nur mit den Augen, sondern auch mit Hilfe eines stark ausgeprägten Geruchssinnes fänden. Kenneth Stager, Kustos der Vogelabteilung des County Museums in Los Angeles, wies später nach, daß das Geruchszentrum im Gehirn des Truthahngeiers dreimal so groß ist wie das des Rabengeiers, wodurch die Vermutung gestärkt wurde, daß einige Geier einen besseren Geruchssinn hätten als andere.

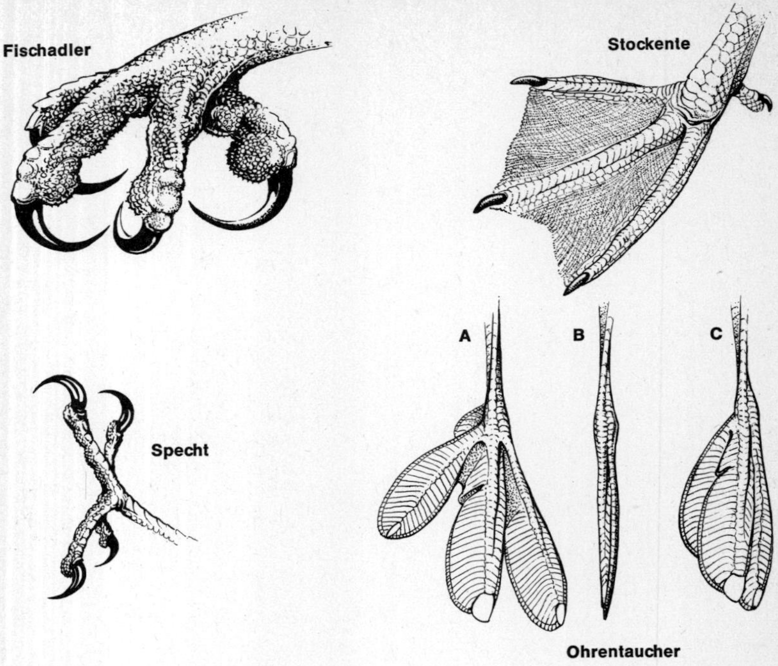

Fischadler: Dies ist ein typischer Greifvogelfuß, besser zum Greifen als zum Laufen geeignet. Die Krallen schließen sich in dem Moment reflexartig, wenn die Beute ergriffen wird. Specht: Damit diese Vögel sich festhalten können, wenn sie an den Bäumen klopfen, haben sie zwei rückwärtige Stützzehen. Die meisten Vögel besitzen nur einen.
Rechts zwei Arten von Schwimmfüßen. Der Fuß der Stockente hat Schwimmhäute. Der Ohrentaucher hat dagegen paddelartige Zehen (A) zum Rudern. Diese Paddel falten sich beim Rückschlag zusammen, um dem Wasser geringeren Widerstand zu bieten (B – Vorderansicht, C – Seitenansicht).

Schnäbel. Der Vogelschnabel hat die Funktion einer Hand. Mit dem Schnabel fängt der Vogel seine Beute, hebt Gegenstände auf und handhabt sie in äußerst geschickter Weise. Der Schnabel kann Werkzeuge ersetzen: Hammer, Meißel, Zangen, Pinzetten, Baumscheren, einen Nußknacker, einen Haken oder Speer, ein Sieb oder bei den Pelikanen sogar einen Vorratsbeutel. Mit ihren Schnäbeln putzen die Vögel auch ihr Gefieder, verständigen sich, bauen ihre Nester, versorgen ihre Jungen; mit den Schnäbeln fangen sie ihre Beute und verteidigen sich. Alles dies tun sie gewissermaßen mit ihren Lippen, denn nichts anderes sind die Schnäbel:

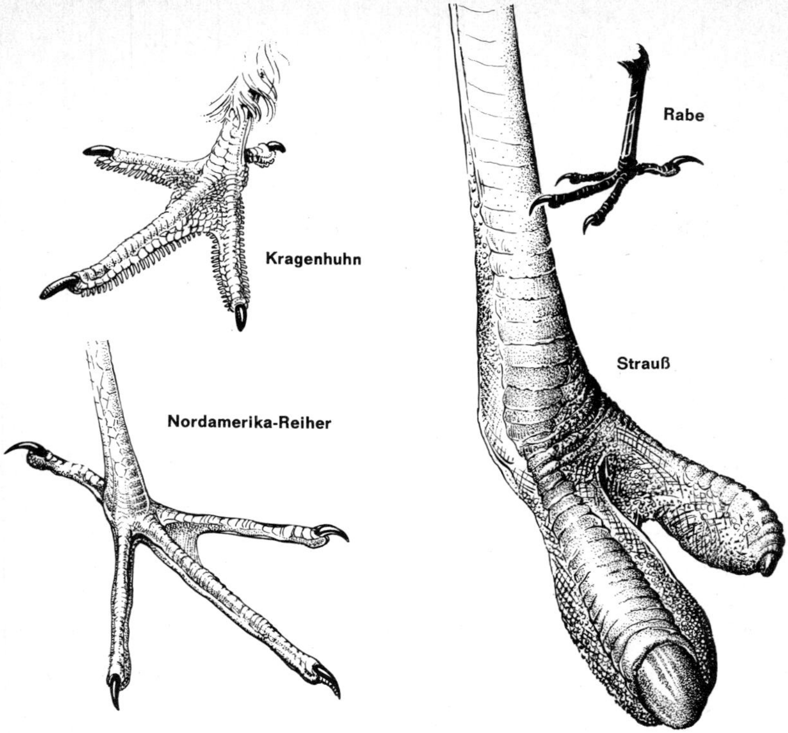

Hier sind vier verschiedene Lauffüße abgebildet. Der schuppenartige Saum, der sich beim Kragenhuhn (das kein Zugvogel ist) jeden Winter an den Füßen bildet, ermöglicht dem Vogel das Laufen auf einer Schneedecke, während die besonders langen Zehen des in Sümpfen watenden Reihers mit ihren kleinen Spannhäuten verhindert, daß er einsinkt. Der Allzweck-Fuß des Raben ist zum Sitzen, Laufen und Scharren geeignet. Unten ist maßstabgerecht der Fuß des flugunfähigen Straußes abgebildet. Wie viele grasende Säugetiere hat der Strauß nur zwei Zehen.

abgewandelte Lippen, deren verhärtete Epidermis sich wie eine hornige Scheide über die vorspringenden, knochigen Kiefer gelegt hat.

Bei den meisten Vögeln ist der Schnabel seinen verschiedenen Aufgaben angepaßt. Man sehe sich den Hakenschnabel eines Falken an, mit dem er das Fleisch zerreißt, das vollendete Gerät, mit dem der Flamingo oder der Löffler den Schlamm seiht (siebt), den empfindlichen Sondier-Schnabel der Schnepfe, die kräftigen, Samen zerknackenden Zangen eines Papageien. Im Gegensatz dazu gibt es die grotesken Schnäbel der tropischen Tukane und Nashornvögel – riesige, bunte Horngebilde, die anscheinend so schwerfällig sind, daß man sich wundert, daß die Vögel sie im Fluge überhaupt halten können. In Wirklichkeit sind sie fast so leicht wie Schaumgummi, da sie von zellenartigen Luftkammern durchsetzt sind. Aber welchen Wert diese übertriebenen Schmuckformen im Kampf ums Dasein haben, wissen wir nicht.

Die Schnäbel der Vögel können einen Hinweis auf ihre verwandtschaftliche Zugehörigkeit geben, sie tun es aber nicht immer. So haben Reiher, Seeschwalben, Seetaucher und Eisvögel alle sehr ähnliche speerförmige Schnäbel, obwohl sie auch nicht entfernt miteinander verwandt sind. Sie alle fangen aber Fische als Nahrung, ihre Schnäbel bieten ein weiteres Beispiel für die biologische Konvergenz. Absolut unähnlich waren andererseits die Schnäbel des männlichen und des weiblichen schwarzen Lappenhopfes, eines krähenähnlichen Tieres mit Schnabellappen aus Neuseeland. Das männliche Tier hatte einen gedrungen-kräftigen, geraden Schnabel, der geeignet war, wie ein Meißel in totes Holz hineinzustoßen. Das weibliche Tier besaß jedoch einen schlanken, gebogenen Schnabel zum Herausziehen der Maden und Würmer. Gemeinsam jagten sie auf dem Waldboden in idealer Zusammenarbeit, einzigartig unter allen Vögeln. War die Zusammenarbeit wirklich ideal? Vielleicht nicht; denn der Lappenhopf ist in diesem Jahrhundert ausgestorben.

Beine und Füße. Die Füße der Vögel sind ebenso verschiedenartig wie ihre Schnäbel. Laufen, Sitzen, Waten, Kratzen und Greifen sind nur einige der auffälligsten Funktionen der Vogelfüße. Reiher haben einen zahnartigen Kamm auf dem Mittelzeh, mit dem sie sich kratzen und ihr Gefieder putzen. Ihre schlanken, weit auseinandergespreizten Zehen verhüten, daß sie zu tief in den weichen Schlamm einsinken. Aber mit der grotesken Zehenlänge der Jassana, die dem Vogel erlaubt, leichtfüßig über schwimmende Seelilien- und Lotosbestände zu schreiten, kann sich selbst ein Reiher nicht messen.

Lerchen und Pieper, die die meiste Zeit auf dem Erdboden zubringen, haben an den Hinterzehen übergroße Krallen, die wie Stützen wirken und verhindern, daß die Vögel nach hinten kippen, wenn die Steppenwinde über sie hinweg wehen. Einigen Rauhfußhühnern wachsen im Herbst kleine Anhangsgebilde an den Seiten der Zehen, die sie bei Schneefall gleichsam als Schneeschuhe verwenden.

Einige Vögel benutzen ihre Füße als Hände. Eine Meise, die einen Sonnenblumenkern knackt, hält ihn mit dem Fuß fest, während sie ihn aufhämmert; ein Falke packt seine Beute, während er das Fleisch mit dem Schnabel losreißt. Papageien sind besonders behende. Unter ihnen gibt es sogar Rechts- oder Linkshänder.

Die meisten Vögel, die schwimmen können – Enten, Gänse, Seetaucher, Kormorane, Tölpel, Möwen und Albatrosse –, haben Füße mit Schwimmhäuten, während andere, wie etwa die Bleßhühner und Wassertreter, blätterförmige Lappen an den Seiten ihrer Zehen tragen. Die Lappentaucher – wegen ihrer außerordentlichen Fähigkeit, sich unter Wasser zu bewegen, oft Höllentaucher genannt – haben die wirksamsten Ruder von allen. Ihre Füße sitzen so weit hinten, daß es den Eindruck macht, als ob sie von dem kaum noch vorhandenen Schwanz abzweigten. Nicht nur die Zehen haben breite Krempen, auch die Läufe und die Krallen sind abgeflacht und bilden gleichsam Schraubenblätter.

Einige Vögel benutzen ihre Füße als Angriffs- oder Verteidigungsmittel. Die Sporen der Haushühner und der Fasane sind wohlbekannt. Der Hieb, den ein wütender Strauß mit seinem starken, zweizehigen Fuß austeilt, soll gefährlicher sein, als wenn ein Pferd ausschlägt. Aber eine geradezu tödliche Waffe ist der Fuß des Kasuars. An den Innenzehen sitzen lange, messerartige Krallen, mit denen sich die Tiere im Kampf gegenseitig zerfetzen.

Wie die Schnäbel so sind auch die Füße der Mauersegler zurückgebildet. Weil die Flügel und das Maul für die Mauersegler das wichtigste sind, brauchen sie die Füße nur für ihren Weg zum Schlafplatz. Ziegenmelker, Schwalben und Kolibris haben ebenfalls sehr kleine Füße und können kaum laufen; den Kolibris ist es sogar fast unmöglich.

Oft wird die Frage gestellt, wieso sich ein Vogel, der auf einem Zweig sitzt, im Schlaf entspannen kann, ohne herunterzufallen. Die Antwort ist, daß die Füße einen Verschlußmechanismus besitzen: Beugemuskel und Sehnen, die die ganze Länge des Beines hinunterlaufen, ziehen die Zehen sofort zusammen, wenn der Vogel sich hinhockt. Die stark gekrümmten «Fleischhaken» der Raubvögel funktionieren fast in gleicher Weise. Wenn ein Falke oder eine Eule Beute schlagen, krümmen sich die Beine unter der Wucht des Aufpralls, und die Krallen greifen automatisch tief in die Weichteile des Opfers.

Auf den ersten Blick erscheint es so, als beuge sich das Knie eines Vogels in der entgegengesetzten Richtung wie das eines Menschen – nach hinten, anstatt nach vorn. Aber das sichtbare Gelenk unterhalb der Federn, das die meisten Leute das «Knie» nennen, ist in Wirklichkeit eine Art Ferse, das Laufgelenk. Das wirkliche Knie ist unter den Körperfedern verborgen. Der Oberschenkel, der in schwere Muskeln eingebettet ist, ist stark nach vorn gerichtet. Dadurch verteilt sich das Körpergewicht so, daß der Vogel beim Flug einen günstiger gelagerten Schwerpunkt hat, nämlich mehr zu den kräftigen Flugmuskeln hin. Der lange, meist nackte Lauf, der Tarsometatarsus, ist in Wirklichkeit die gleiche Knochenpartie, die beim Menschen den Spann des Fußes bildet. So läuft ein Vogel – wenn man die beim Menschen gebräuchlichen Ausdrücke verwendet – auf den Zehen mit den Fersen in der Luft – in einer Haltung, die der unseren ähnelt, wenn wir uns zur Erhöhung der Geschwindigkeit auf die Zehen erheben.

Flügel. Die Form eines Vogelflügels ist wunderbar seiner Aufgabe angepaßt: Dick und stumpf an der vorderen Kante, dünner und klingenartig an der hinteren, flach oder leicht nach oben gewölbt an der Unterseite, um das Aufsteigen zu erleichtern, mehr gewölbt an der Oberseite, um die Luft leichter darüberfließen zu lassen. Abgesehen vom Gleiten und Segeln, benutzt der Vogel für den Auftrieb nur den Armteil des Flügels. Die andere Hälfte der Flügel, die Handhälfte und besonders die langen, biegsamen Schwungfedern, dienen als Propeller. In dieser Hinsicht unterscheidet sich die Konstruktion eines Vogelflügels radikal von der eines Flugzeugs, dessen rotierender Propeller kein integrierender Bestandteil der Flügel ist. Beim Flügelschlag bewegt sich jeder «Propeller» in einem Halbkreis nach vorn, fällt dann mit ganz geringer Kraft zurück, um wieder nach oben zu schlagen. Im Augenblick des Übergangs zwischen Niederschlag und Aufwärtsschlag werden die biegsamen Schwungfedern «geöffnet», damit die Luft ungehindert hindurchdringen kann. Inzwischen bemühen sich die Armteile der Flügel weiter um Steigung und stabilisieren den Flug. Unter Umständen wird die Vorderkante aufwärts gebogen, um den Winkel zu vergrößern, in dem der Luftstrom auf die Flügel trifft, wodurch der Aufstieg sich beschleunigt.

Tausende von Abhandlungen sind über den Vogelflug geschrieben worden, aber ein Vogelflügel mit seinen vielen, flexiblen, beweglichen Teilen, die sich unter dem Druck der Luft drehen und biegen, läßt sich nicht so genau beschreiben wie die starren Flügel eines Flugzeugs. Windkanäle und mathematische Formeln gewähren nur ungenügende Aufschlüsse. Vielleicht können uns eines Tages elektronische Rechenmaschinen helfen, die Kräfte zu bestimmen, die beim Vogelflug wirksam werden.

Je kleiner der Vogel, desto rascher ist der Flügelschlag. Ein Rubinkehlkolibri kann seine Flügel mit einer Geschwindigkeit von 50 bis 70 Flügelschlägen pro Sekunde auf- und abbewegen – fast so schnell wie die Schwärmer und bestimmte andere große Insekten, deren Flügelbewegung im stroboskopischen Licht fotografisch festgehalten werden kann. Die Spottdrossel schlägt ihre Flügel 14mal pro Sekunde, eine Taube 5- bis 8mal, während der schwere Pelikan seine gewaltigen Flügel nicht schneller als 1,3mal pro Sekunde bewegen kann.

Die «Hubschrauber» unter den Vögeln. Der Ornithologe Crawford Greenewalt hat darauf hingewiesen, daß sich die Kolibris abweichend vom Vogel-Grundmodell entwickelt haben. Während sich alle anderen Vögel,

Die schimmernden Farben einer Pfauenfeder werden durch Lichtbrechungen in gewissen Horn-Schichten verursacht, die bewirken, daß die eigentliche Farbe – braun – nicht mehr zu erkennen ist.

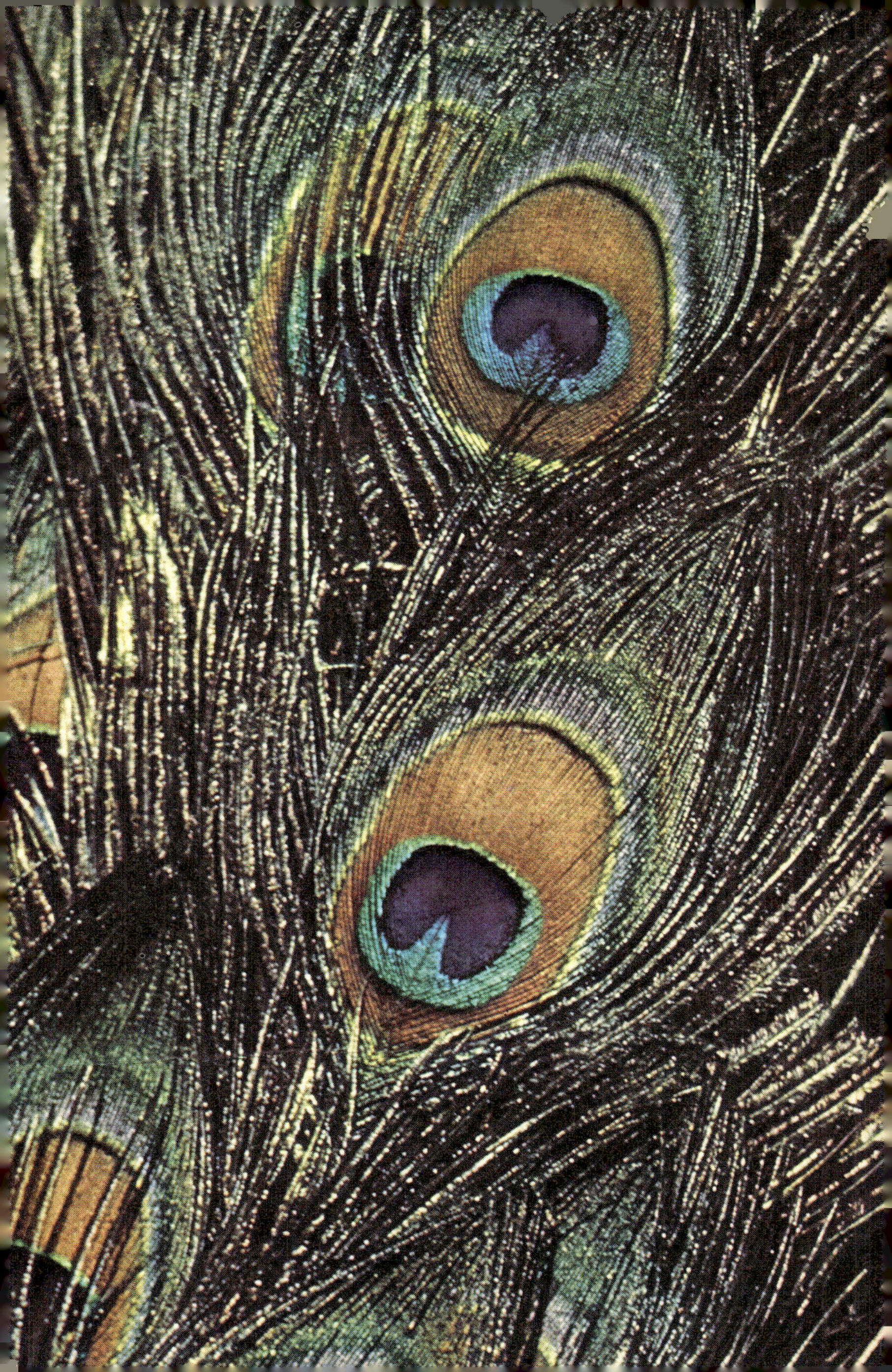

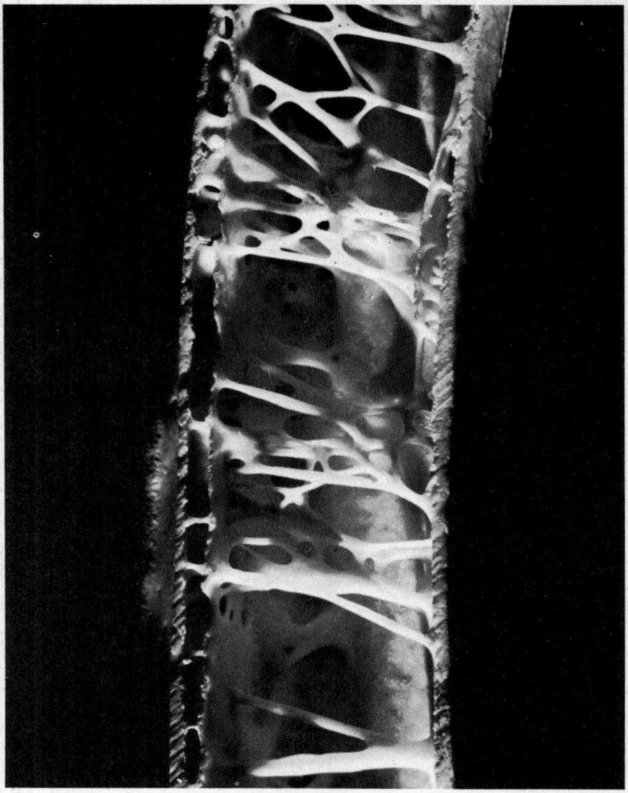

Ein hohler Flügelknochen, der «Oberarmknochen» eines Adlers, ist durch Verstrebungen verstärkt. Die Hohlräume in solchen Knochen sind oft Fortsetzungen der Luftsäcke in den Körpern der Vögel und erstrecken sich bei einigen bekannten Arten sogar bis zu den Zehen.

mit Ausnahme der Mauersegler, frei im Schulter-, Ellbogen- und Handgelenk bewegen, bewegt sich der Kolibri fast nur in der Schulter. Ellbogen- und Handgelenk – obwohl nicht völlig «erstarrt» – spielen weniger frei; die Armknochen selbst sind außerordentlich kurz. Die langen, paddelartigen Flügel, die eigentlich nur Hände sind, rotieren im Schultergelenk fast genauso wie die Flügel eines Insekts. Man vermutet, daß die Größe dieser Vögel den Wandel in der Flügelkonstruktion erforderlich machte, und es ist vielleicht kein Zufall, daß die Kolibris die Lücke zwischen Insekten und

Konturfeder

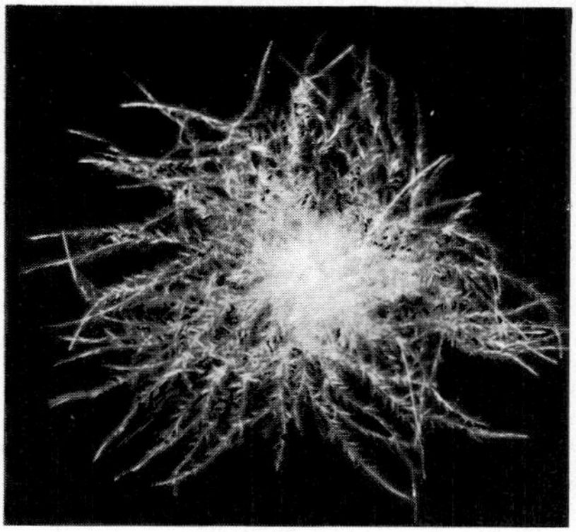

Dunenfeder

Fadenfeder

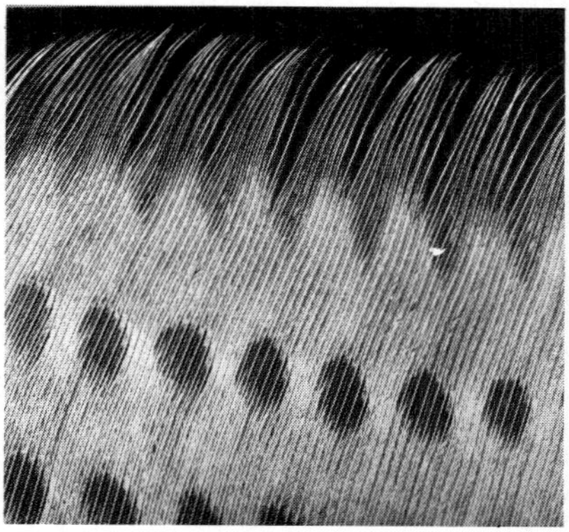

Flügelfeder der Eule

Konturfedern bilden das äußere Federkleid eines Vogels, darunter liegen die Dunenfedern – beide zusammen stellen eine optimale Wärmeisolierung dar. Fadenfedern ragen manchmal über die anderen Federn hinaus und dienen möglicherweise als Sinnesorgane. Schwung- und Steuerfedern befinden sich an den Flügeln und Schwanz. Bei Nachteulen sind die Schwungfedern durch kammartige Vorsprünge und Säume schallisoliert.

Vögeln überbrücken. Man stelle sich einen Kolibri von der Größe und dem Gewicht eines Schwanes vor: es ist ausgerechnet worden, daß seine Flügel – wäre er nach dem gewöhnlichen Kolibri-Modell gebaut – fast 10 Meter lang sein müßten!

Während die meisten Vögel an gewöhnliche Flugzeuge erinnern, gleichen

Der Flügel eines Vogels ist nach aerodynamischen Prinzipien gebaut. Er ist nicht nur stromlinienförmig, so daß er mit geringem Widerstand durch die Luft schneidet, sondern gleichzeitig auch gewölbt, so daß er den Auftrieb bewirkt – die Kraft, welche die Vögel in der Höhe hält. Die Luft, die über die Vorderkante der Flügel hinweggleitet, strömt beschleunigt über die konvexe obere Fläche der Flügel. Der Auftrieb wird dadurch verstärkt, daß der Flügel sich vorn gegen den Luftstrom anhebt. Solange die Luft glatt über die Feder fließt, ist der Flug ruhig (A). Wenn der Flügel aber scharf nach oben gerichtet wird, entstehen oberhalb des Flügels turbulente Zonen, und der Auftrieb wird vermindert (B). An der Vorderkante des Vogelflügels befindet sich eine Gruppe von Federn – der Daumenflügel –, die dafür sorgt, daß der Luftstrom glatt weiterfließt, wenn der Flügel nach oben gestellt wird (C). Auf diese Weise bleibt der Auftrieb auch voll erhalten. Beim Schlag nach unten, in dem beim Vogelflug die Kraft steckt, stehen die Handschwingen fest und überlappen einander, so daß sie der Luft eine geschlossene Oberfläche bieten. Beim Aufwärtsschlag jedoch öffnen sie sich, um die Luft hindurchzulassen, so daß es dem Vogel leichter wird, die Flügel zu heben. Der Daumenflügel in der linken Abbildung oben wird von eigenen Muskeln kontrolliert.

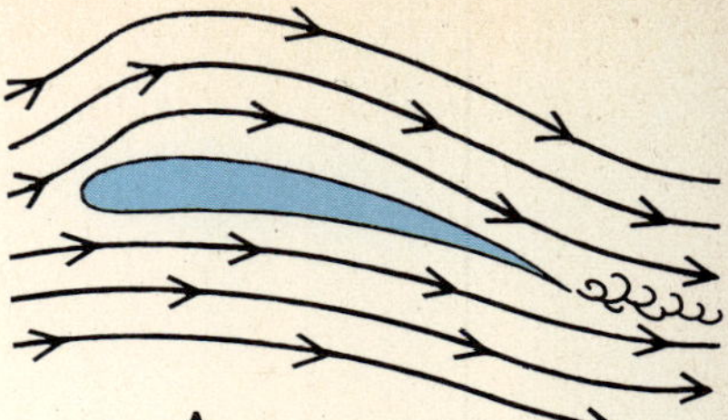

A

Daumenflügel

Flachgelegte Federn zum Abwärtsschlag

A (Sturmtaucher)

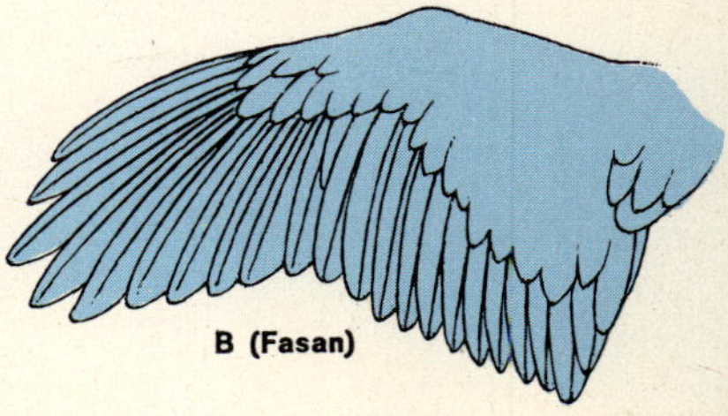

B (Fasan)

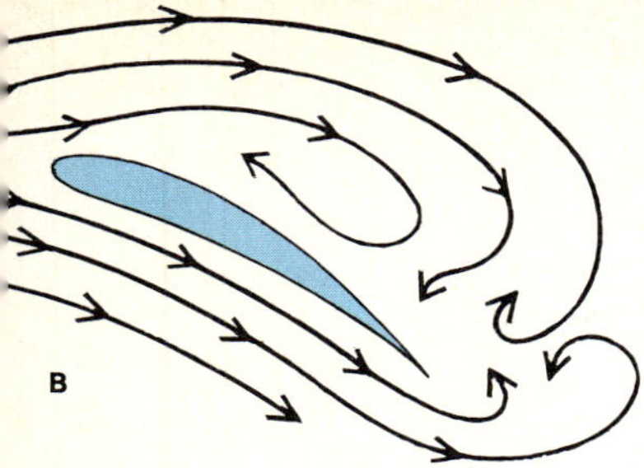

B

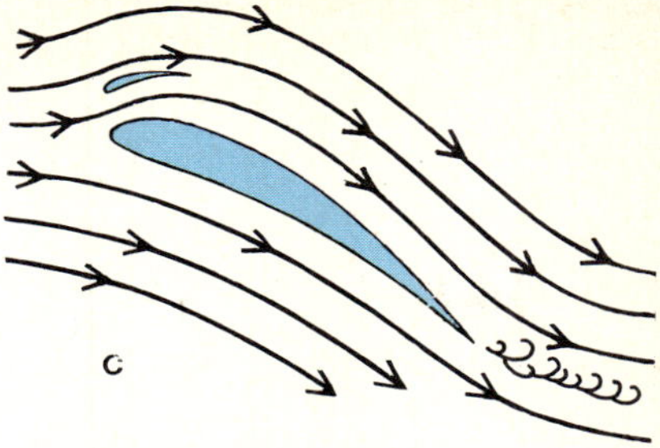

C

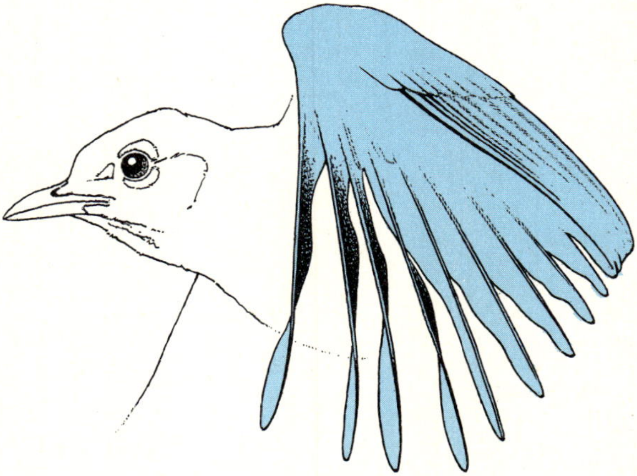

Gespreizte Federn zum Aufwärtsschlag

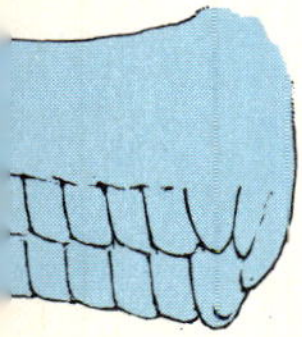

Die Flügelformen zeigen die Art ihrer Verwendung an. Eine lange, schmale Form (A) findet man bei den Gleitern der Meere, eine breite, geschlitzte (C) unter den Seglern des festen Landes. Typ B verschafft Kraft für eine rasche Flucht, (D) verleiht Schnelligkeit bei Wanderungen.

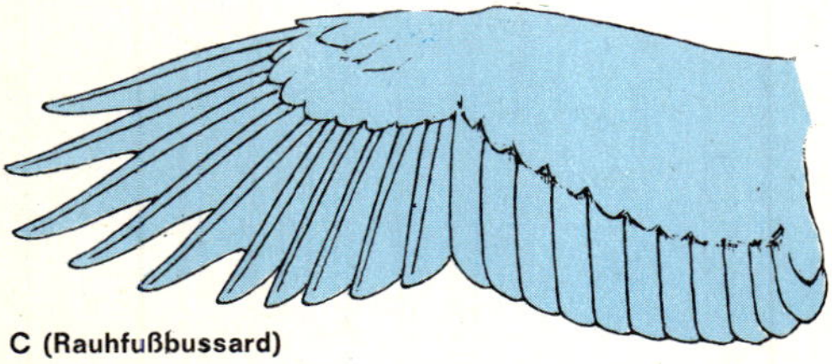

C (Rauhfußbussard)

D (Schwalbe)

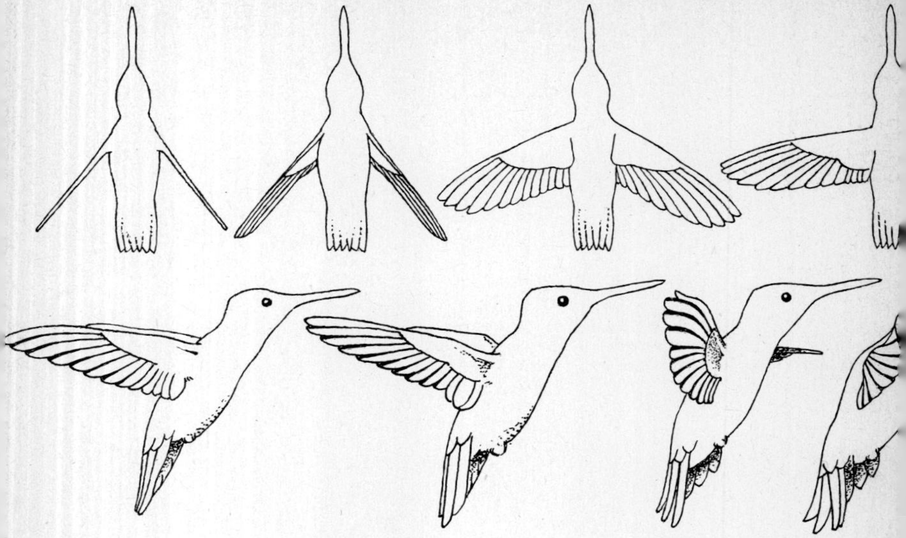

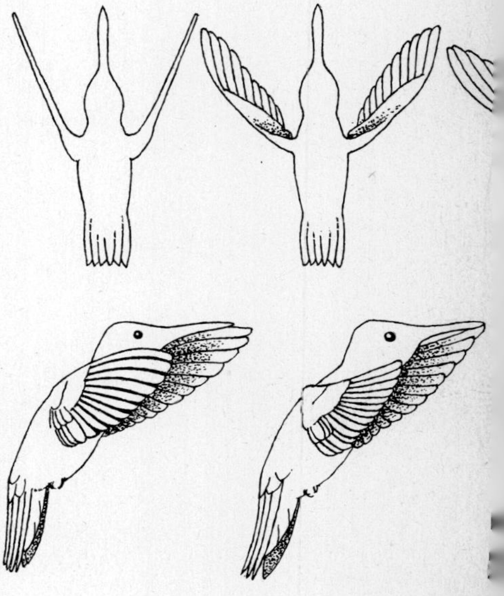

Beim Vorwärtsschlag bewegt sich der Flügel in der herkömmlichen Weise mit der Vorderkante nach vorn (Bildsequenz oben). Er ist dabei leicht angewinkelt, so daß er dem Tier zwar Auftrieb, aber keinen Schwung nach vorn vermittelt. Beim Rückwärtsschlag dreht sich der ganze Flügel um fast 180° im Schultergelenk (Bildsequenz rechts). Die Vorderkante ist nun nach rückwärts gewendet, so daß die Flügel also in der gleichen Weise Auftrieb ohne Vorwärtsantrieb erzeugen wie bei dem zuerst beschriebenen Schlag. So scheint es, als wenn der Vogel «in der Luft steht».

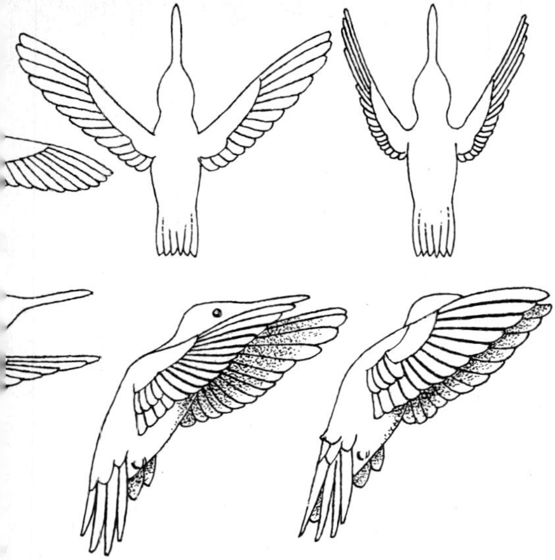

Kolibris können geradeaus, rückwärts und senkrecht nach oben und unten fliegen; die erstaunlichste Flugeigenschaft der Kolibris ist aber ihre Fähigkeit, vor einer Blüte «in der Luft zu stehen» – zu rütteln –, um Nektar aufzunehmen. Diese Fähigkeit beruht auf der Flügelkonstruktion der Kolibris, die sich von der der meisten anderen Vögel grundlegend unterscheidet. Der Flügel als Ganzes ist fast starr, er besitzt nur äußerst geringe Bewegungsmöglichkeiten im «Handgelenk» und im «Ellbogen», dreht sich aber an der Schulter frei in einem Kugelgelenk. Die Zeichnungen – jeweils von oben und von der Seite – zeigen, daß der ganze Flügel gleichsam wie der Rotor eines Hubschraubers wirkt.

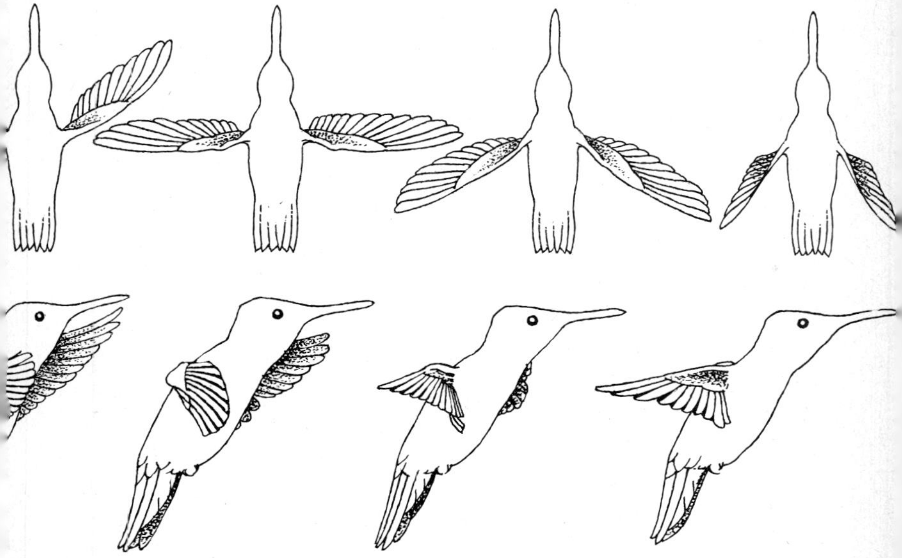

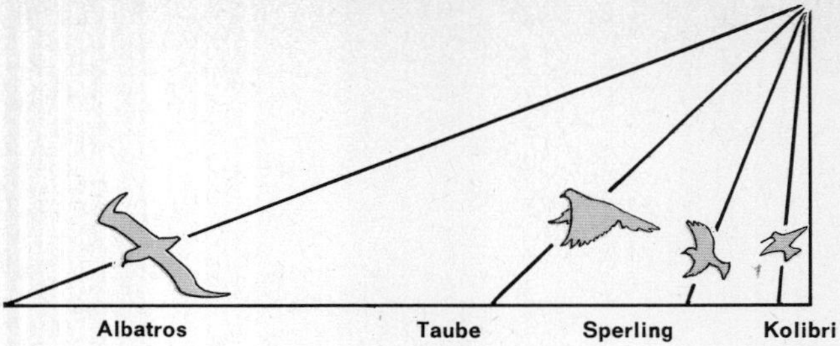

Die Fähigkeit zu gleiten ist bei den Vögeln sehr unterschiedlich entwickelt. Hier sind die Entfernungen, die vier Vogelarten im Gleitflug zurücklegen können, im Verhältnis zueinander abgebildet. Der Kolibri mit seinen winzigen Flügeln kann fast überhaupt nicht gleiten.
Aufwindsegeln führt ein Vogel mit breiten Schwingen aus, der von warmen Luftströmen hochgetragen wird, die rascher steigen, als er fallen kann. In unbewegter Luft würde der gleiche Vogel nicht aufsteigen, sondern aus der Position A langsam zum Punkt B hinabgleiten. Dynamisch segelt ein Albatros stundenlang, ohne einmal mit den Flügeln zu schlagen. Hier erhebt sich ein Albatros gegen den Wind von der Ebene B – wo der Wind durch den Reibungswiderstand der Wellen verlangsamt wird – bis zur Ebene A, wo der Wind rascher weht. In kreisender Bewegung gleitet der Vogel mit dem Wind nieder und sammelt genügend Schwung, um gegen ihn wieder aufzusteigen.

Ein Wärmeaufwind, wie ihn die Vögel zum Steigen benutzen, beginnt als eine aufsteigende warme Luftsäule (A), unter welche die kalte Luft greift (B). Sie steigt als große Warmluft-Blase (C und D) so stark nach oben, daß ein Greifvogel, der darin kreist, von ihr hochgetragen wird.

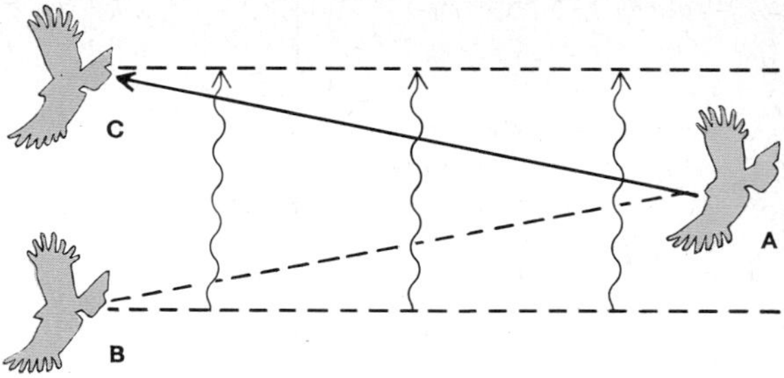
C
A
B

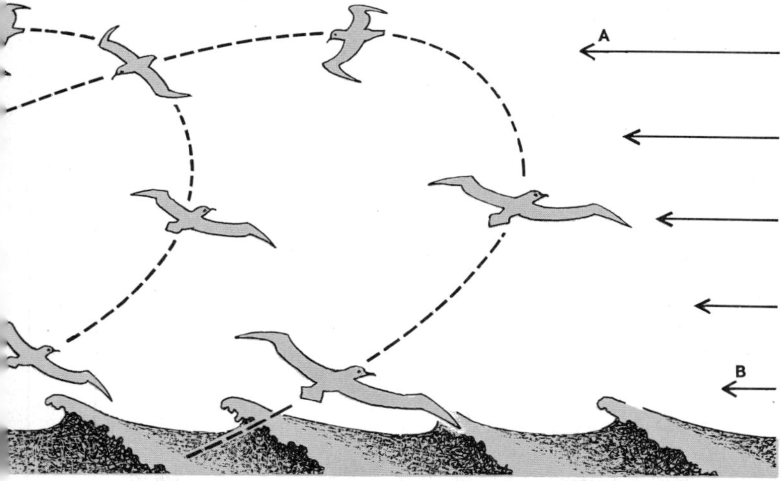
A
B

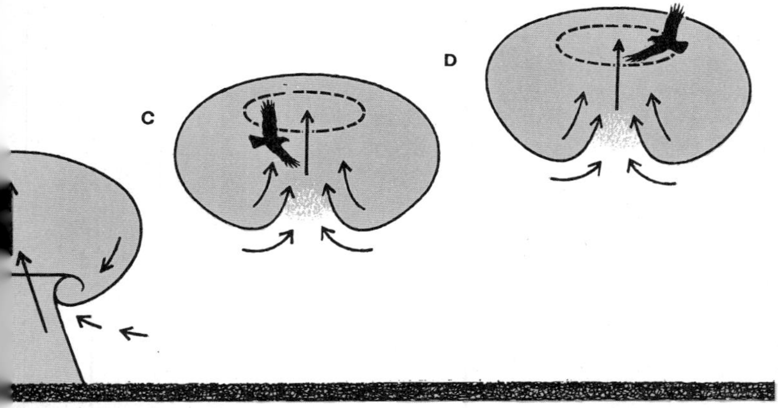
D
C

die Kolibris, wie Spezialaufnahmen enthüllen, mehr den Hubschraubern. Crawford Greenewalt kommentiert das so: «Wenn ein Hubschrauber schwebt, befindet sich der Rotor in einer Ebene parallel zur Erdoberfläche – ebenso ist es bei den Flügeln des ‹rüttelnden› Kolibris. Wenn ein Hubschrauber sich vorwärts oder rückwärts bewegt, neigt sich der Rotor in die entsprechende Richtung. Das gleiche tun die Flügel des Kolibris. Der Hubschrauber kann sich direkt von einem beliebigen Platz in die Luft erheben, ohne eine Startbahn nötig zu haben – auch das kann ein Kolibri.»

Von den Kolibris wird oft behauptet, sie seien die einzigen Vögel, die fähig sind, rückwärts zu fliegen. Ein Schlag nach unten mit dem Schwanz, eine Umkehrung der Flügel – die buchstäblich an einem Kugelgelenk befestigt sind – erlauben dem winzigen Vogel, von einer Blüte abzusetzen, bevor er blitzschnell in eine andere Richtung schießt. Tatsächlich können aber auch einige andere Vögel wie Tyrannen und Waldsänger gelegentlich für einen kurzen Augenblick rückwärts fliegen.

Gleitflug. Die bei weitem einfachste Form des Fliegens – weit weniger kompliziert als das Fliegen mit Flügelschlag und das Rütteln – ist das Gleiten. Das war – wie wir gesehen haben – zweifellos die Art und Weise, in der die ersten Vögel flogen, die Geschöpfe der Frühzeit wie der *Archaeopteryx*, von dem man annimmt, daß er Felsen und Bäume erklomm, um sich von ihnen mit ausgebreiteten Flügeln abzustoßen. Schwalben gleiten nach mehreren kräftigen Flügelschlägen. Das gleiche tun Pelikane, die im Verband fliegen, Gänse, die landen wollen, und viele andere Vögel. Gleiten spart Energie, aber die Schwerkraft und die Windverhältnisse bestimmen, wie lange ein Vogel schweben kann, ehe er wieder mit den Flügeln schlagen muß.

Segelflug. Eine wesentlich differenziertere Fertigkeit ist das Segeln. Dabei kommt es darauf an, aufsteigende Luftströme so wirksam auszunutzen, daß für lange Perioden kein Flügelschlag erforderlich ist. Den Greifvogelbeobachtern, die an Herbst-Wochenenden auf Pennsylvanias Hawk Mountain zu Hunderten zusammenkommen, wird oft eine großartige Schau des Segelfluges in höchster Vollendung geboten. Wenn der Wind im Nordwesten steht und an dem entgegengerichteten Abhang ein starker Aufwind entsteht, segeln die Vögel in einer geraden Linie den Grat entlang. Ein Fischadler, dessen Flug an zwei Punkten des Höhenrückens gestoppt wurde, erreichte eine Geschwindigkeit von über 140 Stundenkilometern, ohne einmal die Flügel zu benutzen. An warmen, sonnigen Tagen, wenn die thermischen Aufwinde von der erhitzten Erde aufsteigen, können die Beobachter den großartigen Anblick echten Segelfliegens genießen. Rotschwanzbussarde, Truthahngeier und selbst Adler schwingen sich wie Segelflugzeuge in graziösen Spiralen an der unsichtbaren Säule der aufsteigenden Luft empor.

Bei den Vögeln, die gute Segler sind und eine gegenüber dem Körpergewicht verhältnismäßig große Flügelfläche haben, kann man zwei Typen unterscheiden: diejenigen mit breiten Flügeln und fächerartigem Schwanz – wie Bussarde, Adler und Geier – und diejenigen mit außerordentlich langen, verhältnismäßig schmalen Flügeln – die Ozean-Wanderer wie Möwen, Fregattvögel und Albatrosse.

Ein Geier bietet einen Anblick majestätischer Mühelosigkeit, wenn er mit bewegungslosen Schwingen an einer Klippe entlangsegelt. Seine Schwungfedern sind gespreizt wie gigantische Finger, um Wirbeln in der Luft begegnen zu können und in den unsicheren Luftströmen einer Schlucht zum Beispiel sicher zu fliegen. Kein Flugzeug würde es wagen, durch enge Bergtäler zu fliegen, kein von Menschen gebauter Flugapparat ist so manövrierfähig. Wenn der Vogel landen will, streckt er zuerst sein «Fahrgestell» heraus, seine großen Füße. Er verringert die Größe seiner «Tragflächen» durch ein bloßes Schulterzucken und verliert so an Höhe; dann stößt er direkt auf den Rand der Klippe zu, so daß eine «Bruchlandung» unvermeidlich erscheint. Aber genau im richtigen Augenblick setzt er die Bremswirkung seiner Flügel ein. Die schalenförmig gewölbten Flügel bremsen wie Landeklappen, der Schwanz wird gesenkt und gespreizt, und der Vogel landet genau an der gewünschten Stelle. Mit den Füßen fängt er den Landestoß auf. Für einen kurzen Augenblick hält er die Flügel hoch über seinem Körper, dann faltet er sie sauber zusammen. Ein Flugzeug erscheint gegenüber dieser faszinierenden Flug- und Landetechnik ausgesprochen plump.

Die Vögel, die sich am mühelosesten in der Luft bewegen, sind die großen Albatrosse. Ihr Lebensraum ist die See, wo Aufwinde selten und abweichende Luftströme ein paar Meter über den Wellen nicht mehr vorhanden sind. Jedoch sind infolge des Reibungswiderstandes die Meereswinde in 15 Meter Höhe stärker als direkt über den Wellen. Der Wanderalbatros mit seiner Flügelspannweite von bis zu 3,5 Metern nutzt diese Erscheinung planmäßig aus. Wenn er die Schicht der rascheren Windströme erreicht hat, benutzt er sie, um in seinem langen Gleitflug mit dem Wind Geschwindigkeit aufzunehmen, wobei er seine säbelartigen Schwingen still hält. Dann taucht er, indem er fast die Wellenkämme berührt, in die langsameren Oberflächenwinde. Durch seine größere Geschwindigkeit steigt er an diesen wieder steil hoch. Indem er so abwechselnd gleitet und aufsteigt, kann der Albatros mühelos stundenlang ohne einen einzigen Flügelschlag über der See segeln.

3. Nahrungssuche

Fast jede Art von tierischem und pflanzlichem Leben auf der Erde wird von irgendeinem Vogel als Nahrungsquelle ausgenutzt. Sogar die Kadaver von Walfischen und Elefanten haben ihren Platz auf der Speisekarte aasfressender Möwen und Geier. Am anderen Ende der Nahrungspalette der Vögel steht eine der kleinsten, primitivsten Pflanzen, eine Grün-Alge, die Hauptnahrungsquelle für die etwa drei Millionen Afrika-Flamingos, die die Salzseen Ostafrikas bevölkern. Daß die Flamingos, die einem sehr alten Vogelstamm angehören, noch existieren, ist zum großen Teil nur darauf zurückzuführen, daß sie diese Umwelt für sich nutzbar machen können, wozu sonst nur wenige Lebewesen in der Lage waren.

Die Mannigfaltigkeit an Vögeln, die heute auf der Erde vorkommen, verdankt ihre Existenz der Tatsache, daß die Vögel in der Lage gewesen sind, sich bestimmte geographische oder durch die Umwelt geprägte Lebensräume zu erobern. Obwohl diese Gebiete gleichzeitig auch von Vögeln bewohnt werden, deren Lebensgewohnheiten sich nicht stark voneinander unterscheiden, erlaubt die Evolution nur selten, daß nahe verwandte Arten, zum Beispiel zwei Arten von Hähern, im selben Revier leben und denselben Lebensraum auf die gleiche Art und Weise ausnutzen.

Jede Umwelt, mit Ausnahme der völlig unfruchtbaren Gebiete der Erde, hat ihre besondere Art von Vögeln, die sich mit den Nahrungsquellen der entsprechenden Lebensbezirke zusammen entwickelt haben – mit den Wäldern und Bergen, dem Grasland, dem Gestrüpp, den Niederungen, Wüsten, Tundren, den Flüssen, Seen, Inseln und dem Meer sowie neuerdings auch mit den Städten und Dörfern. Die Besiedlung erfolgte nicht zufällig, sondern war das Ergebnis einer natürlichen, sich über lange Zeiträume erstreckenden Auslese.

Insektenfresser. Oft ist behauptet worden, daß die Insekten die Welt beherrschen würden, wenn es keine Vögel gäbe. Das ist vermutlich eine Übertreibung, denn die Insekten haben innerhalb ihrer Arten wirksame Räuber und Parasiten genug (abgesehen davon, daß die Vögel nicht zwischen «nützlichen» und «schädlichen» Insekten unterscheiden). Aber tatsächlich üben die Vögel in kritischen Zeiten eine wirksame Kontrollfunk-

Die Scherenschnäbel (hier ein Schwarzmantelscherenschnabel) fliegen dicht über dem Wasser und erbeuten mit dem eingetauchten Unterschnabel ihre Hauptnahrung: kleine Fische.

Ein großer Buntspecht, der vor dem Problem steht, eine runde, rollende Haselnuß so lange festzuhalten, bis er sie geöffnet hat, hilft sich, indem er sie in einen Behelfs-Schraubstock klemmt, den er in Baumrinde gemeißelt hat. Dann spaltet er sie mit einigen wenigen Schnabelhieben auf. Für den Insektenfang hat dieser europäische Vogel eine andere Waffe: seine Zunge *(s. S. 54).*

tion aus. Waldsänger und andere Zugvögel treffen genau zu dem Zeitpunkt ein, zu dem Myriaden von kleinen Insektenlarven auf dem eben sich entfaltenden jungen Grün ausschlüpfen. Sie setzen ihren Angriff in den folgenden Wochen fort, wenn ihre hungrigen Jungen, die täglich nahezu ihr Eigengewicht an Nahrung benötigen, ständig gefüttert werden müssen. Ein Pärchen Magnolienwaldsänger, das in einem Fichtenwald in Maine nistete, fütterte seine großen Jungen durchschnittlich alle 4 Minuten mit einem Schnabel voll Insekten. Die ausgewachsenen Vögel benötigen allerdings weniger Nahrung. Der hohe Wassergehalt der Raupen und anderer Insekten sind die Ursache dafür, daß ein ausgewachsener insektenfressender Vogel täglich 40 Prozent seines Eigengewichts verzehrt, ein Körnerfresser dagegen nur etwa 10 Prozent.

Die Insekten, die nahezu jedes feste Land auf der Erde bevölkert haben, können den Vögeln nicht entfliehen, die den Erdboden durchsuchen, das abgefallene Laub umwenden, die Baumrinde abklopfen und in Baumstümpfen nachgraben, die jeden Zweig und jedes Blatt sorgfältig absuchen. Auch das Wasser ist kein sicherer Zufluchtsort – ebensowenig wie die Luft oder das Dunkel der Nacht. Es gibt fast kein Insekt, dem nicht irgendein Vogel

nachstellt. Waldsänger und Vireos suchen planmäßig das Laub ab, während Schwalben, Segler und andere Jäger fliegender Insekten den größten Teil ihrer wachen Stunden in der Luft verbringen und täglich Hunderte von Kilometern in ihren Jagdgebieten zurücklegen.

Im tropischen Amerika hat sich eine Anzahl schlicht gefärbter Ameisenvögel darauf spezialisiert, den langen Zügen der Wanderameisen zu folgen und sich von den vielen anderen Insekten zu ernähren, die durch die vorrückende Armee aufgescheucht werden. In ähnlicher Weise ziehen in Afrika viele insektenfressende Vögel daraus Nutzen, daß die Eingeborenen das Gras in Brand setzen, um ihr Weideland fruchtbar zu machen. Hornraben stolzieren dicht an die schwelenden Grasbüschel heran, während Turmfalken im Rauch rütteln und Racken in der Nähe aufbaumen. Auch grasende Tiere dienen den Vögeln als Insektenaufscheucher. So leben in Ostafrika Trappen, Kuhreiher, Bienenfresser und andere Arten in enger Gemeinschaft mit Zebras, Antilopen und anderen Herdentieren.

Viele Vögel konzentrieren sich bei ihrer Suche nach Insekten auf die Baumstämme, zum Beispiel die Kleiber, Baumläufer, Baumsteiger und selbst

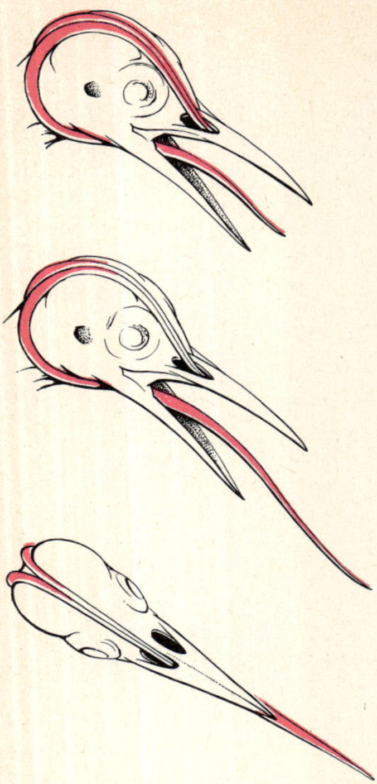

Für einen Specht ist das Aufmeißeln nur der erste Schritt auf dem Weg zu den Maden, die im Holz leben. Er benutzt dann seine bewegliche Zunge, um tief in die Gänge der Insekten einzudringen und sich seine Nahrung herauszuziehen. Doch wie bringt der Specht eine so lange Zunge in seinem kleinen Kopf unter? Die eigentliche Zunge ist ziemlich kurz. Sie ist Teil eines aus Knochen und elastischen Sehnen gebildeten Mechanismus (farbig), der unter dem Unterkiefer hindurch und um den Kopf herum zum rechten Nasenloch führt, wo er verankert ist. Das linke Nasenloch bleibt frei zum Atmen. Wenn diese Vorrichtung, das Zungenbein, um den Kopf gleitet, streckt der Vogel die Zunge heraus.

einige Waldsänger; aber keiner ist dafür so gut ausgerüstet wie der Specht. Dieser hochspezialisierte «Zimmermann» bringt den größten Teil seines Lebens in senkrechter Stellung zu, an einen Stamm oder einen Ast geklammert, wobei der steife Schwanz als Stütze dient, während die stark gekrümmten Krallen – an jedem Fuß zwei nach vorn und zwei nach hinten gerichtet – sich an der rauhen Rinde festhalten. Der gerade, meißelharte Schnabel wird wie mit Preßlufthammerstößen von kräftigen Muskeln in Kopf und Nacken vorgetrieben, wobei der relativ dicke Schädel die Erschütterungen auffängt. Mit Vorliebe bricht der Specht die unter der Baumrinde gelegenen Gänge der Bohrkäfer auf und zieht das Insekt mit Hilfe einer außerordentlich langen, mit Widerhaken bewehrten Zunge heraus. Die Spechte – eine alte Familie, die mehr als 200 lebende Mitglieder umfaßt – haben diese Jagdtechnik wahrscheinlich schon vor 50 Millionen Jahren im Eozän entwickelt.

Einer der berühmten Finken der Galapagos-Inseln, der Stocherfink, ahmt auf fast geniale Weise den Specht nach. Da er mit seinem kurzen

Schnabel die Holzbohrer-Maden nicht erreichen kann, nimmt er einen dünnen Zweig oder einen Kakteenstachel von einigen Zentimetern Länge, um ihn kräftig in das Loch zu stoßen und seine Beute wie einen Cocktail-Happen aufzuspießen. Vermutlich ist er der einzige Vogel, der sich wirklich eines Werkzeugs bedient, um an seine Nahrung heranzukommen.

Körnerfresser. Anfangs haben höchstwahrscheinlich alle Vögel tierische Nahrung zu sich genommen. Das Körnerfressen darf fast mit Sicherheit als eine spätere Spezialisierung angesehen werden. Einen Hinweis darauf gibt die Tatsache, daß fast alle Körnerfresser ihre Jungen zunächst mit Insekten ernähren und dann langsam an vegetarische Kost gewöhnen. Die Tauben – eine Ausnahme – umgehen das, indem sie ihre Jungen mit einer als «Tauben-Milch» bezeichneten Absonderung füttern.

Die starke Vermehrung der körnerfressenden Vögel muß sich zu einem verhältnismäßig späten Zeitpunkt der Entwicklungsgeschichte ereignet haben, vor allem wohl nach dem Miozän, d. h. innerhalb der letzten 13 Millionen Jahre. Damals breiteten sich die saattragenden Pflanzen, besonders die Gräser, stark aus. Vögel der verschiedensten Ordnungen fressen Körner; aber den gedrungenen, konischen Schnabel, der für das Knacken von Samen besonders geeignet ist, finden wir am häufigsten unter den Sperlingsvögeln. Er ist besonders typisch für die Finken und Ammern, die nach Ansicht vieler Evolutionsforscher zu den zuletzt entstandenen Familien der Vögel gehören. Allerdings können sich die Systematiker nicht ganz einigen, wo einige finkenartige Vögel eingeordnet werden sollen und wie viele Familien zu ihnen gehören. Wie wir gesehen haben, braucht die Ähnlichkeit so ausgesprochen funktionaler Merkmale wie der Schnäbel nicht unbedingt auf eine Verwandtschaft hinzuweisen; sie kann ebensogut das Ergebnis der Konvergenz oder einer anatomischen Parallelentwicklung sein, denn die Gewohnheit, Samen zu beißen, entwickelt durch natürliche Auslese einen Schnabel, der dazu geeignet ist.

Nektarsammler. Wurzeln, Knollen, Gras, Laub, Knospen, Samen, Fruchtfleisch, Blütenstaub und Blütenhonig sowie der Saft verschiedener Pflanzen dienen den Vögeln als Nahrung. Andererseits werden Pilze, Flechten und andere niedere Pflanzen nur von wenigen Vögeln gefressen.

Denjenigen unter uns, die in den gemäßigten Zonen der nördlichen Halbkugel leben, erscheint es überraschend, daß nahezu ein Fünftel aller Vögel sich von Nektar ernährt.

Die meisten dieser Vögel leben freilich auf der südlichen Halbkugel. Die Kolibris, diese glänzende, in allen Regenbogenfarben schillernde Schar von etwa 320 Arten, sind bei weitem die erfolgreichsten aller Nektarsammler, wenn sie vor den Blüten schweben und diese geschickt mit ihren nadelartigen Schnäbeln sondieren. Der kleinste Kolibri, der Zwergkolibri von Kuba,

Kakadu

Kreuzschnabel

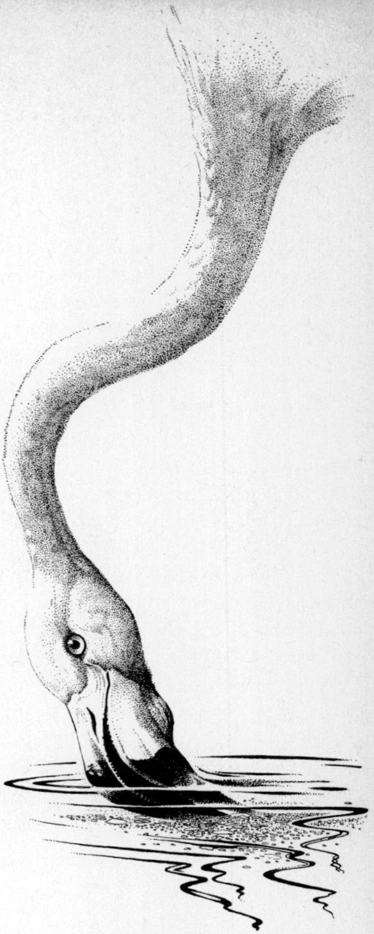

Flamingo

ist nur etwa drei Zentimeter lang – kleiner als einige Schwärmer, denen er in Gestalt, Flügellänge und -bewegung sehr ähnelt.

Mag er auch klein sein – die Energiemenge, die ein Kolibri benötigt, ist phänomenal. Wenn ein normaler Mann mit einem Gewicht von 75 Kilogramm Energie in der gleichen Weise verbrauchen würde wie dieser kleine Vogel, so müßte er an einem einzigen Tag etwa 130 Kilogramm Hackfleisch oder das Doppelte seines eigenen Gewichts an Kartoffeln essen. Crawford Greenewalt führt einen noch erstaunlicheren Vergleich an: ein Mann, der

Schlangenhalsvogel

Austernfischer

Der hakenförmige Schnabel des Kakadus dient als kräftiger und wirksamer Nußknacker. Nachdem die Schale geknackt ist, holt der Vogel den Kern mit seiner kräftigen, biegsamen Zunge heraus.
Der scherenartige Schnabel des Kreuzschnabels ist geeignet, aus den Zapfen immergrüner Nadelbäume die Samen herauszuziehen. Andere Vögel müssen warten, bis die Zapfen austrocknen oder sie mühsam aufbrechen.
Flamingos leben von den organischen Bestandteilen des Schlammes. Ihre gebogenen, an den Rändern gezackten Schnäbel filtern Schlamm und Wasser aus und halten winzige Pflanzen und Tiere zurück.
Der Schlangenhalsvogel, auch Pfeilschütze genannt, spießt unter Wasser Fische mit seinem speerartigen Schnabel auf. Sein langer, wendiger Hals und Füße mit Schwimmhäuten helfen ihm beim Fischen.
Der Schnabel der Austernfischer ist höher als breit und wird wie ein Meißel in halb geöffnete Austernschalen geschoben, so daß deren Bewohner gelähmt werden, ehe sie in der Lage sind, ihre Schale zu schließen.

Energie in der gleichen Geschwindigkeit verbrauchen würde wie ein schwirrender Kolibri, müßte etwa 45 Kilogramm Schweiß pro Stunde ausscheiden, um seine Temperatur unter dem Siedepunkt zu halten!

Trotz ihrer hervorragenden Flugeigenschaften haben die Kolibris nie die Kluft zwischen Amerika und Eurasien und dem tropischen Asien überbrückt. Allerdings hat eine große Familie von Vögeln Eurasiens und des tropischen Asiens, die Nektarvögel (Nectariniidae) mit ihren etwa 100 Arten, versucht, die Lücke auszufüllen, die in Amerika die Kolibris besetzen.

Viele Nektarvögel sind nicht viel größer als die durchschnittlichen Kolibris, und viele sind ebenso lebhaft gefärbt. Aber sie können sich mit den Kolibris hinsichtlich ihrer Flugfertigkeit nicht messen. Sie müssen sich niederlassen, wenn sie Nektar saugen; nur selten bleiben sie dabei vor einer Blüte rüttelnd in der Luft.

Nektar-Sammler müssen wendig sein, wenn sie gedeihen wollen. Sie müssen in der Lage sein, dem Blühen der Pflanzen zu folgen. Die Kleidervögel auf Hawaii ziehen zum Beispiel in lockeren Scharen von einem Teil der Wälder an den vulkanischen Abhängen zum anderen, wobei ihre Reiseroute bestimmt wird vom Blühen der Ohia und anderer einheimischer Baumarten. Kolibris aus dem Westteil der USA ziehen während der Zeit der Frühjahrsblüte durch die pazifischen Niederungen, um im Spätsommer, wenn die Täler ausgedörrt und braun daliegen, die hohen Bergwiesen aufzusuchen.

Ein großer Zweig des Papageien-Stammes, die kleinen Loris Australiens, hat sich auf andere Weise auf die Ernährung mit Nektar eingestellt. Diese Vögel zerquetschen die borstigen Blüten des Eukalyptus und anderer Bäume und schlecken den klebrigen Saft mittels ihrer an der Spitze ausgefransten Zunge auf. Wie andere Papageien sind die Loris sehr gesellig; sie ziehen in großen Schwärmen durch die Bergwälder, stürzen sich auf die Stellen, wo die Blüten am dichtesten stehen, und verständigen lärmend andere vorbeiziehende Schwärme von dem Fund. An der australischen Queensland-Küste hat ein Bienenzüchter namens Alex Griffiths Hunderte bunter Loris mit Schüsseln von Honig an sein Haus in der Stadt Currumbin gelockt. Sie haben sich mit ihm angefreundet, sitzen ihm zutraulich auf der Hand, den Schultern und dem Kopf. Jetzt kommen jeden Nachmittag rund fünfhundert Loris in dieses «Lori-Schlaraffenland», um Honig zu naschen, und erfreuen die Scharen menschlicher Zuschauer, die oft noch zahlreicher erscheinen als die Loris.

Diejenigen tropischen Vögel, die Früchte fressen, sind wie die Nektar-Sammler gewöhnlich lebhaft gefärbt, und die meisten sind sehr laute Vögel. Papageien fliegen in Scharen oder paarweise mit lautem Gekreisch über die tropischen Wälder. Eine Schar, die unten im Laub gute Nahrung gefunden hat, schreit einer anderen zu, um sie einzuladen. Sie helfen sich dadurch gegenseitig, denn oft ist im dunklen Urwald ein früchtetragender Baum Meilen vom nächsten entfernt.

Im Gegensatz dazu tragen die Seidenschwänze – Vögel mit glattem Gefieder, einer Haube und leiser Stimme – ein stumpfes braungraues Federkleid. Die Zedernseidenschwänze können zwar in so weit nördlich gelegenen Gebieten wie Südkanada überwintern, aber sie ziehen auch weit südwärts, bis Panama. Sie reisen in dichten Scharen und halten sich nur auf, wenn sie einen Baum voll Beeren finden. Man kann weder ihre Ankunft noch ihre

Die meisten Schnäbel bildeten sich infolge bestimmter Freßgewohnheiten heraus. Der kräftige, geschwungene Schnabel des Großen Alexandersittichs ist zum Beispiel vorzüglich geeignet, Nüsse zu knacken oder große Früchte auszuhöhlen, und kann sogar beim Klettern behilflich sein.

Abreise voraussagen, denn sie bleiben nur so lange an einer Stelle, wie die Früchte reichen. Den Seidenschwanz zum Beispiel findet man in Skandinavien, solange die Eberesche Früchte trägt; später kann er nach Mitteleuropa und über die Nordsee nach England fliegen.

Nahrung aus dem Wasser. Fünf Siebtel der Erdoberfläche bestehen aus Meeren. Auf jeden Quadratkilometer Land kommen zweieinhalb Quadratkilometer Salzwasser. Dennoch gibt es von den Vögeln, die man als Seevögel bezeichnen kann, zusammen nur rund 260 Arten, die einem Dutzend Familien angehören. Einige davon, wie die meisten Möwen und Seeschwalben, die Kormorane, Fregattvögel und Pelikane, halten sich ziemlich dicht an den Küsten auf. Rund 150 Arten sind echte Seevögel. Von allen lebenden Vogelarten sind nur etwa 3 Prozent Seevögel.

Die Meere bilden keinen einheitlichen ökologischen Block. Plankton, das Weideland des Meeres, das aus zahllosen winzigen, schwimmenden Meeresorganismen besteht, ist nicht gleichmäßig im Meer verteilt wie Zucker, den man in einer Tasse Tee aufgelöst hat. Es zieht sich in Streifen oder Bändern durch das Wasser, zusammengetrieben von den Meeresströmungen und Wellenbewegungen. Wo das Plankton dicht ist, sammeln sich die Vögel.

Die kälteren Meeresströmungen weisen eine größere Dichte an Plankton auf als die wärmeren. Das hat unmittelbaren Einfluß auf das Leben der Vögel. Wenn man von einem Schiff aus Vögel beobachtet, so sieht man in tropischen Meeren nur wenige der Vögel, die man während der gleichen Zeit in nördlichen oder tief südlichen Meeren antreffen würde. Der kalte Humboldt-Strom etwa, der vor der Westküste Südamerikas nach Norden fließt, bringt Reichtümer nach Peru – den nitratreichen Vogel-Dung Guano, den Millionen von Guanokormoranen (*guanays*), Guanotölpeln (*piqueros*) und Braunpelikanen (*alcatrazes*) auf den küstennahen Inseln hinterlassen.

Nach Beute tauchende Vögel müssen sowohl in der Lage sein, schnell wieder nach oben zu kommen, bevor ihnen die Luft ausgeht, als auch ihre Beute zu greifen und festzuhalten, ohne zuviel Wasser zu schlucken. Pelikane und Tölpel gehören zu den Vögeln, die aufblasbare Luftsäcke unter der Haut entwickeln. Diese geben ihnen nicht nur mehr Auftrieb, sondern mildern auch den Aufprall auf das Wasser ab (links und rechts: Meerespelikane, auch Braunpelikan genannt).

Der Nahrungskreislauf des Meeres zeigt sich hier besonders deutlich. Die vorherrschenden südlichen Winde treiben das Wasser an der Oberfläche von der regenlosen, unfruchtbaren Küste fort, so daß kälteres Wasser von unten her nachströmen kann. Wenn dieses Wasser nach oben strömt, führt es nitrogen- und phosphorhaltige Ablagerungen mit sich, die ihre Existenz dem Absterben von Myriaden von Meerestieren und -pflanzen verdanken. Mikroskopische Algen, die das Wasser grün färben, nutzen diese Nahrungsquelle aus, um ihrerseits Myriaden von Anchovis als Ernährungsgrundlage zu dienen. Kleine Fische aber ziehen größere Fische und Vögel an. Nirgendwo in der Welt gibt es vogelreichere Küstengewässer als hier. Ein Ozeanograph schätzte kürzlich, daß der jährliche Fischbedarf der Guano-Vögel dem Ertrag des gesamten kommerziellen Fischfangs der USA entspricht.

In der westlichen Hemisphäre können hinsichtlich der Zahl der dort lebenden Seevögel nur die Pribylow-Inseln in der Bering-See mit der peruanischen Küste verglichen werden. Hier leben zwei sehr ähnliche Mitglieder der Familie der Alke, die Trottellumme und die Dickschnabellumme, unmittelbar nebeneinander auf den Klippen, zusammen mit zwei Papageitaucher-Arten und zwei Dreizehenmöwen. Die Biologen fragen sich: Wo bleibt hier der Daseinskampf zwischen den Arten? Die beiden Lummen gedeihen anscheinend ebenso prächtig wie die Papageitaucher. Vielleicht haben sie verschiedene Ernährungsweisen, die wir noch nicht kennen. Was die beiden Dreizehenmöwen anbelangt, so ist die Kurzschnabel-Dreizehenmöwe eindeutig in der Minderzahl und wird vermutlich bald aussterben.

Die Seetaucher gehören zu den wenigen Vögeln, die feste, schwere Knochen haben. Für einen Vogel, der die meiste Zeit damit zubringt, unter Wasser nach Fischen zu jagen, ist das ein Vorteil, da schwere Knochen den Auftrieb vermindern. Die Taucher legen tief unter Wasser große Strecken zurück. Einer wurde in einem Fischernetz etwa 75 Meter unter der Meeresoberfläche gefangen. Seetaucher und Lappentaucher sind für die Fortbewegung auf dem Lande schlecht geeignet. Sie nehmen unter Umständen – vom Fliegen abgesehen – monatelang ihre Füße nicht aus dem Wasser und klettern schließlich nur an Land, um zu nisten.

Die langbeinigen Reiher, Störche, Ibisse, Löffler und Kraniche – zusammen etwa 120 Arten – sind in den Niederungen zu Hause und jagen Fische, kleine Reptilien, Krebstiere und große Insekten. Sie haben stelzenartige Beine und lange Hälse, die sich im hohen Sumpfgras als nützliche Periskope erweisen. Die Angler haben oft beobachtet, daß man stromabwärts von einer Reiherkolonie auf reichen Fang rechnen kann. Die stickstoffhaltige Exkremente der Vögel reichern das Wasser an, die Fische vermehren sich besonders gut, und die Reiher treiben ihren Tribut wieder ein, wobei sie gleichzeitig den Anglern den Weg weisen.

Guano-Säcke werden auf einer peruanischen Kösteninsel von Arbeitskolonnen aufgestellt. Ein von der Regierung erlassenes Gesetz verbietet, mehr Guano abzubauen, als jährlich durch die Vögel wieder anfällt (Guano = Kotablagerungen von Seevögeln).

Die kleineren Watvögel, die Schnepfen, Wasserläufer, Regenpfeifer und deren Verwandte, denen das tiefere Wasser nicht zugänglich ist, bevölkern die Küstengebiete, wo sie Sandflöhe fangen, nach Würmern stochern, Mückenlarven fressen oder Napfschnecken von den Felsen klopfen. Ein Watvogel frißt einfach alles.

Fleischfresser. Bei den Raubvögeln mit ihren etwa 400 Arten wird zwischen Tag- und Nachtvögeln unterschieden. Zwei Drittel von ihnen, darunter die Habichte, Falken, Adler und Geier, jagen am Tage zwischen Sonnenaufgang und Sonnenuntergang. Das andere Drittel, die Eulen, sind in erster Linie Nachtjäger. In Nordamerika macht sich der Amerika-Uhu bei Einbruch der Dämmerung auf die Suche nach Beute in dem gleichen Gelände, über dem der Rotschwanzbussard am Mittag kreiste. In der gleichen Weise beherrscht eine andere große Eule, der Streifenkauz, die sumpfigen Wälder, während der Rotschulterbussard schläft.

Ein nächtliches Leben bietet also den kleinen Säugetieren keineswegs Schutz vor Raubvögeln. Die sehr großen, binokularen Augen der Eule sind sehr lichtempfindlich, und ihre Ohren können das feinste Rascheln einer Maus im dunkelsten Wald lokalisieren. Ein Ornithologe, der mit Waldohreulen und Schleiereulen experimentierte, stellte fest, daß sie bei einer

Beleuchtung, die zehn- bis hundertmal dunkler war, als das menschliche Auge zum Erkennen benötigt, noch eine tote Maus sehen und daß sie eine lebende Maus in totaler Dunkelheit fangen konnten.

Falke und Eule töten ihre Opfer, indem sie sich auf sie stürzen und sie schlagen oder mit gekrümmten Krallen umklammern. Geier vermeiden es gewöhnlich (aber nicht immer), lebende Beute zu schlagen, und benötigen daher nicht die stark gekrümmten «Fleischhaken» ihrer am Tage jagenden Verwandten. Ihre Füße sind vergleichsweise schwach entwickelt.

Kein Vogel der Welt ist besser für die Verfolgung eingerichtet als der Wanderfalke. Sein Kopf ist gebaut wie ein «Geschoß». Sein Körper ist in den Schultern breit und verjüngt sich nach hinten – eine mächtige, stromlinienförmig gebaute «Maschine», die mit ihren spitzen Flügeln beim Sturzflug eine Geschwindigkeit von schätzungsweise 280 Stundenkilometern erreicht. Aber der Wanderfalke bewährt sich nur im offenen Gelände. Deshalb hat sich die Falknerei als Sport in dem waldreichen Osten der USA nie so ausgebreitet wie zum Beispiel in den Heide- und Moorgegenden von England und Schottland. Die meisten Falken durchstreifen auf ihren Jagdzügen weite Gebiete; einige der kleineren Arten, wie die Turmfalken, gleichen jedoch eher Hubschraubern, wenn sie in der Luft rütteln, um Mäuse, Heuschrecken und anderes Kleinzeug zu fangen.

Habichte und Sperber, die andere Vögel jagen, sind darauf eingerichtet, überraschend anzugreifen. Sie haben kurze, runde Flügel entwickelt, die sie in den Stand setzen, geschickt zwischen den Bäumen hindurchzufliegen und rasche Manöver auszuführen. Der große Hühnerhabicht hat sich auf Rauhfußhühner und kleine Säugetiere spezialisiert, während der kleine Eckschwanzsperber Waldsänger jagt. Nicht immer fängt er seine Beute; jedem erfolgreichen Zustoßen ist meist eine Anzahl vergeblicher Versuche vorangegangen. Gewöhnlich ist der Vogel, der dem Räuber zum Opfer fällt, krank, alt oder unvorsichtig – ein am Rande seiner Gruppe lebender Außenseiter. Der europäische Sperber ist während des letzten Jahrhunderts in England sehr selten geworden, was wohl darauf zurückzuführen ist, daß er sich vor allem von Singvögeln ernährt hat, die sich mit Schädlingsbekämpfungsmitteln infiziert hatten, und sich dadurch selber infizierte und dadurch sehr häufig unfruchtbar wurde.

Entgegen einer weitverbreiteten Ansicht sind die Greifvögel keineswegs Tiere, die nur zerstörerisch wirken. Da ihnen überwiegend die schwachen und lebensunfähigen Tiere zum Opfer fallen, stärken sie die Lebenskraft der von ihnen gejagten Art durch natürliche Auslese. Sie sind notwendig für die Gesundheit der tierischen Gesellschaft. Anfang der fünfziger Jahre, als die Kaninchen-Krankheit «Myxomatose» absichtlich nach Frankreich gebracht wurde, gingen fast alle Kaninchen Westeuropas elendiglich zugrunde. Die Sterblichkeit bewegte sich zwischen 95 und 98 Prozent. In Südspanien jedoch erreichte die Krankheit nie das Ausmaß einer Epidemie.

Wegen ihres schnellen Stoffwechsels fressen Vögel im Verhältnis zu ihrem Gewicht und ihrer Größe sehr viel. Je kleiner und leichter ein Vogel ist, desto gewaltiger ist das Nahrungsvolumen im Verhältnis zur Körpergröße. Die drei dargestellten Haufen zeigen die Nahrungsmenge, die ein Buntfalk (Falco sparverius) jährlich zu sich nimmt: 5 % besteht aus Insekten, 15 % aus kleinen Vögeln und 80 % aus Nagetieren. Man schätzt, daß ein Buntfalk in einem Jahr durchschnittlich 290 Mäuse frißt.

Die Milane, Adler und andere Greifvögel, die dort in größerer Zahl vorkommen als in irgendeinem anderen Teil Europas, schlugen die erkrankten Tiere so rasch, daß die Krankheit nie überhandnehmen konnte.

Große Greifvögel wie die Adler sind zwar gezwungen, in Einsamkeit zu leben, da sie ihr Jagdgebiet mit keinem Artgenossen teilen können; für andere Vögel jedoch ist das Zusammenleben mit anderen Tieren oft unerläßlich. Geier sind abhängig von zufälligen, durch Krankheit, Hunger, Feuer oder den Erzfeind der Tiere, den Menschen, hervorgerufenen «Todesfällen». Jeder Großwildjäger, der eine Safari in Afrika mitgemacht hat, weiß, wie schnell sich die Kenntnis vom Tod eines Tieres unter den Geiern verbreitet. Die ersten kreisenden Vögel, die Aas entdeckt haben, scheinen es den entfernteren Vögel durch ihre Flugmanöver zu verraten. Innerhalb von Minuten fliegt ein großer Ring von Vögeln auf das Ziel zu, und weitere Tiere treffen aus allen Windrichtungen ein. Vor knapp hundert Jahren berichtete ein Jäger, der eine Antilope getötet hatte, daß nicht weniger als 150 kalifornische Kondore angelockt wurden. (Heute leben wahrscheinlich nur noch 40 dieser großen Vögel.)

Dem Rabengeier gab man einmal die Schuld an der Ausbreitung des Schweine-Rotlaufs, aber tatsächlich gibt es keinen wirksameren Entseuchungstrupp als die Geier. Ihr Verdauungssystem vernichtet Bakterien, und selbst ihre Exkremente scheinen noch antiseptische Wirkung zu haben; denn anstatt sie von sich zu spritzen, wie es etwa die Adler tun, desinfizieren sie damit ihre Beine. Ihr Kopf, der mit verwesendem Fleisch in Berührung kommt, ist nackt, so daß die infektiösen Bakterien der reinigenden Hitze der Sonnenstrahlen ausgesetzt sind.

Die Tagesgreifvögel, vom 15 Zentimeter großen Zwergfalken Asiens bis zum großen Affen jagenden Affenadler der Philippinen, nutzen fast jedes Wirbeltier, das kleiner ist als sie selbst, als Nahrungsquelle aus. Der Sekretär – der seinen Namen einigen Federn verdankt, die ihm wie Schreibfedern hinter dem Ohr stecken – hat sich auf Schlangen spezialisiert; seine langen Beine sind durch dicke Schuppen geschützt. Der Wespenbussard, der

In geräuschlosem Sturzflug stürzt sich ein Uhu (Familie: Eulen) auf den Kopf einer Peitschenschlange. Das Ziel knapp verfehlend, hat die Eule die Schlange zu weit hinter dem Kopf zu fassen bekommen und ist durch den kräftigen Schwanz ihres Opfers zu Boden gerissen worden. Dennoch hält sie fest. Der Uhu versucht, die Schlange zu töten, bevor diese sich um ihren Angreifer ringeln kann. Sieger dieses Kampfes war der Uhu.

Die Vögel sind vor allem deshalb so zahlreich verbreitet, weil sie nahezu alles fressen können: nicht nur Pflanzen, Insekten oder sogar Säugetiere bestimmter Größe, sondern auch Nahrung, die anderen Tieren nicht zugänglich ist. Viele von ihnen sind ausgesprochene Allesfresser. Andere jedoch, die auf eine bestimmte Nahrungsquelle spezialisiert sind, haben einzigartige Ausrüstungen entwickelt und benutzen die unterschiedlichsten Methoden, ihre Nahrung zu beschaffen und aufzubewahren. Rechts: Ein Grauwürger speichert seine Nahrung, indem er sie auf Zweigen und Dornen aufspießt. Hier befinden sich eine Heuschrecke und ein kleiner Frosch in der «Speisekammer» des Grauwürgers.

Junge Vögel erlernen die Beutejagd erst durch lange Übung. Der Rotschwanzbussard auf diesen Abbildungen ist ein noch nicht ausgewachsener Vogel, dessen «Beurteilungsvermögen» überdies durch eine mehrwöchige Gefangenschaft beeinträchtigt wurde. Während jedoch ein erfahrener alter Vogel schnell und hart zugeschlagen hätte, versäumt es der junge – seiner selbst noch nicht ganz sicher –, den Sturzflug mit unvermindertem Schwung direkt auf das Beutetier (ein Opossum) zu richten. Und so sieht er sich nun – anstatt ein totes oder betäubtes Tier zwischen den Krallen zu halten – einer «Beute» gegenüber, die noch sehr lebendig ist.

– wie schon sein Name andeutet – den Wespen nachstellt, besitzt sogar einen schützenden Gesichtspanzer: kleine, harte, schuppenartige Federn zwischen den Augen, dem Schnabel und der Stirn. Der Schneckenweih, der sich nur von Schnecken ernährt, trägt eine auffallend große Hakenspitze am Oberschnabel. Jahrelang haben die Zoologen geglaubt, der Haken diene dazu, eine Schnecke aus dem Gehäuse zu ziehen. Aber anscheinend ist das nicht der Fall. Der Vogel hält vielmehr die Schnecke geduldig zwischen den Krallen fest, bis sie sich vorsichtig aus dem Gehäuse hervorwagt. Dann durchstößt der Haken mit einem genauen Stich das Nervenzentrum, und die gelähmte Schnecke wird verzehrt.

Spezialisten. Hin und wieder verfällt ein Vogel auf ausgefallene Methoden, sich zu ernähren. Vor undenklichen Zeiten muß irgendwo in Afrika ein Geier an der Frucht einer Ölpalme herumgepickt und dabei entdeckt haben, daß sie eßbar ist. Allmählich hat er sich dann an diese Nahrung gewöhnt. Heute frißt der Palmgeier außer einer gelegentlichen Fischmahlzeit fast nichts anderes.

Im nördlichen Südamerika hat sich ein anderer «Sonderling» unter den Vögeln auf die öligen Früchte der Palmen spezialisiert – der merkwürdige Fettschwalm oder Guacharo. Er ist mit den Ziegenmelkern verwandt und der einzige Vegetarier in einer Gruppe, die sich sonst ausschließlich von Insekten ernährt. Die Früchte pflückt er, während er wie ein Hubschrauber in der Luft schwebt. Er legt in einer Nacht bis zu 80 Kilometer zurück, um reife Früchte zu finden. Noch vor dem Morgendämmern kehrt er zurück, um sich in Höhlen zu verbergen, die so dunkel und tief sind, daß er eine Art Ortungsgerät benötigt, um sich in ihnen zurechtzufinden. Fledermäuse besitzen ein ähnliches Instrument, das in den Ohren sitzt und mit dessen Hilfe sie die Entfernung zu bestimmten Gegenständen durch Aussendung von Ultraschallwellen bestimmen können. Im Gegensatz hierzu sind die Laute, die der Fettschwalm ausstößt, dem menschlichen Ohr vernehmbar, da sie eine Frequenz von nur etwa 7000 Schwingungen je Sekunde haben.

Die hauptsächlich in Afrika vorkommende Familie der Honigsauger ist wie die der Spatzen matt gefärbt und wenig attraktiv, aber sie fällt durch eine Eigentümlichkeit auf, die kein anderer Vogel aufweist – die Sucht nach Bienenwachs. Der Schwarzkehlhoniganzeiger versucht, die Aufmerksamkeit eines Honigdachses, eines Pavians oder auch eines Eingeborenen zu erregen, um ihn unter ständigem Gezwitscher zu einem Bienenstock zu führen. Dann wartet der Honiganzeiger geduldig, bis sein Partner sich mit Honig bedient hat, ehe er sich an die umherliegenden Wabenstücke heranmacht. Normalerweise ist Bienenwachs unverdaulich, aber kürzlich wurde bewiesen, daß die Darmflora des Vogels das Wachs in nützliche Nahrung umzuwandeln vermag.

Einige Vögel sind der Wilderei und der Piraterie nicht abgeneigt. Der Weißkopfseeadler überfällt häufig den Fischadler, wenn er mit Beute zu seinem Horst zurückkehrt, und plündert ihn aus. Der Seeadler ist schneller und stärker als der Fischadler und jagt diesen, bis er seine Beute fallen läßt. Dann stößt er schnell hinunter und schnappt den Fisch, ehe er aufs Wasser aufschlägt. Fregattvögel jagen oft Tölpel, wenn diese vom Fischfang auf der See zurückkehren, und zwingen sie, ihre Beute fallen zu lassen. In ähnlicher Weise ernährt sich die ganze Familie der Raubmöwen davon, daß sie andere Möwen und Seeschwalben überfällt.

Die Pfeifente, die normalerweise auf der Wasseroberfläche bleibt, da sie nicht gut tauchen kann, hilft sich dadurch, daß sie wartet, bis die Kanevasente mit einem Schnabel voll wilden Selleries auftaucht, den sie ihr dann wegschnappt. Stahlmantelmöwen bedienen sich einer ähnlichen Technik, wenn ein Braunpelikan mit einem Kehlhautsack voll kleiner Fische auftaucht. In dem kurzen Augenblick, in dem der Pelikan das Wasser aus seinem offenen Kehlhautsack auslaufen läßt, erwischen die Möwen ihren Anteil.

Im Gegensatz zu solchen Spezialisten sind einige Vögel wahre Allesfresser, die kaum etwas verschmähen. Krähen und Häher fressen je nach Jahreszeit junge Vögel, junge Mäuse, Insekten, Getreide, Obst oder Aas. Aber auch sie haben bestimmte «Lieblingsspeisen», wobei die Jahreszeit oft einen Wechsel bedingt.

Es erhebt sich die Frage, was die beste Nahrung für Vögel ist. Entscheidend bei der Jagd auf Beute ist allein die Frage, wie leicht diese zu erlangen ist, ganz gleich, ob der Hühnerhabicht einen Fasan anstatt eines Rauhfußhuhns schlägt, oder ob die Wanderdrossel einen Wurm anstatt einer Schmetterlingspuppe frißt. Wahrscheinlich hat ein Vogel noch nie seine Nahrungsreserven völlig aufgezehrt. Er würde sich damit selbst ausrotten. Gewöhnlich wendet sich ein Vogel, wenn eine Nahrungssorte knapp wird, innerhalb seiner Nahrungsskala einer anderen zu.

4. Wie viele Vögel gibt es?

Jeder Versuch, einen so umfangreichen und weitgespannten Komplex wie die Vogelbevölkerung der ganzen Welt in überschaubare Proportionen aufzugliedern, muß mit der Schaffung irgendeines Systems beginnen. Eine Methode, die sich sofort anbietet, ist diejenige, nach der Verbreitung vorzugehen, und mehr als ein Jahrhundert lang haben die Naturwissenschaftler verschiedene Versuche in dieser Richtung hin unternommen. P. L. Sclater war der erste, der die Vogelbevölkerung als weltweite Erscheinung zu erfassen versuchte. 1857 teilte er die ganze Erde in feste geographische Zonen ein, da er wie die meisten Menschen seiner Zeit glaubte, daß jede Tierart innerhalb des geographischen Bezirks, in dem sie lebte, auch entstanden sein müßte.

Sclaters System unterteilte die Erde in sechs Hauptregionen: die Nearktik, die den nördlichen Teil Amerikas – im Süden begrenzt durch Mittelmexiko – umfaßte; die neotropische Zone, die Mittel- und Südamerika einschloß; die paläarktische Region mit Europa, Nordwestafrika und Asien ohne den Subkontinent Indien und die südöstlichen Halbinseln; den äthiopischen Bereich, der den größten Teil Afrikas sowie Südarabien umfaßte; den orientalischen Bereich, der aus dem tropischen Indien, aus Burma, Indonesien und dem Südosten bestand; und schließlich den australischen Bereich, der Australien, Neuseeland sowie die vorgelagerten Inseln einschloß. Auf einer Weltkarte würde die Einteilung sechs große geographische Regionen ergeben, die sich nicht in allen Fällen völlig mit den Erdteilen decken, aber doch klar begrenzt sind. Darwins (1809–1882) Theorien, die in seinem Werk «Ursprung der Arten» wenig später veröffentlicht wurden, entzogen Sclaters Vorstellungen den Boden, aber eine Einteilung der Erde in zoogeographische Zonen wird aus praktischen Erwägungen – wenn auch mit einigen Abwandlungen – noch heute von den Naturwissenschaftlern verwendet. Wegen der starken Vermischung der Vögel der Alten und Neuen Welt in den nördlichen Bezirken – etwa im Gebiet der Bering-Straße – ziehen es viele Biologen heute vor, die nearktische und die paläarktische Zone in eine Region zusammenzufassen, die sie als holarktische bezeichnen.

Während der letzten beiden Jahrzehnte entwarfen Botaniker ein System,

Tausende von Guanotölpeln in ihrem leuchtend weißen Kleid nisten auf der peruanischen Guanape-Insel. In hundert Jahren schichten die Vögel durchschnittlich 15 cm Guano auf. (Guano = stickstoff- und phosphorhaltige Kotablagerungen, die als Naturdünger Verwendung finden.)

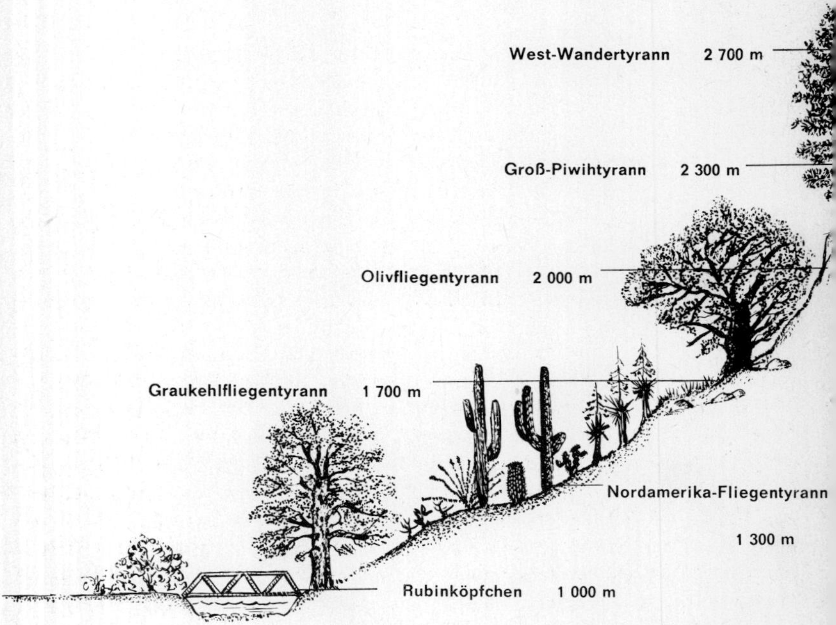

das auf Landschaftseinheiten (Biomen) basiert – wie etwa Grasland, Laubwald, Nadelwald, Tundra, Wüste usw. –, indem sie zwischen allen Hauptregionen breite Misch- oder Übergangszonen einzeichneten.

Innerhalb der Biome gibt es kleinere Gebiete, die sich in einer etwas abweichenden Entwicklung befinden und – wenn sie sich selbst überlassen bleiben – mit der Zeit wieder den Charakter des umgebenden Bioms annehmen. Wenn etwa ein Nadelwald niedergebrannt ist, wachsen an der Stelle zuerst Farn und Unterholz, dann Pappeln und Birken und zum Schluß wieder Nadelhölzer. Pappeln und Birken gehören, obwohl sie Laubbäume sind, nicht dem Laubwald-Biom an, sondern bestimmen eher das Übergangsstadium zum Nadelwald-Biom.

Alle diese Systeme haben ihre innere Logik, aber keines befriedigt völlig das Bedürfnis des Biologen, die Vögel in ein zusammenhängendes Verbreitungsschema einzuordnen.

Die Verbreitung der Vögel ist eng an die Nahrungsquellen gebunden. Das läßt sich sehr deutlich an einem Gebirgshang nachweisen, an dem verschiedene Vogelarten sich – je nach dem zu ihnen passenden Vegetationsstreifen – auf bestimmte Zonen beschränken. An einem typischen Bergabhang im südlichen Arizona (USA) findet man verschiedene Arten der Tyrannen (eine zur Ordnung der Sperlingsvögel zählende Vogel-Familie).

Es gibt Fälle, in denen Vögel der gleichen Art in völlig verschiedenartigen Umgebungen ihres Verbreitungsgebietes vorkommen. Der Kolkrabe, einer der geographisch am weitesten verbreiteten Vögel der nördlichen Halbkugel, lebt in so verschiedenartigen Gebieten wie der wasserlosen Sahara, den Nadelwäldern Kanadas und Sibiriens, auf den Meeresklippen des westlichen Nordamerikas und Skandinaviens sowie in der Tundra und auf den Inseln der arktischen Meere. Der gemeinsame Nenner – sofern es überhaupt einen gibt – scheint zu sein, daß es Gebiete mit Wildnischarakter sind.

Zwar lassen sich einige Vögel in das System der biologischen Zonen oder das der Biome einordnen, aber die Tatsache bleibt bestehen, daß diese Systeme allzu starke Vereinfachungen darstellen und dazu neigen, die offensichtlichen Evolutionsprozesse zu ignorieren. Die Natur ist dynamisch und widersetzt sich jedem sauberen Schubkästchensystem. Jede Art, die überleben will, muß in der Lage sein, einen Lebensraum auszunutzen, der ein wenig verschieden ist von dem ihrer Nachbarn. Wenn die Verbreitungsgebiete aller 8600 Vogelarten auf eine große Weltkarte eingezeichnet werden würden, würden sich die Grenzen – abgesehen von einigen Inseln – selten decken und die Wohnstätten kaum je übereinstimmen.

«Ratereien». Wie groß ist die Zahl der auf der Welt lebenden Vögel? Der englische Ornithologe James Fisher hat geschätzt, daß es etwa 100 Milliarden sind. Meine eigene Schätzung für die USA, die ich vor einigen Jahren anstellte, ergab, daß dort nicht weniger als 5 Milliarden brütende Landvögel – zu Beginn des Sommers fast 6 Milliarden – leben, das heißt etwa 0,8 Vö-

Lerchenstärling

Auf diesen fünf Bildern ist jeweils der gleiche Stein abgebildet, aber zwischen dem ersten und dem letzten Bild liegt eine Spanne von 50 Jahren – genau die Zeit, die ein «auf der grünen Wiese» angelegter Wald zum Auswachsen bräuchte. In jedem Stadium ihrer Entwicklung zieht die Landschaft andere Vögel an. Auf dem ersten Bild hat ein Lerchenstärling den Reichtum an Gras und offenem Raum gefunden, den er zum Leben braucht. Auf dem zweiten Bild ist er verschwunden; kurze, holzige Pflanzen haben Wurzeln geschlagen, und eine Singammer ist eingezogen. Auf dem dritten Bild wachsen bereits Büsche und junge Bäume; der Indigofink, der das Unterholz liebt, ist an die Stelle der Singammer getreten. In der vierten Szene ist ein junger Nachwuchswald aufgeschossen, und Vögel wie der Schnäpperwaldsänger haben sich eingefunden, um die Insekten von den Blättern abzusammeln. Auf dem letzten Bild ist der Wald ausgewachsen, einige Bäume sterben schon ab – ein Jagdgrund für Spechte, die hier nach holzbohrenden Insekten suchen.

Singammer

Indigofink

gel auf 1000 m². Diese Schätzung gründet sich auf die Zählung brütender Vögel durch die National Audubon Society, bei der die Zahl männlicher Singvögel pro 1000 m² als Index für die Gesamtzahl von Paaren benutzt wurde, die sich in einem Gebiet aufhalten. Eine andere Schätzung von Leonhard Wing, der sich einer feineren Methodik als ich bediente, kam auf eine Sommer-Bevölkerung von ungefähr 5,6 Milliarden. Keine dieser Schätzungen, die man vielleicht besser «Ratungen» nennen sollte, ist während der letzten 20 Jahre angefochten worden, obwohl ich jetzt glaube, daß sie vielleicht doch ein wenig hoch waren. Beide Schätzungen bezogen sich auf die USA südlich der kanadischen Grenze und schlossen Kanada und Alaska – ein zusammen fast 1½mal so großes Gebiet – nicht mit ein. Während der Sommermonate muß die Zahl der Vögel dort ebenso groß sein. Zählt man dazu durchschnittlich zwei erfolgreich aufgezogene Jungvögel pro Pärchen, so ergibt sich im Spätsommer für das Gebiet der Vereinigten Staaten nördlich Mexikos die beträchtliche Zahl von 20 Milliarden. So gesehen, scheint Fishers Schätzung von 100 Milliarden für die verschiedenen Kontinente realitätsbezogen zu sein.

Schnäpperwaldsänger

Specht

Millionen von Seevögeln. Wie viele Hunderte von Millionen oder Milliarden Seevögel über die Meere streifen, mag schätzen wer will; aber obwohl sie nur drei Prozent der Vogelarten der Welt ausmachen, stellen sie zahlenmäßig sicherlich einen höheren Anteil. Ihre Lebensweise fordert ihnen viel ab, aber sie haben wenig Feinde und sind relativ langlebig. Es dauert ziemlich lange, bis sie das Wichtigste gelernt haben. Anders als die Landvögel, die oft schon als einjährige Tiere brüten, brauchen die Seevögel mehrere Jahre, bis sie ausreichende Fähigkeiten besitzen, die See zu meistern und ihr den Lebensunterhalt für mehr Schnäbel als ihren eigenen abzuringen. Ein Königsalbatros hat manchmal das Nest der Eltern bereits vor acht Jahren verlassen, ehe er sich das erste Mal an Land begibt, um sich fortzupflanzen. So lange dauert es, bis man gelernt hat, wie ein Albatros zu leben – was, wie ein Ornithologe einmal sagte, wahrscheinlich die anstrengendste Lebensweise in der gesamten Vogelwelt ist. Die Seevögel schieben nicht nur den Zeitpunkt ihres ersten Nistens hinaus, sondern legen, wenn es soweit ist, auch nur wenige Eier. Albatrosse, Sturmvögel, Sturmtaucher, Rußseeschwalben, Tropikvögel, die meisten Alke und viele der sonstigen echten Seevögel legen nur ein Ei, aber dieses eine Ei genügt, um ihre Zahl zu erhalten.

Tatsächlich sind einige der zahlenmäßig am häufigsten auftretenden Vögel der Welt Seevögel. Darwin schrieb einmal, daß er glaube, der Eissturmvogel (ein möwenartiger Sturmvogel) sei der am häufigsten vorkommende Vogel der Welt. Fisher, eine international anerkannte Autorität auf diesem Gebiet, ist nicht der gleichen Meinung: «Obwohl es vielleicht mehrere Millionen von diesen Vögeln gibt, leben doch keine Hunderte von Millionen.» Er hält die Buntfußturmschwalbe für den am häufigsten vorkommenden Vogel, einen Sturmvogel von Schwalbengröße, der jeden Sommer von seinen Nistgründen am Rande der Antarktis die Reise zum Nordatlantik macht. Ebenfalls sehr zahlreich sind viele von den Sturmtauchern, die wie kleine Möwen mit Röhrennasen aussehen. Ein einziger Schwarm von Millionensturmtauchern, den man einmal in der Gegend der Bass-Straße (Australien) sichtete, wurde von sachkundigen Beobachtern auf mehr als 150 Millionen Vögel geschätzt.

Pinguin-Kolonien umfassen oft Hunderttausende von Vögeln, und eine Ansammlung von fünf Millionen Adelie-Pinguinen ist einmal auf einer einzigen Inselgruppe festgestellt worden. Rußseeschwalben-Kolonien auf Inseln im Indischen Ozean sollen mehr als eine Million Mitglieder zählen, manche Kolonien von Alken in arktischen und subarktischen Gewässern sind sogar noch größer. Niemand weiß, wie viele Lummen oder Alke auf den unzugänglichen Klippen Grönlands, Islands und Spitzbergens leben. Es sind sicherlich Millionen. Und der atlantische Papageitaucher, ein Verwandter des Krabbentauchers, wird auf rund 15 Millionen Exemplare ge-

Die Flügelspannweite des Wanderalbatrosses erreicht oft – wie bei diesem auf einer antarktischen Insel fotografierten – über 3 m.

schätzt. Zweifellos die größte geschlossene Vogelansammlung Nordamerikas mit sicherlich mehreren Millionen Vögeln von einem Dutzend Arten findet man auf den großen Klippen von Staraya Artil auf der St. Georgs-Insel aus der Gruppe der Pribylow-Inseln. Aber selbst deren Zahl wird noch übertroffen durch die Anzahl der Guano-Vögel – vielleicht mehr als 10 Millionen – auf den Inseln vor der Küste Perus.

Finnland ist eines der wenigen Länder, dessen Vogelbevölkerung einigermaßen genau geschätzt worden ist. Der finnische Ornithologe Einari Merikallio hat den Versuch unternommen, die Vogelwelt seiner Heimat zu bestimmen, indem er fünfzehn Jahre hindurch, von 1941 bis 1956, Jahr für Jahr im Juni und Anfang Juli das Land nach einem bestimmten, von ihm ersonnenen System durchstreifte, wobei jeder Vogel, den er sah oder hörte, gewissenhaft registriert wurde. Seine Forschungen führten ihn – vom Finnischen Meerbusen bis zur Arktis – in jeden Winkel des Landes und ergaben nicht nur die Gesamtzahl von etwa 64 Millionen Vögeln in Finnland (etwa 0,3 auf 1000 m^2), sondern auch die Zahl für jede einzelne Art.

In Großbritannien gewinnt man den Eindruck großen Vogelreichtums, weil in den Gärten und an den Landstraßen verhältnismäßig viele Vögel leben. Tatsächlich ist die Gesamtzahl der in England, Schottland und Wales brütenden Landvögel auf etwa 120 Millionen geschätzt worden, also 0,5 Vögel auf 1000 m^2. Diese Zahl hat man bestimmt, indem man in repräsentativen Gebieten verschiedenartigen Landschaftscharakters die männlichen Singvögel zählte. Obwohl in Gärten und auf Gütern oft etwa 8 Vögel auf 1000 m^2

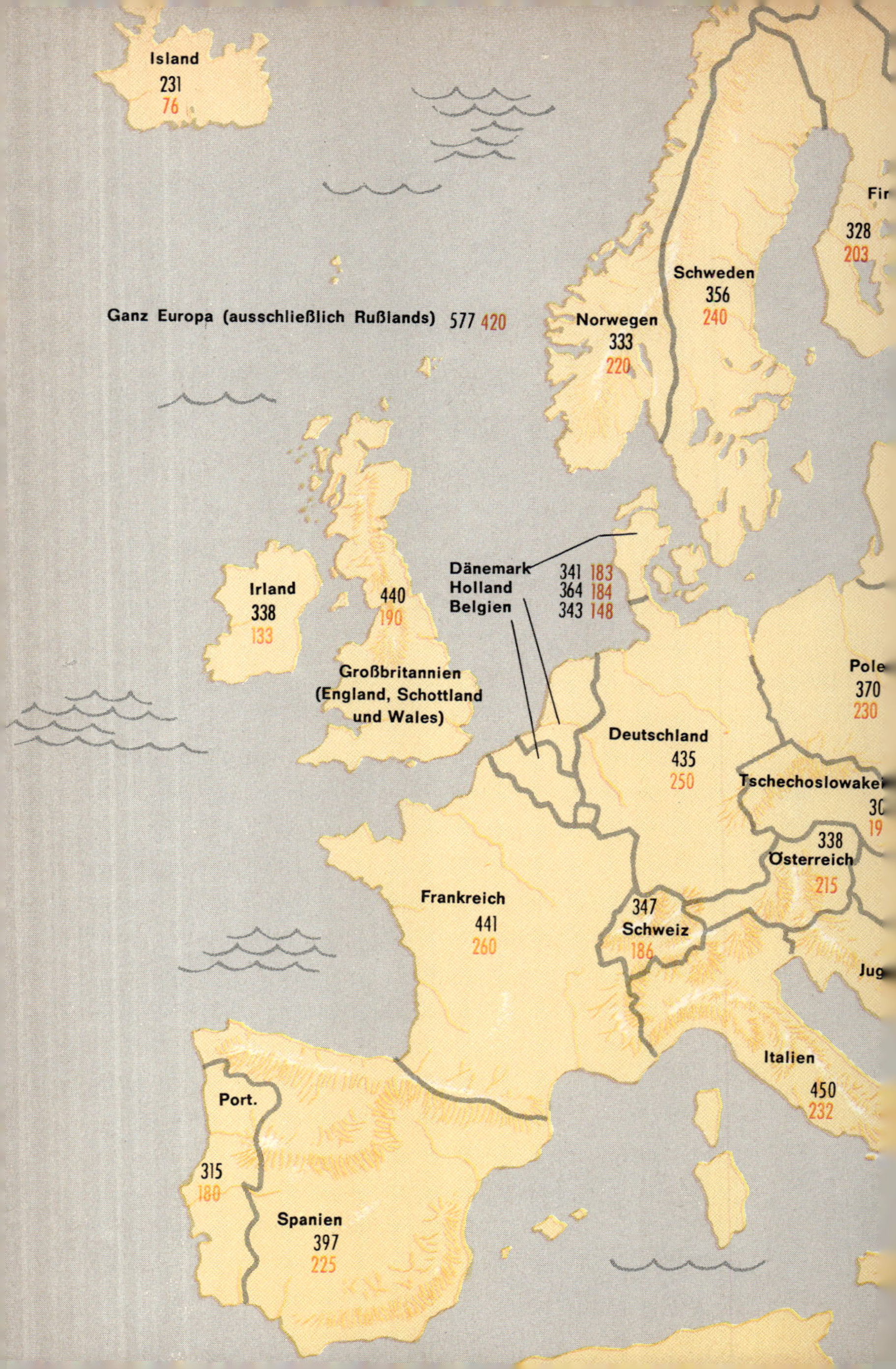

Island
231
76
Ganz Europa (ausschließlich Rußlands) 577 420
Norwegen
333
220
Schweden
356
240
Fir
328
203
Irland
338
133
440
190
Großbritannien
(England, Schottland
und Wales)
Dänemark
Holland
Belgien
341 183
364 184
343 148
Pole
370
230
Deutschland
435
250
Tschechoslowake
30
19
338
Österreich
215
Frankreich
441
260
347
Schweiz
186
Jug
Italien
450
232
Port.
315
180
Spanien
397
225

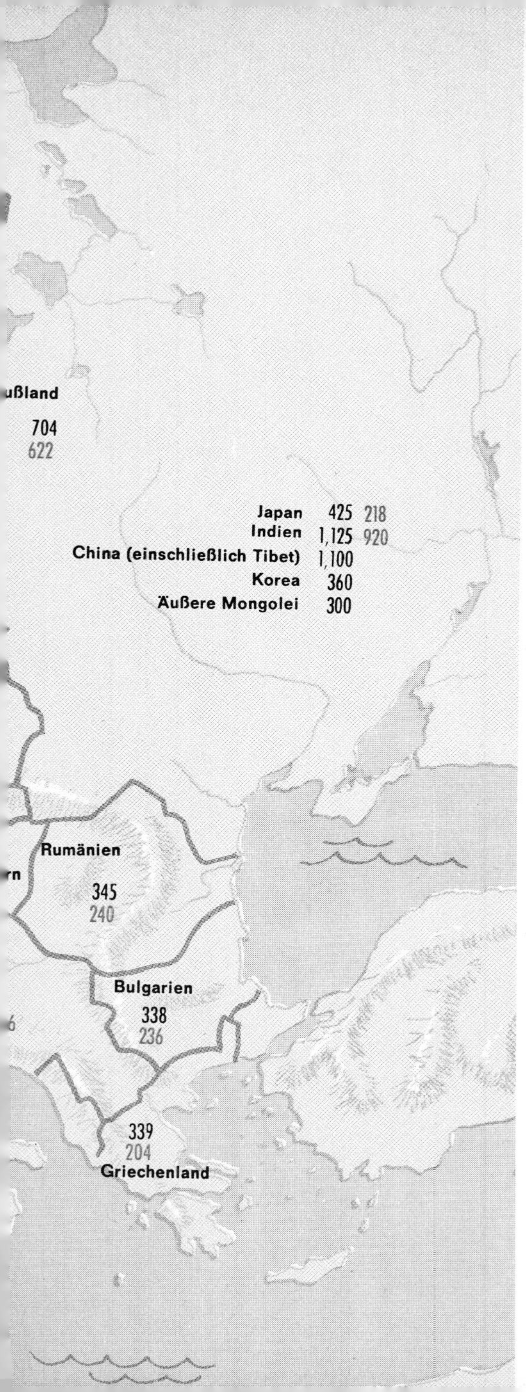

In die Karte sind die Ergebnisse regionaler Zählungen der in Europa heimischen Vogelarten eingetragen worden. Diese auf den neuesten Stand gebrachte Aufgliederung nach Ländern stellt den ersten veröffentlichten Versuch einer solchen Gesamtübersicht dar. Die Zahlen sind von etwa 100 führenden Ornithologen aus der ganzen Welt zur Verfügung gestellt worden. Die schwarz gedruckte Zahl gibt die Anzahl der Arten an, die in dem betreffenden Gebiet vorkommen, wobei Sommergäste, Zugvögel sowie gelegentliche und zufällige Besucher dem ständigen Bestand zugezählt wurden. Die farbig gedruckte Zahl nennt die Anzahl der als brütend gemeldeten Vögel.
Fossile Arten und Varietäten sind in den Gesamtzahlen nicht enthalten, wohl aber ausländische Arten, die sich mit Erfolg eingebürgert haben, sowie einige wenige seitdem ausgestorbene Vögel.
Sämtliche registrierten Angaben stützen sich auf gesammelte Exemplare, deutlich erkennbare fotografische Aufnahmen oder auf das glaubwürdige Zeugnis von mindestens zwei kompetenten Beobachtern. Alle Zahlen sind Näherungswerte.

leben, vermindern ausgedehnte Gras- und Moorlandschaften mit nicht einmal einem Vogel auf 1000 m^2 den Durchschnitt.

In den USA herrscht die größte Dichte an Landvögeln zweifellos in den Kolonien des Dreifarbenstärlings in Kalifornien – eines Vogels, der sehr dem bekannten Rotschulterstärling ähnelt, dabei aber sehr gesellig lebt. Seine Kolonien bestehen manchmal aus nicht weniger als 200 000 Paaren; 1250 bis 2500 Nester entfallen auf 1000 m^2.

Wenn wir die in Kolonien lebenden Vögel nicht mitrechnen, so bewegt sich nach der «Audubon-Zählung» brütender Landvögel die Dichte derselben in den USA von weniger als 1/4 Vogel auf 1000 m^2 in Prärien und Steppen bis zu 4 Vögeln auf 1000 m^2 in einigen vogelreichen Torfmooren, sumpfumgebenen Inseln und südlichen Hartholzwäldern.

Es ist äußerst wahrscheinlich, daß einige Niederungen eine noch größere Vogeldichte aufweisen – genauso wie die Randbezirke der Städte, wo die Vogelzahl durch Fütterung, Nistkästen und angepflanzte Beerensträucher hochgetrieben wurde. Der gesunde Wald beherbergt durchschnittlich einen Vogel auf 1000 m^2, aber ein Wald, der seines Unterholzes durch grasende Tiere beraubt wurde, kann nicht einmal einen Vogel auf 4000 m^2 erhalten.

DDT und seine Folgen. Vor ungefähr 60 Jahren verschaffte sich Wells Cook vom Landwirtschaftsministerium der USA eine gründliche Übersicht über die Vogelbevölkerung in den ländlichen Bezirken. Seine Resultate, die er 1915 veröffentlichte, zeigten, daß auf den amerikanischen Bauernhöfen durchschnittlich 0,5 Vögel auf 1000 m^2 leben. Wenn wir einmal annehmen, daß es in den USA fast 4 500 000 Quadratkilometer Farmland gibt – das heißt Acker-, Weide- und Waldland –, würde die Zahl der Vögel 2,25 Milliarden übertreffen, das wäre mehr als ein Drittel der gesamten Vogelbevölkerung des Landes. Aber seit 1915, als Cook seinen Bericht veröffentlichte, ist die Anwendung chemischer Schädlingsbekämpfungsmittel – von denen viele für Vögel tödlich sind – erheblich angestiegen, und auf weiten Gebieten sind Unmengen von Vögeln umgekommen.

In einem einzigen Jahr wird fast eine halbe Milliarde Kilogramm chemischer Schädlingsbekämpfungsmittel über etwa 400 000 Quadratkilometer der insgesamt 1,432 Millionen Quadratkilometer bebauten Ackerlandes ausgesprüht. Zählungen, die in den letzten Jahren auf solchen Feldern angestellt worden sind, weisen eine außerordentlich niedrige Vogelzahl auf, und zwar von Null bis zu dürftigen 8 oder 10 Pärchen auf etwa 400 000 m^2. Vermutlich ist seit dem Zweiten Weltkrieg unsere Vogelbevölkerung durch DDT und dessen noch wirksamere Derivate um viele Millionen verringert worden.

Die abwechslungsreicheren Tropen können anscheinend viel mehr Vögel pro Quadratkilometer ernähren als die nördlichen Regionen. Außer in Mexiko sind in tropischen Gebieten wenig Zählungen durchgeführt worden, aber ich habe den Eindruck, daß in einigen der buschbestandenen Grasgebiete Ostafrikas – besonders in Südkenia – mehr als 10 Vögel auf 1000 m^2 leben.

Die gesamten Zahlen sind Durchschnittszahlen. Abgesehen von den Polargebieten – den ausgedehntesten Gebieten vogellosen Landes – gibt es so unbelebte Bezirke wie die Atacama-Wüste in Chile, ein fast 1000 Kilometer langes Ödland zwischen der Küste und den Anden, das so steril ist wie ein Operationstisch.

Wo sind nun die Gebiete größter Dichte zu suchen? In den Gebieten des Rifttales in Kenia und Tansania, wo sich die Flamingos konzentrieren, trifft man manchmal über eine Million dieser Tiere an. Aber Seeschwalben, Kormorane und Alke nehmen weniger Platz ein als Flamingos. Auf Isla Raza im Golf von Kalifornien (USA) nisten ungefähr 10 000 Südamerika-Brandseeschwalben auf 1000 m^2. Es gibt viele Eier, die keine 25 Zentimeter voneinander entfernt liegen.

Unter den Landvögeln gibt es die Schwärme der Blutschnabelweber in Afrika, deren Zahl sich nicht einmal schätzen läßt. Diese winzigen Webervögel sind so zahlreich, daß sie den Himmel verdunkeln und große Baumäste abbrechen, wenn sie sich niederlassen. Farmer betrachten sie als eine Bedrohung der Landwirtschaft und bekämpfen sie mit Flammenwerfern und Sprengkörpern.

Seltene Vögel. Welches sind zum Beispiel die seltensten nordamerikanischen Vögel? Zwei stehen so dicht davor, ausgerottet zu werden, daß ihre Existenz in den letzten Jahren bestritten worden ist. Der Eskimo-Brachvogel, ein Watvogel mit schlankem, abwärts gekrümmtem Schnabel, kam einstmals während seines Durchzugs von Argentinien nach der Arktis auf den amerikanischen Ebenen in großen Mengen vor. Dann wurde er jahrelang nicht mehr beobachtet, weil er offenbar durch Berufs- und Sonntagsjäger ausgerottet worden war, bevor Watvögel unter Jagdschutz gestellt wurden. Dann jedoch, im April 1959, tauchte ein einzelner Vogel auf der Galveston-Insel an der Küste von Texas auf, und je einer ist in den folgenden zwei Frühjahren dort gesehen worden. 1962 waren es zwei. Einer wurde fotografiert.

Der anpassungsfähige Elfenbeinspecht, Nordamerikas größter Specht, ist seit 10 Jahren nicht mehr mit Sicherheit festgestellt worden. Es liegen je-

Zum Bild auf den beiden folgenden Seiten: Hunderte von Flamingos ziehen am Morgen unter dem Himmel ihrer Heimat, der Camargue (Südfrankreich), dahin. Dieser scheue und schöne Vogel, der lange wegen seiner Federn gejagt wurde, wird nun in seinen abseits gelegenen Siedlungen schlammgebauter Nester von der französischen Regierung geschützt. Paarung, Nestbau, Brüten, Füttern der Jungen – alles was ein Flamingo im Laufe seines Lebens tut, geschieht innerhalb großer Kolonien.

Der Eskimo-Brachvogel wurde auf seiner gesamten Zugroute von der kanadischen Tundra bis nach Argentinien mit solcher Rücksichtslosigkeit gejagt, daß er bereits im Jahre 1925 als ausgestorben gemeldet wurde. Einige Exemplare sind jedoch seit 1959 wieder in Texas (USA) beobachtet worden. Wenn es ihn überhaupt noch gibt, ist der Elfenbeinspecht der seltenste Vogel Nordamerikas. Es leben keinesfalls mehr als 6 dieser Tiere im südlichen Teil der USA. Um zu überleben, braucht er große Gebiete unberührten Waldes, doch die Zeit der Urwälder ist unwiderruflich dahin.

doch einige Berichte vor, nach denen er beobachtet worden ist, und es ist durchaus möglich, daß einige davon stimmen. Vom Schneckenweih, einem Schnecken fressenden Greifvogel Floridas, hat man in einigen Jahren weniger als ein Dutzend Exemplare gezählt – die letzten ihrer Art in den USA. Zwischen Südmexiko und Argentinien kommt er allerdings noch häufiger vor; es ist sogar möglich, daß man an einem einzigen Tag südlich von Buenos Aires bis zu hundert Exemplare sichtet.

Den amerikanischen Schneekranich gibt es auf der Welt noch in 39 Exemplaren; sieben davon befinden sich in Gefangenschaft.

Der nächste auf der Liste ist der Kalifornische Kondor, der unter den nordamerikanischen Vögeln die größte Flügelspannweite besitzt. Er lebt in dem zerklüfteten Küstengebiet nördlich und westlich von Los Angeles. Sein Bestand ist in den letzten 15 Jahren von 60 auf 40 zurückgegangen.

Es gibt sicher nicht mehr als fünfzig Vogelarten auf der Welt, deren Vorkommen zahlenmäßig genau bekannt ist. Seltene Vögel, die so auf-

Der Kalifornische Kondor, der größte nordamerikanische Geier, findet infolge der Umwandlung vieler Viehfarmen zu Obstplantagen nicht mehr genügend Aas zur Nahrung. Etwa vierzig überlebende Exemplare dieser Art werden nun in den USA an ihrem Zufluchtsort in den Bergen geschützt. Obwohl der Vernichtungskrieg der Menschen die Zahl der Sandwichgänse auf ein Minimum von 30 Tieren (1951) reduziert hatte, scheint der Vogel ein «Comeback» zu erleben. Er wird in mehreren Ländern in Gefangenschaft gezüchtet; seine Zahl ist inzwischen auf etwa 400 angestiegen.

fällig sind wie Kraniche und Kondore, können gelegentlich Stück für Stück gezählt werden. Seevögel, die auf einzelne Inselkolonien beschränkt sind, können ebenfalls geschätzt werden. Die letzten Berichte von den Galapagos-Inseln zum Beispiel besagen, daß dort auf der Hood-Insel wenigstens 2000 Paare des Galapagos-Albatrosses – ohne die auf See befindlichen Tiere –, etwa 500 Stummelkormorane und vielleicht eine ähnliche Anzahl von Galapagos-Pinguinen auf Albemarle und Narborough vorkommen.

Feste Reviere. Wenn man die Verbreitung von Vögeln studieren will, ist es wichtig zu wissen, daß jeder einzelne Vogel sein festes Revier hat, das er verteidigt. Oft wird berichtet, daß Wanderdrosseln, Blutkardinäle oder andere Vögel mit dem Schnabel gegen die Fensterscheiben klopfen. Diese Tiere werden offenbar durch das eigene Spiegelbild irregeführt und wollen einen vermeintlichen Artgenossen vertreiben. Jeder männliche Vogel vieler Arten ist zu gewissen Zeiten ein «Grundbesitzer» und wünscht, daß sein

Pinguine in der Brandung. Es gibt 17 Arten von Pinguinen (rechts: Magellanpinguine). Die Vögel ernähren sich von Fischen, Tintenfischen und Krebsen. Sie können bis zu einer Wassertiefe von 20 m tauchen. Fast alle Arten bilden Brutkolonien.

Status anerkannt wird. Dabei dehnt er sein Revier so weit aus, daß er während der kritischen Nistperiode genügend Nahrung findet. Die Vögel singen nicht so sehr um des Vergnügens willen, sondern um ihre Besitzerrechte zu behaupten. Ihr Gesang ist eine Warnung für den Rivalen: «Dies ist mein Revier! Halte dich heraus!»

So sorgen die Vögel selbst dafür, daß ihre Zahl beschränkt bleibt. Die Vögel, die keinen Platz gefunden haben, wandern umher und werden dauernd von den erfolgreicheren Männchen in Bewegung gehalten, welche sie durch ihr Singen oder notfalls durch handfeste Drohungen vertreiben. Wenn ein Räuber ein ansässiges Männchen wegfängt, wird dessen Platz sofort von dem nächsten frei umherstreifenden Anwärter eingenommen. Um das Ausmaß dieses Nachrückens zu ermitteln, haben Biologen des U.S. Fish and Wildlife Service in einem drastischen, aber verhaltensbiologisch sehr aufschlußreichem Experiment versucht, in einem 16 Hektar großen Waldstreifen eines Forstes in Maine alle Männchen zu töten. Andere Männchen rückten nach, um deren Plätze einzunehmen, und obwohl auch diese getötet wurden, blieb doch die Zahl der Männchen für das nächste Jahr nahezu konstant.

Insektenvertilger. Agrarwissenschaftler haben oft die Frage diskutiert, ob Vögel wirklich die Insekten unter Kontrolle halten. Es ist nicht zu bezweifeln, daß chemische Mittel vorübergehend wirksamer sind. Die Vögel leisten keine ganze Arbeit, aber zusammen mit Raubinsekten und Parasiten sorgen sie dafür, daß die Insekten nicht überhandnehmen. Treten jedoch bestimmte Insekten sozusagen epidemisch auf, so können die Vögel einen solchen Ausbruch nicht auf das Normalmaß zurückführen. Wenn etwa ein kanadischer Forst vom Kiefernspinner befallen wird, so kann die Dichte der nistenden Waldsänger ganz außerordentlich ansteigen. Während einer solchen Epidemie wurde zum Beispiel festgestellt, daß sich in einem Bezirk 88 Pärchen Kastanienwaldsänger angesiedelt hatten, deren Reviere im Durchschnitt kleiner als 1500 m^2 waren.

Einem solchen epidemischen Auftreten von Insekten folgt gewöhnlich ihr Absterben. Doch nicht die Verfolgung durch Vögel scheint der Hauptfaktor zu sein, der die Dinge wieder in ihr normales Verhältnis bringt, sondern eine Hungersnot, die notwendigerweise einsetzt, wenn die Insekten alles kahlgefressen haben. Die Vögel, die sich zuvor in überreicher Zahl angesammelt hatten, können dann auch schwer Nahrung auftreiben; wenn sie nicht irgendwo anders Futter finden, sinkt auch ihre Zahl schnell ab.

Es ist sehr wahrscheinlich, daß es bei den Vogelpopulationen mehr solcher zyklischen Auf- und Abbewegungen gibt, als wir wissen.

Überreiches Nahrungsangebot: Übergroße Vogelpopulation. Der berühmte Lemming-Zyklus zählt durchschnittlich vier Jahre. Wenn diese kleinen arktischen Nager sich bis zu dem Punkt vermehrt haben, an dem sie sich auf ihre selbstmörderischen Wanderungen machen, beginnen die Schnee-Eule, der Rauhfußbussard und andere Mäuse jagenden Räuber sich stark zu vermehren. Und wenn diese Vogelpopulationen zahlenmäßig ihren Höhepunkt erreicht haben, fällt die Zahl der Lemminge rapide ab. Die Schnee-Eulen, die sich sonst hoch im Norden aufhalten, sind dann gezwungen, südwärts zu wandern, um sich andere Nahrung zu suchen. Viele werden dann in den südlichen Teilen der USA – besonders an der Atlantikküste, an den großen Seen und in den nördlichen Prärien – beobachtet. Während eines besonders starken Zuzuges im Winter 1945/46 wurden von Ornithologen 13 502 Exemplare der weißen Eulen in Südkanada und den nördlichen USA registriert.

Obwohl die Wühlmäuse in Großbritannien anscheinend nicht zyklisch auftreten, hat es 1891 und 1892 eine Wühlmausplage an der schottischen Grenze gegeben. Daraufhin tauchten Sumpfohreulen auf, deren Bestand sich stark vermehrte, da sie ungewöhnlich viele Junge aufzogen, 8 bis 10 aus einem Gelege. Ihre ausgedehnte Brutzeit – von Februar bis Juli – legt die Vermutung nahe, daß einige mehr als einmal brüteten. Als die Wühlmäuse verschwanden, verzogen sich auch die Eulen, aber viele wurden verhungert aufgefunden.

Auch das Verbreitungsgebiet der Vögel ändert sich. Man vergleiche das heute sehr begrenzte Vorkommen des Kondors, des Schneekranichs, des Schwalbenweihs und des Trompeterschwans mit dem vor hundert Jahren. Durch die ständige Erwärmung des Klimas auf der nördlichen Hemisphäre während der letzten Jahrzehnte haben sich viele Arten nach Norden ausgebreitet. In jüngster Zeit haben mitteleuropäische Vögel in Skandinavien Fuß gefaßt, und während des letzten halben Jahrhunderts haben nicht weniger als 9 Festlandsarten sich auf Island festgesetzt.

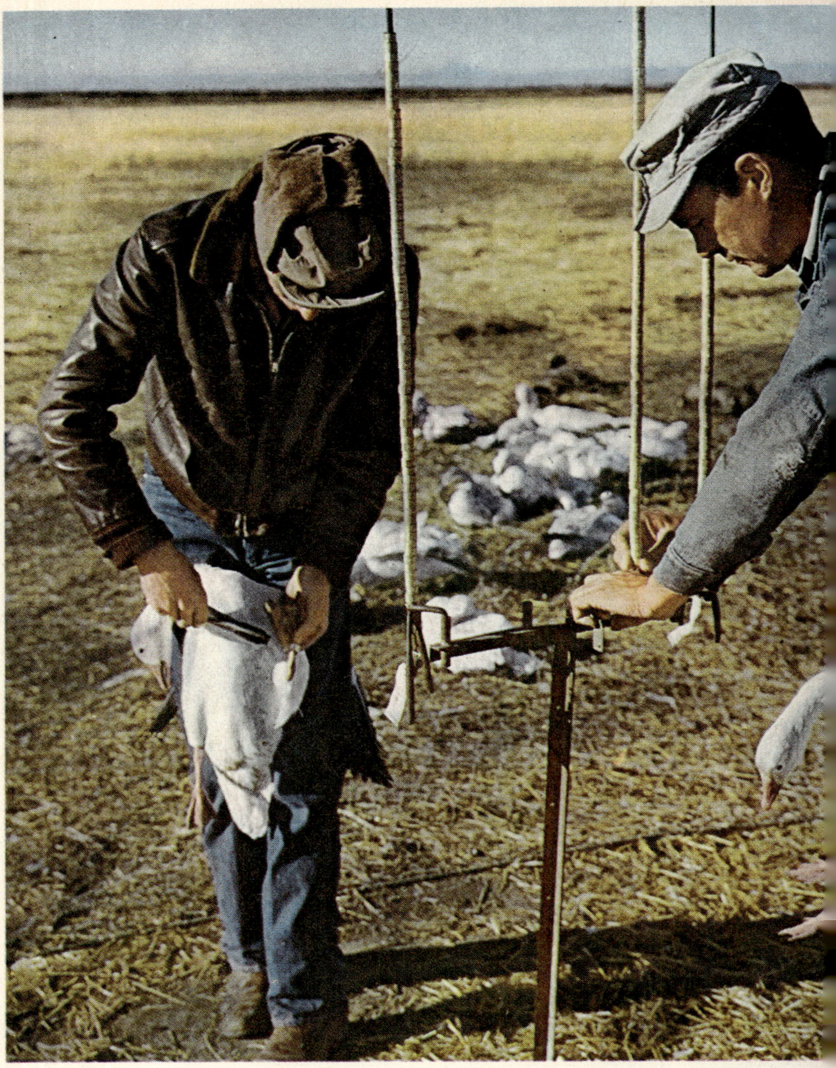

Der Berliner J. L. Frisch (1666–1743) war der erste, der Vögel kennzeichnete. 1740 befestigte er rote Fäden an den Füßen von Schwalben, bevor diese ihre Herbstwanderung antraten. Heute werden allein in Kanada und in den USA jährlich etwa 600 000 Vögel beringt. Oben: Beringung von Schneegänsen.

5. Das Rätsel des Vogelzuges

Seit der Mensch den Flug der Vögel beobachtet, hat er sich auch über ihr Verschwinden im Herbst und ihre Wiederkehr im Frühling Gedanken gemacht. Eine bekannte Bibelstelle (Jeremias VIII, 7) bezieht sich auf die Regelmäßigkeit dieses jahreszeitlich bedingten Kommens und Gehens: «Ein Storch unter dem Himmel weiß seine Zeit, eine Turteltaube, Kranich und Schwalbe merken ihre Zeit, wann sie wiederkommen sollen.»

Zur Deutung des Phänomens Vogelflug wurden die verschiedenartigsten Erklärungen herangezogen. Aristoteles, der führende Naturforscher der Antike, erkannte, daß einige Vögel wanderten «wie etwa der Kranich ... Auch Pelikane wandern und fliegen vom Strymon zum Ister.» Andererseits stellte er aber fest: «Eine große Anzahl Vögel verbirgt sich jedoch. Nicht alle ziehen in wärmere Gegenden, wie allgemein angenommen wird. Der Storch, die Amsel, die Taube, die Lerche – sie alle verbergen sich.» Aristoteles warf auch noch eine dritte Möglichkeit auf: Verwandlung. Er verkündete unmißverständlich, daß das europäische Rotkehlchen sich zu Beginn des Sommers in ein Rotschwänzchen verwandle.

2000 Jahre hindurch – besonders während des Mittelalters – wurden diese antiken Hypothesen von zahllosen Autoren wiederholt, die von den Schriften ihrer Vorgänger ausgingen, ohne sich die Natur selbst anzusehen. Eine Ausnahme bildet Friedrich II. (1194–1250), Kaiser des Heiligen Römischen Reiches und wahrscheinlich der einzige, der zu seiner Zeit den Vogelzug wirklich studiert hat. In seinem monumentalen Werk über die Falknerei – ungefähr 1245 geschrieben – befassen sich 11 Kapitel mit diesem Gegenstand.

Im Laufe der Jahrhunderte hat die menschliche Phantasie die kühnsten Kapriolen geschlagen, um den jahreszeitlich bedingten Wechsel in der Vogelwelt zu erklären. Die Tatsache des Vogelzuges wurde bei vielen größeren Vögeln zugegeben, aber nach Ansicht der Naturforscher ließen sich die kleinen Vögel auf dem Rücken ihrer größeren Gattungsgenossen über den Ozean tragen. Später, im Jahre 1703, wurde die bizarrste Theorie von einem Engländer veröffentlicht, der sich selbst als einen «Mann der Gelehrsamkeit und der Frömmigkeit» bezeichnete. Er behauptete, daß die Vögel zum Mond flögen, wozu sie 60 Tage brauchten, daß sie dort keine Nahrung vorfänden und demzufolge in einen Winterschlaf fielen.

Überraschend, daß Carl von Linné, der das System der modernen zoologischen Nomenklatur entwickelt hat, in seiner «Systema Naturae» 1735 noch von der Mehlschwalbe schreiben konnte: sie «lebt unter den Dächern europäischer Häuser, gräbt sich im Winter völlig ein, kommt aber im Frühling wieder hervor». Auch sein berühmter Zeitgenosse Gilbert White of Selborne nahm die Tatsache für gegeben, daß Schwalben in der Erde überwintern, räumte allerdings ein: «Ich denke, wir sollten nicht die Möglichkeit der Wanderzüge ganz allgemein leugnen; denn sicherlich gibt es so etwas an einigen Stellen, wie mein Bruder aus Andalusien mir ausdrücklich mitgeteilt hat.»

Winterschlaf. Die Vorstellung der Überwinterung von Vögeln wurde schließlich als nicht mehr haltbar verworfen. So wenigstens schien es ein Jahrhundert lang. Aber im Dezember 1946 entdeckten Dr. Edmund C. Jaeger und zwei seiner Gefährten, als sie einen Canyon in den Chuckawalla-Bergen in Südostkalifornien (USA) erforschten, eine Poorwill-Nachtschwalbe – einen nächtlich lebenden Vogel ähnlich dem Ziegenmelker –, der in eine Felsenspalte eingeklemmt war. Da sie zunächst annahmen, er sei tot, waren sie überrascht, als er ein Augenlied bewegte. Sie beobachteten ihn vier aufeinanderfolgende Winter hindurch, und stets fanden sie denselben Vogel in totenähnlicher Lethargie in der betreffenden Felsspalte. Während eines Winters blieb er 88 Tage lang in diesem Zustand. Eine Reihe von Untersuchungen ergab, daß seine Körpertemperatur auf 18,5° C gesunken war. (Die normale Temperatur einer in Bewegung befindlichen Nachtschwalbe beträgt etwa 38° C.) Ein auf die Augen gerichteter Lichtstrahl löste keine Reaktion aus, ein vor den Schnabel gehaltener Spiegel zeigte keinen Feuchtigkeitsniederschlag, im Stethoskop ließ sich kein Herzschlag vernehmen. Doch als die Frühlingstemperaturen den Vogel munter machten, flog er davon. Die Indianer des Südwestens kennen offenbar das Geheimnis der Nachtschwalbe: die Hopis nennen sie *Hölchko*, d. h. Schläfer.

Erstarrungszustände sind auch bei gefangenen amerikanischen Falkennachtschwalben, einer Verwandten des Poorwills, beobachtet worden. Kolibris erstarren manchmal nachts oder an kalten Tagen. Europäische Schwalben sind in Frankreich und anderswo erstarrt aufgefunden worden, und auf dem Slover Mountain in Kalifornien hat man im Winter Weißbrustsegler in einem ähnlichen Dämmerzustand angetroffen. Ob aber solche Vögel die Möglichkeit haben, von der Erstarrung in einen wirklichen Winterschlaf überzugehen, konnte noch nicht einwandfrei bewiesen werden.

Der Herbst-Mauser hilft dem Amerikanischen Alpenschneehuhn, sich auf den Tundren und Bergen zu tarnen, indem sie ihn mit einem gefleckten Gefieder ausstattet (oben). Braune Federn werden durch weiße ersetzt. Das Wintergefieder des Schneehuhns ist weiß, so daß es mit dem Schnee übereinstimmt (unten). Die wohl durch den Temperaturwechsel ausgelöste Frühjahrs-Mauser bringt ein fast braunes Sommerkleid.

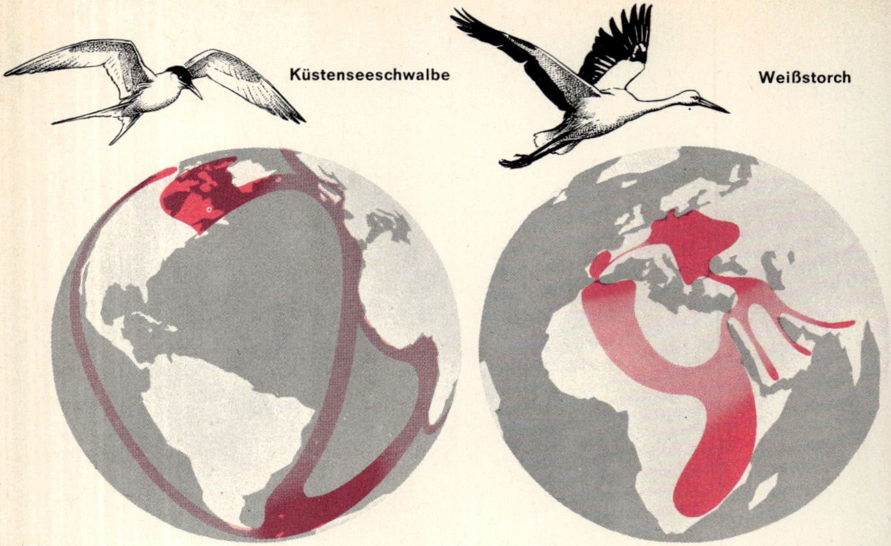

Die Landkarten auf dieser und der Seite 102 zeigen die Hauptflugrouten von vier bekannten Zugvögeln. Die Küstenseeschwalbe, der ausdauernste Reisende, verläßt ihre nördlich gelegenen Kolonien im Spätsommer und begibt sich auf einen Flug von über 15 000 km zu den Meeren der Antarktis. Einige wählen einen Weg über den Pazifik, andere ziehen an der Westküste Europas und Afrikas entlang, wieder andere gelangen bis in das Gebiet des Indischen Ozeans. – Störche verbringen den Sommer in Europa, den Winter aber in Süd-Afrika. Als hervorragende Segelflieger nutzen sie aufsteigende Luftströmungen aus. Über Wasser fliegen sie nur, wenn sie auf der anderen Seite Land sehen können. Daher stellt die Überwindung des Mittelmeeres für sie ein Problem dar. Die meisten lösen es, indem sie den östlichen Weg über Kleinasien wählen. Andere überqueren dagegen die Straße von Gibraltar.

Vogelwanderungen. Wenn wir von Vogelwanderungen im weiteren Sinne sprechen, so schließt das jede Bewegung von einem Ort zum anderen ein. Zu solcher Fortbewegung sind ja Tiere, jedenfalls alle höherentwickelten Tiere, die nicht wie Pflanzen an ihre Umgebung gebunden sind, im allgemeinen fähig. Wenn wir aber diejenigen Wanderungen meinen, welche die Vögel im Turnus der Jahreszeiten vollziehen und die sie immer wieder an die gleichen Plätze führen, so sprechen wir von Vogelzug.

Während des kurzen arktischen Sommers bietet die Tundra einen unerschöpflichen Lebensraum für den Goldregenpfeifer und andere Watvögel; dann jedoch folgen 8 oder 9 Monate, während derer kein Vogel dieser Art existieren könnte. Aber die Pampas Argentiniens, über 12 000 Kilometer entfernt, bieten ganz ähnliche Lebensbedingungen. Als Zugvogel genießt

Vom Geld ist die Rede, von wem noch?

(203) Der Mann hatte eine schwere Jugend …

... und das kam von einem bösen Großonkel. Der nämlich hatte einst seinen Bruder vom Thron gestoßen und Macht und Reichtum an sich gebracht. Die Tochter des abgesetzten Königs wurde in ein religiöses Heim gesteckt, um der Ankunft künftiger Thronanwärter vorzubeugen. Die Verstoßene kam dennoch mit Zwillingen nieder, und die wurden konsequenterweise in einen Fluß geworfen. Aber wie das Schicksal nun mal mit ungerecht behandelten Königskindern verfährt: Sie wurden von einem Hirten und seiner Frau gerettet und großgezogen. Die Ziehmutter hatte ob ihres leichten Lebenswandels unter Kollegen ihres Mannes den Spitznamen «Wölfin», und das war wohl Anlaß zu mancherlei Mißverständnissen.

Die beiden Knaben wurden Anführer wilder Jugendbanden, bis man eines Tages entdeckte, wer sie wirklich waren. Da brachten sie rasch den betrügerischen Großonkel um und setzten ihren Opa wieder auf den Thron. Da hatte denn auch die finanzielle Not ein Ende. Sie gründeten nun etwas, das sich später zu einem riesigen Unternehmen auswuchs. Nur konnten sie sich nicht so recht einigen, wer der Sache seinen Namen geben durfte. Sie beobachteten Flug und Geschrei der Vögel in der Hoffnung auf einen Himmelswink. Aber das brachte nur noch mehr Verwirrung: Die Vogelschar des einen kam früher an, dafür die des anderen in doppelter Stärke und unter Blitz und Donnern. So einigte man sich eben auf die althergebrachte Weise: Der eine erschlug den andern und war fortan Alleinherrscher seines Imperiums. Er wurde reich und reicher und alt und älter und immer mächtiger, bis er eines Tages auf mysteriöse Weise in einem Sturm verschwand. Das war nach dem Geschmack der Zurückgebliebenen: Sie nahmen an, er sei in einen Gott verwandelt worden. Und so endete sein Leben denn wie es begonnen hatte: als Legende. Von wem war die Rede?

(Alphabetische Lösung: 18-15-13-21-12-21-19)

der Goldregenpfeifer jedes Jahr zwei Sommer und kennt überhaupt keinen Winter. Das Moor-Schneehuhn jedoch, das im Winter ein weißes Federkleid trägt, bleibt im Norden. Es sucht sich lediglich andere Nahrung und frißt statt der Insekten die Knospen und Zweige der Weiden und Erlen.

Die Wanderbewegungen des Moor-Schneehuhns – wenn überhaupt welche stattfinden – weisen nur darauf hin, daß die Tiere sich weiter verteilen oder daß sie von den kahlen Hängen in geschützte Täler ziehen. Solchen Wechsel in der Höhenlage nehmen viele in den Bergen lebende Vögel vor. Die Reise einen Berghang hinab zu einer etwa 1200 Meter tiefer gelegenen Stelle entspricht unter Umständen einer Reise nach Süden von fast 2000 Kilometern.

Die Mehrzahl der amerikanischen und europäischen Vogelarten nimmt am Vogelzug teil. In der Tat sind mehr als ein Drittel aller Vogelarten der Welt Zugvögel, und ihre Anzahl muß in die Milliarden gehen. Das Phänomen tritt deutlicher auf der nördlichen Hemisphäre in Erscheinung, wo die viel größeren, in sich zusammenhängenden Landmassen im Winter zeitweise von Eis und Schnee bedeckt sind.

Eine beträchtliche Anzahl eurasischer und nordamerikanischer Vögel überquert den Äquator, um den Winter tief in Afrika oder Südamerika zu verbringen, aber nur wenige Landvögel dieser beiden Kontinente verbringen umgekehrt ihre brutfreie Zeit auf der nördlichen Halbkugel. Wohl reist eine ganze Anzahl nach Norden zum Äquator, aber die wenigen, die ihn überhaupt überqueren, beenden ihre Reise schon kurz danach.

Unter den südlichen Meeresvögeln gibt es allerdings verschiedene, die in der Tat den Äquator überqueren, um auf den nördlichen Ozeanen ihren Einzug zu halten. Die Buntfußsturmschwalbe verläßt ihre Nistgründe am Rande der Antarktis im Juni, Juli und August und gelangt auf der Nahrungssuche bis hoch zu den Neufundland-Bänken. Große Sturmtaucher von der abseits gelegenen Inselgruppe Tristan da Cunha im Südatlantik und kleinere Rußsturmtaucher von den Inseln um Kap Hoorn ziehen bis zu den Millionensturmtauchern Grönlands. Von der anderen Seite der Welt wandert der Millionensturmtaucher, der «Muttonbird» (Hammelvogel) der Australier, in einer großen Schleife von der Bass-Straße südöstlich Australiens an Japan vorbei zur Bering-See und wieder zurück über die Westküste Nordamerikas. Am erstaunlichsten dabei jedoch ist, daß dieser Riesenschwarm – Millionen von Vögeln – angeblich am selben Abend im späten November zu denselben winzigen Inseln zurückkehrt.

Das größte Risiko im Leben eines Vogels. Der Vogelzug ist das größte Abenteuer, das größte Risiko, das ein Vogel im Laufe seines Lebens auf sich nehmen muß. Hunderte von Millionen erreichen nie ihren Bestimmungsort. Die Vögel haben kein eingebautes Wetter-Vorhersage-System, wie einige Leute glauben. Ihr Zug wird anscheinend durch Luft-

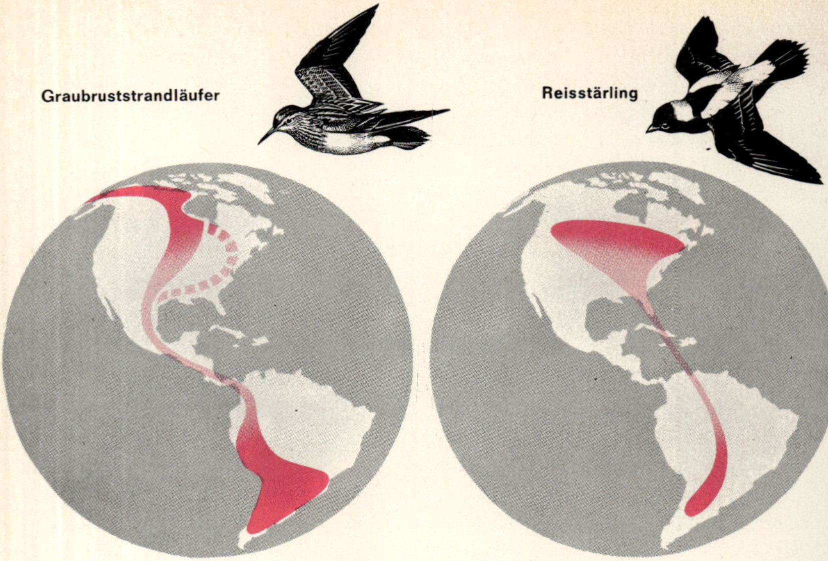

Der Graubruststrandläufer, der in der arktischen Tundra brütet, läßt das Land nie außer Sicht, wenn er in seinen Winteraufenthalt nach Südamerika zieht. Die Hauptroute führt über die großen Tiefebenen, doch schlagen im Herbst auch einige Vögel einen Bogen, der bis an den Atlantik reicht. Diese Art hat sich bis nach Sibirien hin ausgebreitet, aber die Vögel, die in Asien nisten, fliegen noch immer zuerst nach Amerika, bevor sie ihre alljährliche Herbstreise in den Süden antreten. – Der Reisstärling wandert in die Steppen Argentiniens, wobei er die Karibische See überwindet, indem er von Insel zu Insel fliegt. Die kleinen Reisstärling-Kolonien im Nordwesten der USA meiden den direkten Weg nach dem Süden über Mexiko. Wie die sibirischen Graubruststrandläufer machen sie einen Umweg nach Osten.

druck- und andere metereologische Verhältnisse ausgelöst, die zu Beginn ihrer Reise vorherrschen. Sie haben keine Möglichkeit, die Wetterbarrieren, die Stürme oder Nebel vorauszusehen, die sie auf ihrem Wege erwarten. Starke Querwinde treiben sie manchmal während der Nacht so weit auf das Meer hinaus, daß sie nicht mehr in der Lage sind, die Küste zu erreichen, wenn sie am Morgen ihre mißliche Lage bemerken.

Nebel scheint ihren Orientierungssinn zu verwirren; in nebligen Nächten zieht Licht sie an, und sie zerschellen an Leuchttürmen, beleuchteten Monumenten und anderen hohen Gebäuden. Fernsehsendestationen fordern ebenfalls ihre Opfer. 20 000 Zugvögel, vor allem Waldsänger, wurden in einer einzigen Nacht an einem 300 Meter hohen Turm in Wisconsin (USA) getötet.

Naturkatastrophen jedoch stellen solche vom Menschen verursachten Gefahren bei weitem in den Schatten. In der Nacht vom 13. auf den 14. März 1904 befanden sich Millionen von Spornammern – kleine Finkenvögel – auf dem Wege zu ihrer Sommer-Heimat in der Arktis. Im südwestlichen Minnesota und nordwestlich Iowa (USA) gerieten sie in einen dichten Schneesturm. Orientierungslos, durchnäßt und schneebeklebt prallten sie auf Gebäude, Drähte und Pfähle und stürzten zu Boden. Das Eis zweier kleiner Seen, zusammen 5 Quadratkilometer groß, war am nächsten Morgen übersät mit 750 000 toten Spornammern.

Hurrikane tragen Seevögel manchmal bis zu 3000 Kilometer von ihren heimatlichen Gewässern fort und treiben sie erschöpft oder sterbend an fremde Küsten. Da der Höhepunkt der Hurrikan-Zeit mit den Herbstreisen vieler kleiner Zugvögel zusammenfällt, kann ein einziger Sturm Millionen von Vögeln das Leben kosten. Schiffe, die in das windstille Zentrum eines tropischen Sturms gelangen, fanden die Luft voll von kleinen Landvögeln, die auf den Decks und in der Takelage Ruhe suchten.

Die Beringung von Vögeln. Um einige Grundtatsachen über den Vogelzug zu erfahren, hat man in jüngerer Zeit viele Millionen von Vögeln beringt, so daß man ihre Flugrouten verfolgen und ihre Zielpunkte ermitteln konnte. Obwohl Falkner ihre Tiere schon seit dem Mittelalter gekennzeichnet haben, damit sie sie im Falle eines Verlustes zurückbekommen, begann die moderne Beringung erst 1740, als der Berliner Johann Leonhard Frisch (1666–1743) zum erstenmal rote Fäden an den Füßen von Schwalben befestigte, bevor sie ihre Herbstwanderung antraten. Der erste Beringer in Amerika war J. J. Audubon (1785–1851). Zwei der jungen Tyrannen, an deren Füßen er silberne Fäden befestigt hatte, kehrten im nächsten Jahr zurück. Ein Jahrhundert später, 1902, unternahm Paul Bartsch aus Washington den ersten Versuch einer wissenschaftlichen Beringung, indem er die Bänder, die er Nachtreihern um die Füße legte, mit der Beschriftung «Zurücksenden an das Smithsonian Institute» versah. Ein Band wurde aus Toronto, ein anderes aus Kuba zurückgeschickt. In Europa hatte zwölf Jahre vor Bartsch ein dänischer Lehrer, Christian Mortensen, begonnen, mit Zinkringen zu experimentieren, die er Staren um die Füße legte.

Heute wird die Beringung von Vögeln auf allen Kontinenten einschließlich der Antarktis in großem Umfang betrieben. Die USA und Kanada führen das größte und wirksamste Unternehmen dieser Art durch. Mehr als 2000 Mitarbeiter markieren in diesen Ländern jährlich etwa 600 000 Vögel. Im Laufe der Jahre sind mehr als 13 Millionen Vögel beringt worden, von denen etwa eine Million später wieder identifiziert werden konnte. Die Masse der Informationen hat man auf Lochkarten übertragen, die ein Elektronengehirn auswertet.

Auch in der UdSSR sind drei Millionen Vögel beringt worden; diese Zahl wächst jährlich um über 200 000. In der BRD beträgt die Gesamtzahl der von drei Vogelwarten markierten Vögel fast 4 Millionen. In England sind mehr als drei Millionen Vögel beringt worden, in Holland und Schweden je mehr als eine Million, in Japan und in der Schweiz je über 500 000.

Junge Vögel zu beringen, bevor sie das Nest verlassen, ist ganz einfach, aber die meisten Beringer ziehen es vor, mit ausgewachsenen Vögeln zu arbeiten. Die Methoden, mit denen man sie einfängt, sind zahlreich. Vielleicht am sorgfältigsten durchdacht ist die Helgoland-Falle – im wesentlichen ein großer, getarnter Trichter aus feinem Draht, in den die Vögel durch enger werdende Gänge getrieben werden und der schließlich in einer verglasten Sammelkammer endet. Eine gewisse Ähnlichkeit damit hat der Käfig der Vogelkoje, ein langer Drahttrichter, der über einen engen Wasserlauf gelegt wird, in den neugierige Wasservögel durch einen besonders abgerichteten Hund hineingelockt werden. In einer spektakulären Weise fängt man ganze Herden grasender Gänse, indem man mittels ferngelenkter Raketen riesige Netze über sie wirft. Wachsame Greifvögel werden durch Locktauben oder -eulen geködert und dann mit automatischen Bogennetzen gefangen, die wie große Muschelschalen über ihnen zusammenschlagen. Beringer haben wirklich fast alles ausprobiert – haarfeine japanische Seidennetze, chemisch behandelte Köder, Laternen, Schlingen und alle Arten von Drahtfallen mit Ködern.

Marathonflieger. Einige der Zugrouten, die man durch die Beringung ermitteln konnte, sind außergewöhnlich. Eine Küstenseeschwalbe wurde an der Küste Labradors beringt, als sie noch nicht fliegen konnte, und 90 Tage später an der Küste Südostafrikas, fast 15 000 Kilometer von Labrador entfernt, wieder aufgefunden. Eine andere Seeschwalbe, beringt bei Disko in Grönland, flog über 16 000 Kilometer weit, um Durban in Südostafrika zu erreichen. Eine dritte Seeschwalbe, die an der arktischen Küste der UdSSR beringt wurde, fing man in der Nähe Australiens wieder ein – in einer Entfernung von wenigstens 22 500 Kilometern vom Beringungsort.

Fraglos ist die Küstenschwalbe der Langstreckenmeister unter den Zugvögeln. Diese stromlinienschwänzige Verwandte der Möwe, die an den am meisten nördlich gelegenen eisfreien Küsten nistet, fliegt bis zum Rand der Antarktis, und einige Exemplare dieser Art erleben mehr Stunden Tageslicht als jeder andere Vogel.

Der Goldregenpfeifer wird oft als zweiter Vogel genannt, dem Marathonehren zukommen. Er zieht von der arktischen Tundra bis zu den Pampas Argentiniens. Der Weißbürzelstrandläufer wagt im Herbst den gleichen Sprung über das Meer, aber er beendet seinen Flug von den Küsten Kanadas nicht in den argentinischen Pampas, sondern fliegt noch 1500 Kilometer oder mehr weiter, oft bis hinunter in die Südspitze Feuerlands. Sein

Um Vögel beringen zu können, muß man sie erst fangen. Eine der sinnvollsten Methoden, viele Vögel auf einmal einzufangen, besteht darin, an von bestimmten Arten bevorzugten Plätzen Futterköder auszustreuen; neben den Köderplatz wird dann ein sehr dünnes, feinmaschiges Netz zusammengefaltet. Befinden sich genügend Vögel einer zu beringenden Art auf dem Futterplatz, wird das Netz mit Miniraketen über die fressenden Vögel geschossen.

Verwandter, der Baird-Strandläufer, unternimmt eine ähnlich lange Reise von der Arktis über die amerikanischen Hochebenen und die Anden. Obwohl ihre Routen zum Teil mehr als 3000 Kilometer voneinander entfernt liegen – die eine über See, die andere über das Festland –, beenden diese beiden Vogelarten ihre Reise oft an denselben patagonischen Küsten.

Unter den Landvögeln wird der Reisstärling häufig als ausdauerndster Zugvogel bezeichnet, der mehr als 11 000 Kilometer zwischen den Kleefeldern Kanadas und den Grassteppen Argentiniens zurücklegt; doch ziehen einige Rauchschwalben oft 15 000 Kilometer weit, denn diese Art brütet noch im Norden Alaskas, und einige Exemplare gelangen bis ins südliche Patagonien. Auch skandinavische Schwalben wetteifern mit ihren nordamerikanischen Artgenossen, wenn sie – 13 000 Kilometer weit – durch ganz Europa und Afrika ziehen.

Störche. Der erstaunlichste unter den Zugvögeln Europas ist der Weißstorch. Durch Beringung hat man festgestellt, daß die westlichste Population – Tiere aus Holland, dem Rheingebiet und Spanien – den Weg nach Südwesten über die Straße von Gibraltar wählen. Dabei lassen sie sich von den Aufwinden in sehr große Höhen tragen, bevor sie die 15 Kilometer über das Wasser nach Afrika gleiten. Die östlich der Elbe brütenden Störche wählen einen südöstlichen Kurs um das Mittelmeer herum, folgen durch Ägypten dem Nil und dann dem Rift-Tal bis zu ihren Überwinterungsgebieten in Afrika. Für einen dänischen Storch bedeutet das eine Reise von etwa 13 000 Kilometern.

Tag- und Nachtwanderer. Zwar sprechen wir meistens von «Routen» oder «Reisewegen», doch gibt es sicherlich nicht einen einzigen Quadratkilometer auf der Erdoberfläche – mit Ausnahme der vereisten Polarge-

Links oben: Wildgänse, die mit einer auf S. 105 beschriebenen Netzkonstruktion gefangen wurden.
Oben: Alter, Geschlecht und Gewicht der Vögel wird bestimmt. Dann folgt die Beringung.
Unten: Eine beringte Gans fliegt davon.

biete –, der nicht von Vögeln überflogen wird. Untersuchungen erwiesen ganz zweifelsfrei, daß der in der Dunkelheit stattfindende Zug der meisten kleinen Landvögel in breiter Front der allgemeinen Luftströmung folgt – im Frühling nordwärts mit warmen Luftmassen aus dem Süden, im Herbst südwärts mit den kalten Winden aus dem Norden. Die Nachtwanderer sammeln sich weder in Scharen noch folgen sie engen Routen. Wenn Vogelbeobachter jedoch die Wanderbewegungen im Morgengrauen beobachten, bietet sich ihnen – besonders in Küstengegenden – ein erstaunlich unterschiedliches Bild. Bei Tagesanbruch sieht man die Vögel, die noch unterwegs sind, in einer Höhe zwischen 70 Metern und den Baumwipfeln wie Flugzeuge vor der Landung gegen den Wind fliegen. Sie fliegen dann oft in Gruppen und folgen anscheinend bestimmten Routen, besonders wenn Flußläufe sie zu Halbinseln und Inseln führen. Der Beobachter hält diese Konzentrationspunkte leicht für normale «Routen»; und die mangelnde Übereinstimmung zwischen dem, was er sieht, und dem, was die Nachtgläser und Radarschirme während der Dunkelheit ermitteln können, hat zu lebhaften Kontroversen über die Natur des Vogelzuges geführt.

Obwohl Tag-Zugvögel sich meist über so deutlich sichtbaren Landschaftserscheinungen wie Flußtälern, Küstenlinien und Höhenrücken zusammenballen und so den Eindruck erwecken, als ob sie genau festgelegten Zugrouten folgten, vollzieht sich auch ein großer Teil der Tag-Wanderungen in breiter Front. Die Auffassung einer bestimmten «Zugstraße» stellt eine kaum zulässige Vereinfachung dar, aber die Terminologie ist zum Beispiel hilfreich für die Heger der Entenvögel in den USA, die auf Grund des nordamerikanischen Flußsystems zwischen der Atlantischen, der Mississippi-, der Zentralen und der Pazifik-Zugstraße unterscheiden. In Wirklichkeit wechseln viele Wasservögel auf ihrer Reise von einer Route in die andere über.

Tag-Zugvögel zeigen eine größere Neigung, in Scharen zu fliegen. Gut organisierte Schwärme von Enten, Gänsen oder Schwänen – die auch nachts reisen – ziehen zweimal im Jahr die kontinentalen Routen entlang. Schwalben ziehen bei Tage in lockeren Gruppen und sammeln sich bei Einbruch der Dunkelheit, um sich niederzulassen und zu rasten.

In den nördlichen Regionen sind die ersten Frühlingsvögel meist Tag-Wanderer. Sie folgen dem zurückweichenden Winter gewissermaßen auf den Fersen. Der Zeitpunkt ihrer Ankunft mag sich von Jahr zu Jahr um zwei oder drei Wochen verschieben. Diese Vögel sind «Wetter-Zugvögel» genannt worden, weil das Wetter offenbar bestimmend auf ihre Züge ein-

Kanadagänse schwimmen auf einem Teich in North Carolina (USA), nachdem sie im Oktober ihre Nistgründe an der Hudson Bay verlassen haben. Bei ausreichenden Nahrungsverhältnissen halten sie sich bis zum ersten Vollmond im März an diesem abgeschlossenen Zufluchtsort auf.

Aluminiumringe zur Markierung von Vögeln gibt es in 14 verschiedenen Größen von 0,21 bis 2,22 cm Durchmesser.

wirkt. Diejenigen, die später im Frühling unter dem Schutz der Dunkelheit kommen – die Waldsänger und ihre Genossen –, treffen wesentlich präziser ein. Man bezeichnet sie oft als «Instinkt-Zugvögel», denn das Wetter – vom Wind allerdings abgesehen – scheint wenig Einfluß auf sie zu haben.

Viele Arten sind nur zum Teil Zugvögel. Hüttensänger und viele Blauhäher, die in den nördlichen Teilen der USA und in Kanada brüten, ziehen südwärts und mischen sich in den Südstaaten mit ansässigen, seßhaften Hüttensängern und Blauhähern. In ähnlicher Weise ziehen in Europa die meisten Feld- und Heidelerchen aus Skandinavien fort, aber andere bleiben das ganze Jahr hindurch in England, wo die Jahreszeiten klimatisch ausgeglichener sind.

Der Zug der Vögel – das muß deutlich gemacht werden – ist nicht nur ein Verhalten, der Kälte zu entgehen. Er hängt auch eng zusammen mit der Nahrungssituation, wenn auch einige nördliche Vögel viel früher ziehen, als ihre Ernährungslage es nötig erscheinen läßt. Selbst viele tropische Vögel wandern, aber bei den meisten Arten sind die Reisen ziemlich kurz und hängen von der jahreszeitlich bedingten Feuchtigkeit oder Trockenheit, von der Blüte oder Reifezeit bestimmter Pflanzen ab.

Jeden Herbst zwischen September und November tauchen ein paar Vögel aus Nordamerika in Europa auf. Darunter befinden sich nicht nur so flügelstarke Watvögel wie der Große Gelbschenkel, der Schlammläufer, der Graubrust- und der Weißbürzelstrandläufer sowie der Grasläufer, sondern auch Landvögel wie Kuckucke, Drosseln und Waldsänger. Lange Zeit nahm man an, daß die schwächeren Landvögel ihre Überfahrt als blinde Passagiere auf Schiffen gemacht hätten. Aber obwohl solche Fälle belegt worden sind – ein Weißkehlammerfink hat einmal die Reise von New York bis nach den Scilly-Inseln an Bord eines großen Ozeandampfers mitgemacht –, ist es

Ein Ring wird am Fuß einer Spießente befestigt, die währenddessen ruhig im Arm eines Wildhegers liegt. Etwa 50 000 Spießenten werden zur Zeit jedes Jahr beringt. Ringe haben erstaunliche Rekorde bezeugt, so etwa den eines Kleinen Gelbschenkels, der in 6 Tagen über 3000 Kilometer von Cape Cod (USA) nach Martinique zurücklegte, oder den eines Austernfischers, der 1929 in Holland beringt wurde und 28 Jahre später gesund wieder auftauchte.

doch wahrscheinlicher, daß sie von heftigen Winden hingetrieben worden sind oder daß sie in großen Höhen von den Strahlströmen erfaßt wurden, jenen gewaltigen Winden, die in 8 bis 10 Kilometern Höhe von West nach Ost um die Erde wehen.

Flughöhe und -geschwindigkeit. Die Fluggeschwindigkeiten von Vögeln sind oft gestoppt worden, aber meist in Bodennähe, und es wurde geltend gemacht, daß Vögel, die sich auf dem Zug befinden, viel schneller fliegen als sonst. Bei den meisten kleinen Vögeln übersteigt die Geschwindigkeit selten 45 Stundenkilometer, jedoch sind Schwalben und besonders Stare viel schneller. Wandernde Greifvögel ziehen mit einer Geschwindigkeit von 45 bis 65 Stundenkilometern durch die Luft. Die meisten Watvögel legen durchschnittlich 65 bis 80, viele Enten 80 bis 90 Kilometer in der Stunde zurück.

Bei solchen Geschwindigkeiten können die Vögel mehrere hundert Kilometer an einem Tag oder in einer Nacht zurücklegen. So überfliegen etwa die nordamerikanischen Zugvögel den Golf von Mexiko, in dem sich keine Inseln zum Zwischenlanden befinden, in einem Non-Stop-Flug von über 800 Kilometern. Ein in der BRD beringtes Stück der über die Nordwelt verbreiteten Steinwälzer durchflog eine ebenso lange Strecke in 25 Stunden. Schneegänse fliegen die 2700 Kilometer von der James Bay in Kanada bis zur Küste von Louisiana in 60 Stunden.

Wahrscheinlich bleiben die meisten Vögel bei ihrem Zug in einer Höhe unter einem Kilometer. David Lack, der die Flughöhe britischer Nacht-Zugvögel mit Hilfe von Radar errechnete, stellte freilich fest, daß einige kleine Landvögel oft in einer Höhe von 1500 Metern fliegen und manchmal bis über 4000 Meter steigen. Radargeräte haben sogar Vögel in Höhen von 6000 Metern geortet – eine erstaunliche Leistung, die notwendig ist, wenn man bedenkt, daß viele Arten auf ihren Zügen sowohl die Anden als auch den Himalaya überfliegen müssen.

Ursachen des Vogelzugs. Was hat die Vögel überhaupt ursprünglich zum Wandern veranlaßt? Forscher, die dieser Frage nachgegangen sind, haben festgestellt, daß die Vögel der nördlichen Halbkugel am weitesten ziehen. Sie vermuten daher, daß die Eisdecken, die während des Pleistozäns das Land überlagerten, den ersten Anstoß zum Vogelzug gegeben haben. Nach dieser Theorie wurden die Vögel von den vordringenden Eismassen nach Süden gedrängt und folgten ihnen wieder, wenn diese Massen abschmolzen. Jeder Winter erscheint nun wie eine verkürzte Wiederholung der Eiszeit, während der die Vögel sich in die angestammten Zufluchtsorte zurückziehen und wiederkehren, wenn Eis und Schnee verschwunden sind. Das klingt plausibel, erklärt aber nicht den Vogelzug in den Teilen der Welt, in welchen die Eiszeit ohne Wirkung blieb. Daher lehnen die meisten Ornithologen diese Theorie heute ab. Sie nehmen an, daß die Vogelzüge schon seit vielen Millionen Jahren stattfinden und nicht erst vor einer oder zwei Millionen Jahren begonnen haben.

Es besteht kaum Zweifel, daß es sich um einen Evolutionsprozeß handelt: Vögel, die einem wärmeren Klima entstammten, wanderten vermut-

Bewegliche Spiegel werfen das Sonnenlicht in ungewöhnlichen Winkeln in den Experimentierkäfig, so daß die Vögel drinnen sich verhalten, als ob die Sonne in einer anderen Position stünde. Auf diese Weise versucht man herauszubekommen, welche Rolle die Sonne als Orientierungshilfe beim Vogelzug spielt.

lich auf der Suche nach Nahrung nordwärts. Viele fanden in höheren Breitengraden Nahrung im Überfluß, mußten sich aber bei Einbruch des Winters zurückziehen. Obwohl viele der «Abenteurer» umkamen, hat die natürliche Auslese bewirkt, daß die flexibelsten Individuen überlebten. Der Steinschmätzer, eine kleine Drosselart aus Eurasien, die den Winter in Afrika zubringt, hat sich auf dem Wege über die Britischen Inseln und

Island über den Atlantik gewagt, um sich in Grönland und Labrador anzusiedeln. Sie hat sich auch von Asien über die Bering-See bis nach Alaska ausgebreitet. Aber wenn die Zugzeit gekommen ist, verläßt der Steinschmätzer Nordamerika völlig. Die Vögel aus Labrador ziehen ihren alten Weg nach Osten über den Nordatlantik, die Vögel aus Alaska wandern nach Westen über die Bering-See, um in ihre angestammte Heimat Asien zurückzukehren.

Auslösende Faktoren. Die weit zurückliegenden Ursachen der Wanderung und die evolutionäre Entwicklung dieses Verhaltens sind aber etwas ganz anderes als die unmittelbar auslösenden Faktoren. Was veranlaßt die Vögel, ihren Zug in jedem Jahr zu fast der gleichen Zeit zu beginnen, welches innere Uhrwerk, welche äußeren Reize? Wir wissen, daß die endokrinen Drüsen – die bewirken, daß männliche Vögel singen und weibliche Eier legen – vor der Nistzeit in ihrer Funktionsweise auf diese Zeit programmiert sind und daß Programmänderungen stattfinden, wenn die Nistzeit vorüber ist. Die meisten Vögel ziehen während dieser Perioden. Wir wissen auch, daß eine der Kräfte, die diese Änderungen hervorrufen, das Licht ist – die Zunahme von Licht im Frühjahr und seine Abnahme im Herbst. Wenn der entsprechende Tag gekommen ist, beginnt der Vogel seine lange Reise.

Die Frage der Ursache des Volgezuges ist so komplex, daß sie jeden zur Verzweiflung bringt, der versucht, sie zu lösen. Bei einigen Arten entspricht dem alljährlichen Anreiz zu ziehen eine Veränderung der Keimdrüsen, bei anderen aber nicht; einige Vögel schaffen sich eine Fettreserve an, andere nicht. Bei manchen Vögeln scheinen Licht- und Wetterverhältnisse auslösend zu wirken, aber keineswegs bei allen.

Die Vögel verfügen über eine außerordentliche Kraft, dank derer sie die Entfernungen zurücklegen, die sie überwinden müssen; kein anderes Lebewesen ist in dieser Hinsicht so ausdauernd wie sie. Um das Leben in der Luft durchzustehen, müssen die Vögel durchtrainiert sein wie Hochleistungssportler. Langstrecken-Zugvögel haben die Fähigkeit, enorme Energiemengen in Form von Fett zu speichern, wobei einige ihr Gewicht verdoppeln. Dasjenige aber, was an den Vogelzügen am meisten Verwunderung hervorruft, ist das Orientierungsvermögen der Vögel.

Orientierungsvermögen. Ein großer Teil der Vögel zieht nachts, wobei es kaum möglich ist, sich nach markanten Punkten in der Landschaft zu

Die nordamerikanischen Abendkernbeißer sind Gelegenheits-Zugvögel. Solange noch Beeren und andere Nahrung vorhanden sind, ziehen sie bei Einbruch des Winters nicht nach Süden. Erst wenn die Nahrung knapp wird, machen sie sich auf die Wanderung in südliche Regionen.

richten. Einige Gänsevögel machen es sich jedoch wahrscheinlich zunutze, daß einige Tiere aus der Schar sich auf Grund vorangegangener Züge an die Wege erinnern, daß sie ein visuelles Gedächtnis für bestimmte Zwischenlandeplätze haben, die nicht immer auf einer geraden Linie zu liegen brauchen. Wie könnte man sonst die Reisewege der Zwergschneegänse erklären, die über die nordamerikanischen Ebenen hinweg nach Süden ziehen, dann aber unvermittelt nach Montana (USA) abbiegen, um die Rocky Mountains zu überfliegen?

Wie verhält es sich mit jenen Vögeln, die große Strecken über Meere hinweg zurücklegen und ohne Benutzung von Kompaß und Sextant abgelegene Inseln erreichen? Auf der See gibt es keine markanten Punkte, nach denen sie sich richten können. Wir können nur über den Goldregenpfeifer staunen, der, ohne sich je zu irren, seinen Weg von über 3000 Kilometer von Alaska nach Hawaii über offenes Meer zurücklegt. Eine ähnliche Leistung vollbringt der Borstenbrachvogel, der weit über 8000 Kilometer von den Küsten Alaskas nach Tahiti oder anderen Inseln zieht. Oft handelt es sich um junge Vögel, die ohne die Führung durch ältere Tiere ihre erste Reise machen. Der junge Bronze-Glanzkuckuck aus Neuseeland, der von Pflegeeltern großgezogen worden ist, die selbst keine Zugvögel sind, findet seinen 4000 Kilometer langen Weg nach Norden zu den Salomo- und Bismarck-Inseln über die offene See gleich im ersten Winter. Eine andere neuseeländische Kuckucksart, der Neuseeland-Koël, reist über 6000 Kilometer nach abgelegenen Pazifik-Inseln.

Man muß sich klarmachen, daß der Wind – wenn er nicht sehr heftig oder böig ist – den Vogel nicht drängt oder stößt. Der Vogel wird von ihm getragen wie ein Schwimmer in der Strömung eines Wassers. Er kann selten «in Luftlinie» fliegen, sondern muß, ehe das endgültige Ziel erreicht ist, Hunderte von Kilometern zusätzlich zurücklegen, um die Wirkungen von Windströmungen auszugleichen.

Hunderte von Malen sind Vögel Experimenten unterworfen worden, um ihre Fähigkeit zu untersuchen, auf unbekannten Wegen heimzufinden. Meist wurden solche Vögel nie wieder gesehen, einige jedoch erzielten bemerkenswerte Rekorde. Ein Mauersegler, der 250 Kilometer von seinem Standort entfernt wurde, war in 4 Stunden wieder dort, wo er hingehörte. Ein Laysan-Albatros, den man über 5000 Kilometer von seiner Heimat – der Midway-Insel im nordwestlichen Pazifik – entfernte, kehrte innerhalb von 10 Tagen zurück. Ein Schwarzschnabelsturmtaucher, zum Logan International Airport in Boston befördert, legte fast 4000 Kilometer über den Atlantik zurück und erreichte in 12½ Tagen seine Erdhöhle auf der Insel Skokholm vor Wales.

Kritiker solcher Experimente haben vermutet, daß die Vögel vielleicht auf irgendeine Art und Weise die Drehungen und Wendungen des Fahrzeuges, in dem man sie transportierte, registriert haben könnten und bei ihrer

Ein Flugexperiment aus einem in einer Grube befindlichen Vogelhaus zeigt, wie wichtig für Brieftauben bei der Orientierung der Gesichtssinn ist. Die hier aufgewachsenen Vögel befanden sich unterhalb der Bodenebene und hatten nie Gelegenheit, sich mit einem Blick auf den Horizont zu orientieren. Als man sie ein paar Kilometer weit entfernte und dann freiließ, konnten sie nicht ihren Weg zurückfinden.

Rückkehr einfach diese Drehungen und Wendungen wiederholten. Um die Stichhaltigkeit dieses Einwands zu prüfen, wurden in der BRD zwei Käfige mit Staren mit dem Zug von einem Dorf in eine 150 Kilometer entfernte Großstadt gebracht. Ein Käfig wurde auf den Drehteller eines Plattenspielers gestellt, der auf der Reise 5000mal rotierte. Die Vögel hätten also diese 5000 Drehungen samt der Kurven der Eisenbahnschienen im Kopf behalten und nachvollziehen müssen. Dennoch kamen sie, nachdem man sie in Berlin

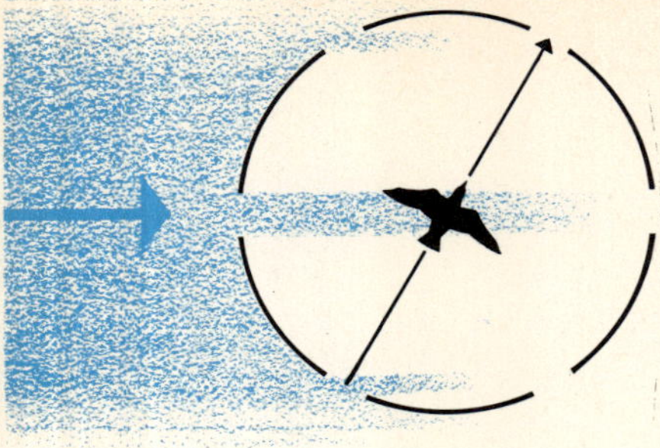

Um die Frage zu klären, ob den Zugvögeln die Sonne als Kompaß dient, stellte der Zoologe Gustav Kramer (1910–1959) während der Zeit ihrer Wanderungen Versuche mit Staren an. Er hielt sie in Versuchskäfigen, und wenn diese direkt von der Sonne beleuchtet wurden (oben), flatterten die Vögel umher, ehe sie eine Flugrichtung einschlugen, die genau derjenigen entsprach, die sie auch gewählt hätten, wenn sie frei gewesen wären. Wenn er aber durch Spiegel das Sonnenlicht um 90° ablenken ließ, veränderten die Stare ihre Flugrichtung um genau den gleichen Winkel – um 90°.

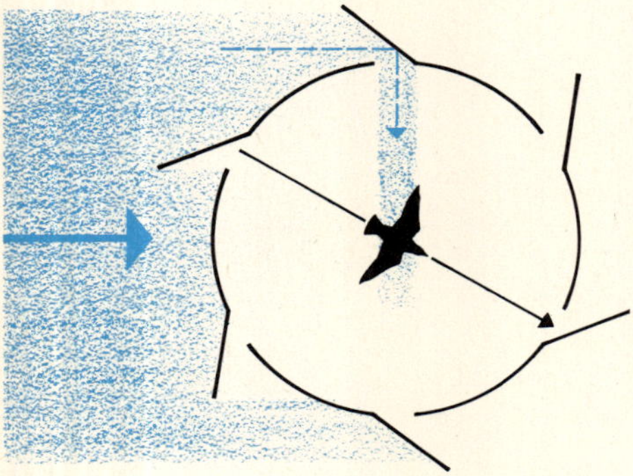

freigelassen hatte, ebenso schnell wieder zu Hause an wie ihre Artgenossen aus dem anderen Käfig. Noch überzeugender waren Versuche, die man in England anstellte, bei denen Tauben in lichtundurchlässigen Behältern transportiert wurden, die sich in völlig unregelmäßiger Bewegung befanden.

Erforscher des Vogelzuges haben auch den Gedanken vorgebracht, daß Vögel vielleicht gegenüber dem magnetischen Feld der Erde empfindlich sein könnten und dergestalt zu Messungen in der Lage wären. Weiterhin ist vermutet worden, daß ihr inneres Ohr auf die Corioliskraft reagiert – jenen mechanischen Effekt, der durch die Drehung der Erde hervorgerufen wird. Ein Ornithologe griff diese beiden Ideen auf und bemühte sich in sorgfältig ausgeklügelten Experimenten um den Nachweis, daß die Vögel ihren Standort sowohl durch die Corioliskraft als auch durch den Erdmagnetismus bestimmen. Aber obwohl diese Versuche sich vielversprechend anließen, konnte ein Beweis nicht erbracht werden.

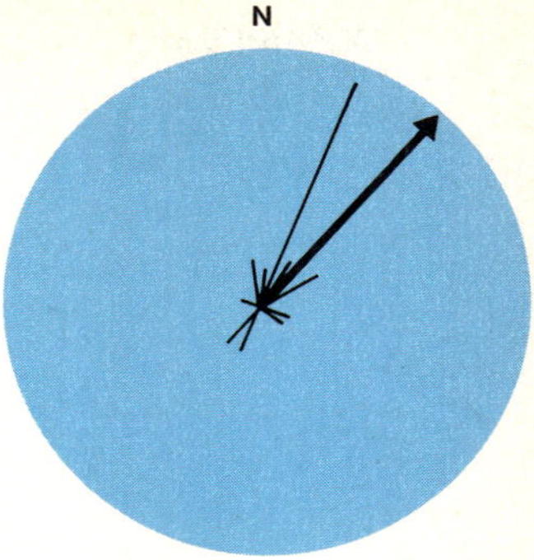

Durch Grasmücken, die er während der Zeit ihrer Frühjahrsunruhe in ein Planetarium setzte, bewies E. G. F. Sauer, daß Nacht-Zugvögel sich nach den Sternen orientieren. Wenn er einen Frühlingshimmel an die Decke projizierte, flogen die Vögel nach Nordosten und wählten damit die Richtung, in die sie auch normalerweise gezogen wären (oben). Drehte er jedoch den Sternhimmel, dann flogen auch die Vögel in entgegengesetzter Richtung (Mitte). Fiel die Einwirkung des Sternhimmels ganz fort, so flogen die Vögel in alle Richtungen auseinander. Die kurzen Linien deuten die Flugbewegungen weniger Vögel, die längeren die einer größeren Anzahl, die Pfeile die der Mehrzahl an.

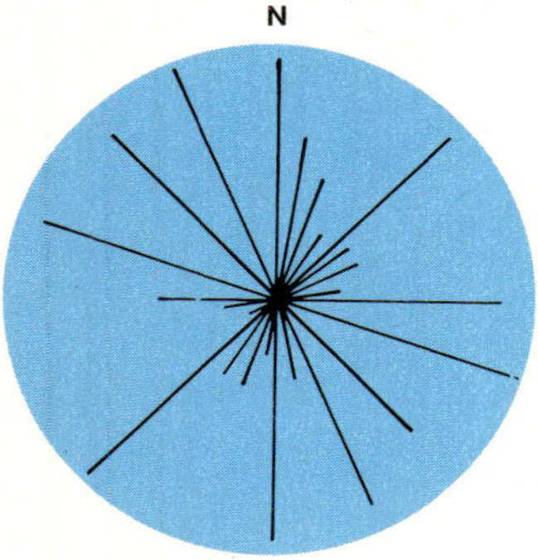

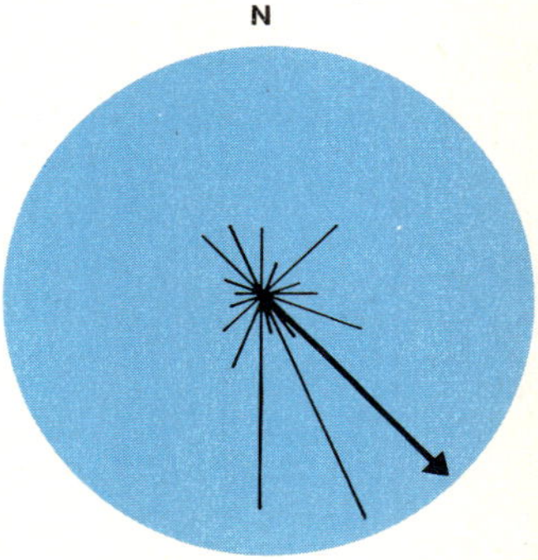

Die Sonne wird «verdreht». Der deutsche Zoologe Gustav Kramer (1910–1959) hat in brillanter Weise gezeigt, daß Vögel, die am Tage ziehen, sich nach der Sonne orientieren. Er arbeitete mit Staren, die er in einen sorgfältig ausgedachten runden Versuchsapparat mit 6 gleich großen Fenstern setzte, von denen jedes ein Stück Himmel zeigte. Er entdeckte, daß die Vögel während der Zeit der Zugunruhe so auf ihren Stangen saßen, daß sie in die Richtung blickten, in der sie geflogen wären, wenn sie die Möglichkeit dazu gehabt hätten, also nach Nordosten im Frühjahr und nach Südwesten im Herbst. Dann versuchte er, die Vögel durch «Verdrehen» der Sonne irrezuführen. Durch Spiegel bewirkte er, daß die Sonne durch ein anderes Fenster in den Käfig schien, und prompt richteten die Vögel sich nach dem neuen Sonnenstand. Wenn an wolkigen Tagen die Sonne für die Vögel überhaupt nicht zu sehen war, verloren sie ihre Orientierung.

Obwohl all dies sehr bedeutsam erscheint, läßt es doch eine wichtige Tatsache außer acht: die Sonne steht nicht während des ganzen Tages am

N
W
300
240
210
W
S
150

Die Reaktion auf Licht bei einem Fütterungsexperiment zeigt, daß Vögel sich nach Lichtquellen orientieren. Dieser Star, in seinem runden Käfig von kleinen Futternäpfen umgeben, lernte schnell, sich einem hellen, beweglichen Licht zuzuwenden, um den Napf mit seiner Nahrung zu finden. Manche Ornithologen glauben, daß eine ähnliche Reaktion auf die Sonne den Zugvögeln unterwegs bei der Orientierung nützlich ist.

Bei dem Versuch, dem Geheimnis des Vogelzugs auf die Spur zu kommen, ist man seit kurzem dazu übergegangen, Vögel mit leuchtenden Farben zu färben. So aufsehenerregend die Färbemethode auch ist: sie hat ihre Grenzen. Da alle Vögel sich mausern, werden die gefärbten Federn nach einer gewissen Zeit abgestoßen. Nichtsdestoweniger können die Informationen, die man auf diesem Weg erhält, bei der Bestimmung des Verhaltens örtlicher Vogelbestände gute Dienste leisten. Oben: Frisch besprüht landet eine leuchtend rosa Möwe zwischen ihren naturfarbenen Artgenossen.

gleichen Platz am Himmel, sie erscheint nicht einmal jeden Tag zur selben Zeit an derselben Stelle. War es möglich, daß die Vögel dies einkalkulieren konnten? Kramer beschloß, das herauszufinden. Er baute einen runden Käfig und ordnete an der Innenseite eine Anzahl Futternäpfe kreisförmig an. Dann richtete er einen Star darauf ab, entsprechend dem Stand der Sonne in einem bestimmten Napf Futter zu suchen. Dies geschah an jedem Tag zu einer bestimmten Stunde, und als der Star sorgfältig dressiert war, wurde der Versuch zu einer anderen Tageszeit gemacht. Das Tier wählte trotzdem den richtigen Napf; es war anscheinend in der Lage, den entsprechend der Tageszeit veränderten Sonnenstand zu berücksichtigen.

Nachthimmel im Planetarium. Wie aufschlußreich diese Versuche auch waren, sie gaben keinerlei Anhalt darüber, wie Vögel sich in der Nacht zurechtfinden. Ein glänzender Einfall war die Vermutung von E. F. G. Sauer, daß die Nachtzugvögel sich nach den Sternen richteten. Sauer verwendete einen runden Käfig mit einem durchsichtigen Plexiglasdach, das den Blick auf den Nachthimmel freigab. Die Vögel orientierten sich anscheinend tatsächlich nach den Sternen, denn sobald diese von Wolken verdeckt wurden, waren sie irritiert. Später setzte Sauer sie unter einen künstlichen Nachthimmel im Planetarium der Seefahrtsschule Bremen. Er stellte den Käfig mit den Vögeln so auf, daß nur die Kuppel von etwa 7 Meter Durchmesser sichtbar war. Die Vögel bestimmten ihre Richtung entsprechend der Stellung der Sterne und konnten leicht getäuscht werden, wenn man den künstlichen Himmel drehte.

Obwohl die Beweise sich häufen, daß die Vögel sich auf ihren Zügen bei der Wahl der Hauptrichtung nach den Gestirnen richten, bleibt es doch ein Geheimnis, wie es ihnen möglich ist, ihre Ziele genau anzusteuern. Neben Radareinrichtungen sind noch viele andere Apparate und Methoden eingesetzt worden, um verläßlichere Informationen über diese Fragen zu erhalten. Stockenten und andere Vögel, die man nachts losfliegen ließ, sind mit winzigen Scheinwerfern und Radiosendern ausgestattet worden, so daß die Forscher jederzeit feststellen konnten, wo sie sich aufhielten; es wurden Apparate entwickelt, mit denen sich die kaum hörbaren Stimmen der hoch am Nachthimmel fliegenden Zugvögel aufnehmen ließen.

In den letzten Jahren haben sich unzählige Daten angesammelt, aber leider sind diese so widersprüchlich, daß sie nie zu klaren Ergebnissen führen. Ein Ornithologe sagte einmal: «In der Erforschungsgeschichte des Vogelzugs ist es immer so gewesen, daß, sobald eine Hypothese gefunden war, die alles vorhandene Erfahrungsmaterial deckte, neue Beobachtungen gemacht wurden, die diese These zerstörten.»

6. Wie die Vögel sich untereinander verständigen

Die meisten Vögel scheinen Gesellschaft zu lieben. Natürlich gibt es Ausnahmen: Einzelgänger wie die Greifvögel, die Reiher (wenn sie nicht gerade nisten), Rauhfußhühner, Rallen, Kuckucke, Nachtschwalben, Eisvögel, Wasseramseln und einige Vögel der tropischen Wälder. Aber die Mehrheit aller Vogelarten lebt gesellig. Ein Leben in Gemeinschaft jedoch erfordert eine Sprache, ein gemeinsames Verständigungsmittel. Die Vögel verfügen über viele solcher Mittel – ihre Stimmen, ihre Verhaltensweisen, die Zurschaustellung ihres Gefieders oder ihres Schmuckes: all das sind Zeichen und Symbole, mit deren Hilfe sie miteinander «sprechen».

Der Wunsch, diese «Sprache» zu verstehen, hat schon lange die Phantasie der Wissenschaftler und Laien beflügelt. Von König Salomo wird berichtet, daß er mittels eines magischen Ringes die Sprache der Vögel und der wilden Tiere verstehen konnte. Heute stehen die Verhaltensforscher Konrad Lorenz (* 1903) und Niko Tinbergen (* 1907) dicht davor, wirklich die Sprache der Vögel zu verstehen. Keiner dieser Forscher wäre allerdings so kühn zu behaupten, er könne die Vogelsprache unmittelbar in die Sprache der Menschen übertragen; denn obwohl sie davon überzeugt sind, daß Vögel eine gewisse Lernfähigkeit besitzen, müssen sie doch darauf hinweisen, daß ein großer Teil dieser «Vogelsprache» angeboren ist und nicht wie die menschliche Sprache erst erlernt werden muß. Die Kommunikation der Vögel ist weit davon entfernt, so etwas wie «gesprochenes Wort» zu sein. Vielmehr haben wir es mit angeborenen Mechanismen zu tun, die im folgenden genauer beschrieben werden sollen.

Warum singen die Vögel, und welche Funktion hat ihr Gesang? Zunächst einmal müssen wir zwischen Gesang und Locktönen oder den anderen Lauten unterscheiden, welche die Vögel ausstoßen. Ein Zoologe definierte den Vogelsang einmal so: «Eine Serie von Lauten, die beständig nach einem bestimmten Schema hauptsächlich von Männchen und gewöhnlich während der Brutzeit wiederholt werden.» Da sie den Bezug auf die Stimme vermeidet, schließt diese Definition das rhythmische Klopfen des Spechtes ebenso ein wie das Flügelschlagen der Rauhfußhühner und die

Ein männlicher Wanderalbatros beginnt die Werbung um ein Weibchen mit imposanten Flügelschlagen. Durch das Balzverhalten des Männchens angelockt, nähert sich oben rechts ein zweites Weibchen, das dann aber schnell sehr «handgreiflich» vertrieben wird.

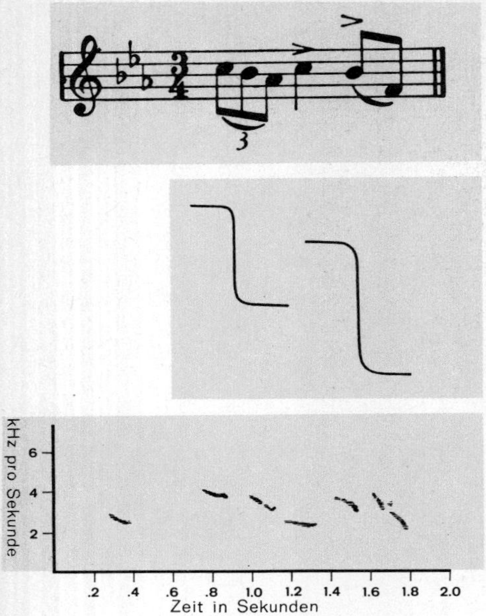

Es gibt drei Methoden, den Vogelgesang aufzuzeichnen – hier dargestellt am Beispiel des amerikanischen Lerchenstärlings. Die erste Niederschrift mit Hilfe des normalen Notensystems vermag nur ein grobes Bild zu geben, denn die Vögel beschränken sich bei ihrem Gesang nicht auf herkömmliche Noten, Intervalle und Tempi. Die zweite (Mitte) – eine Art musikalischer Kurzschrift, die Aretas A. Saunders entwickelte – hängt ebenfalls noch vom menschlichen Ohr ab, mit seiner Unfähigkeit, besonders hohe Töne, winzige Pausen und sehr rasche Triller wahrzunehmen. Um ein wissenschaftlich einwandfreies Wiedergabesystem zu entwickeln, bedurfte es der Erfindung des Tonbandgeräts und des Oszillographen. Mit Hilfe dieser beiden Apparate läßt sich ein sogenanntes «Audiospektrogramm» aufzeichnen, das Tonhöhe (in Kilohertz), Tonstärke (ausgedrückt durch die Dicke des Striches) und Tempo festhält.

Luftvorführungen der Waldschnepfen und Bekassinen, bei denen die Laute durch Federn der Flügel oder des Schwanzes erzeugt werden.

Bei einigen Vögeln ist der Gesang so differenziert und kunstvoll, daß er uns wie eine Taktfolge herrlichster Musik erscheint. Als Familie sind wahrscheinlich die Drosseln die begabtesten unter allen Sängern. Die Stimmen gewisser anderer Vögel klingen dagegen disharmonisch, erscheinen insektenhaft oder beschränken sich auf ein Stakkato, kurzum sind alles andere als musikalisch ansprechend. Aber ob es sich bei dem betreffenden Vogel um eine Ammer auf einer Wiese bei Fulda handelt, die ihr monotones *«tsi-lick»* von sich gibt, das wie ein Schluckauf klingt, oder um eine Graurücken-Trugdrossel im mexikanischen Urwald, dergegenüber alle anderen Sänger wie Stümper erscheinen – die Bedeutung des Gesanges ist in den meisten Fällen die gleiche: gewöhnlich ist es der Ruf eines Männchens, das einem anderen Männchen gegenüber warnend seinen Anspruch auf das Revier geltend macht, oder der Anruf an ein Weibchen, dem ein noch nicht gebundenes Männchen sich als Partner empfiehlt. Romantikern, die den Gesang der Vögel als jubelnden Ausdruck der Lebensfreude betrachten, fällt es schwer zu glauben, daß es sich dabei vielmehr um die streitbare Verkündigung

Was ein Name verrät

Der Kuckuck, die Krähe und viele andere Vögel haben ihren Namen nach dem Ruf erhalten, den sie erschallen lassen. Wie die Menschen aber diesen Ruf verstehen, hängt weitgehend davon ab, welche Sprache sie selbst sprechen. Die folgende Liste gibt dafür ein Beispiel. Es handelt sich um den Versuch des englischen Buches «Field Guide to the Birds of Britain and Europe», den Ruf des Weidenlaubsängers in verschiedenen Übersetzungen wiederzugeben.

Englisch: chiff, chaff, chiff, chiff, chaff
Finnisch: til, tal, til, til, tal
Deutsch: zilp, zalp, zilp, zilp, zalp
Französisch: tyip, tsyep, tyip, tyip, tsyep
Holländisch: tjif, tjaf, tjif, tjif, tjaf
Schwedisch: tji, tju, tji, tji, tju
Spanisch: sib, sab, sib, sib, sab
Italienisch: ciff, ciaff, ciff, ciff, ciaff
Isländisch: tsjiff, tsjaff, tsjiff, tsjiff, tsjaff
Dänisch: tjif, tjaf, tjif, tjif, tjaf

eines Anspruches handelt, um die harte Sprache mit dem Rivalen. Der Gesang wird häufiger und aggressiver, wenn ein anderes Männchen in Hörweite ist. Sollte ein Eindringling die unsichtbare Linie, die das Revier umgrenzt, überschreiten, so würde er angegriffen werden; aber gewöhnlich reicht ein Lied aus, um ihn zum Weiterziehen zu veranlassen.

Selbst ausgestopfte Vögel, die man innerhalb des Reviers eines singenden Männchens aufstellt, werden angegriffen – besonders dann, wenn die Aufmerksamkeit durch Tonwiedergabe von Gesang auf sie gelenkt wird. Aber eine Wanderdrossel wird nicht einen ausgestopften Spatzen, Zaunkönig oder Roststärling angreifen. Sie reagiert nur auf andere Wanderdrosseln. David Lack vom Edward Grey Institut in Oxford, der mit englischen Rotkehlchen Versuche machte, entdeckte, daß das, was ein Rotkehlchen veranlaßt «rot zu sehen», die rote Brust seines Rivalen ist. Sogar ein Büschel roter Federn an einem Draht wurde heftig angegriffen, und nachdem man es entfernt hatte, wurde auch die Stelle, an der es gehangen hatte, attakkiert. Der nordamerikanische Rotschulterstärling spreizt seine roten Schulterfedern, wenn er einem Rivalen mit seinem Gesang droht. Ähnlich verwendet der in Europa weitverbreitete Buchfink seine weißen Schulterflecken als Kriegsbanner. Ins Auge fallende Muster, Farben oder anderer Schmuck wirken als «Auslöser», erwecken bei anderen heißblütigen Männchen die Kampflust, bei paarungsbereiten Weibchen jedoch den Trieb, sich zu unterwerfen.

Wenn man weiß, daß ein ausgestopftes Männchen einen Angriff auslöst, wird es nicht mehr verwundern, daß ein ausgestopftes Weibchen entsprechende Reaktionen hervorruft. Daß sie «frigide» erscheint, macht dann anscheinend wenig aus. Sofern das Tier nur eindeutig als ein Weibchen der eigenen Art erkennbar ist, erscheint es begehrenswert, und das Männchen kehrt unter Umständen wieder und wieder zurück, um sich damit zu paaren.

Blaukopfstärlinge – selbst solche mit Partnern – verschmähen nicht einmal kopf- und flügellose Attrappen des anderen Geschlechts.

William Vogt, der die Gefühlsregungen eines männlichen Nord-Erdwaldsängers untersuchte, veränderte ein ausgestopftes Weibchen, indem er ihm eine schwarze Maske vor das Gesicht klebte. (Die Männchen haben solche Masken, die Weibchen nicht.) Als das Männchen zurückkehrte, war seine erste Reaktion – so berichtet Vogt – offenbar die einer bestürzten Überraschung, «als habe seine Geliebte ihn betrogen»; dann griff es den Schwindler an.

Tinbergen weist darauf hin, daß bei vielen Arten Drohung die erste Phase der Werbung ist. Wenn ein Weibchen von einem Männchen auf Grund seines Gesanges angezogen wird, ist es sehr wohl möglich, daß es ihn zunächst fürchtet. Aber vielleicht entwaffnet es ihn durch ein beschwichtigendes Zeichen, eine sanfte Geste, wie das Abwenden des Kopfes (das übliche Verhalten der Lachmöwe zum Beispiel), oder bringt seine Unterwerfung dadurch zum Ausdruck, daß es sich wie ein Junges benimmt, mit den Flügeln flattert und um Fütterung bittet. Was soll das Männchen tun? Nun, es füttert das Weibchen. Die Fütterung als Akt der Werbung finden wir bei vielen Singvögeln, eine Art gespielter Kindlichkeit, die unweigerlich zur Paarung führt.

Auch der Gesang spielt hier eine Rolle. Zwar dient er hauptsächlich zur Behauptung territorialer Besitzrechte, aber er verstärkt ohne Zweifel auch die Bindung zwischen dem Paar während der kurzen Nistperiode. Der Ausdruck «emotionaler Gesang» ist verwendet worden, um jene Form des Singens zu erklären, die anscheinend gar nichts mit der Behauptung des Reviers zu tun hat: die leisen Herbst- und gelegentlichen Wintergesänge sowie die nächtlichen ekstatischen Ausbrüche des Pieperwaldsängers.

Früh am Morgen ist der Gesang am ausdauerndsten und läßt gegen Mittag nach. Drosseln singen am lebhaftesten vor Einbruch der Dämmerung. Vielleicht der unermüdlichste – oder sollte man sagen: der ermüdendste – aller Vögel der Laubwälder des östlichen Nordamerikas ist der Rotaugenvireo, der wegen der monotonen Wiederholung seiner Melodien auch «Prediger» genannt worden ist. Louise de Kiriline Lawrence berichtet, daß ein männlicher Vogel dieser Art seinen Refrain an einem Tage zwischen Sonnenaufgang und Sonnenuntergang 22 197mal wiederholt hat – ein Rekord, der kaum je gebrochen werden wird, es sei denn durch einen anderen Rotaugenvireo.

Vögel, die sich gar nicht ähnlich sehen, können manchmal einen ziemlich ähnlichen Gesang haben, wie zum Beispiel ein nordamerikanischer Junco und ein Kiefernwaldsänger. Andererseits ist es ein grundlegender Lehrsatz, daß Vögel sehr ähnlicher Erscheinung unweigerlich ganz unterschiedlich singen. Es gibt viele kleine Tyrannen in Amerika, Laubsänger in Europa und Vögel vom Stamm der Nachtschwalben in der ganzen Welt, die so ähnlich aussehen, daß sie die Fachleute verwirren – bis sie anfangen zu singen. So verhütet der Gesang, daß die Vögel bei der Partnerwahl Fehler machen.

Es scheint eine Faustregel zu sein, daß zurückhaltend gefärbte Vögel zu den begabtesten Sängern gehören. Dafür gibt es vielleicht einen guten Grund: während leuchtend farbige Vögel ihr munteres Gewand dazu verwenden, die Aufmerksamkeit auf sich zu ziehen, können viele der unscheinbaren graubraunen Vögel der Felder und Ebenen das nur mit Hilfe ihrer Stimme tun. Da ihnen prächtige Federn fehlen und sie in der weiten Landschaft ganz verloren erscheinen, steigen sie auf zum Himmel und lassen ihren Gesang erschallen.

Ist der Gesang angeboren oder erlernt? Einige Vögel, die künstlich ausgebrütet wurden und keine Gelegenheit hatten, einen Vogel der eigenen Art zu hören, beginnen doch, ganz instinktiv richtig zu singen, wenn sie das entsprechende Alter erreicht haben. Es ist sehr wahrscheinlich, daß die meisten Arten mit einem stereotypen Gesangschema – wie die Schwirrklapperammer oder der Tschebéck-Wandertyrann – ihr Repertoire auch beherrschen würden, wenn man sie in einer schalldichten Kammer großzöge. Einige begabtere «Musiker» aber, wie die Nachtigallen und Spottdrosseln, müssen ihre Kunst allmählich von älteren Vögeln lernen, obwohl sie bereits als Jungtiere ein beachtliches, offensichtlich angeborenes Talent zum Singen entwickeln.

Gesangsformen und Rufe, die der «Tarnung» und dem «Spotten» dienen, werden zweifellos erworben. Der in Amerika eingewanderte Star macht in Neuengland oft den Ost-Piwihtyrann, den Schreiregenpfeifer und den Lerchenstärling nach, aber in England, seiner Heimat, hört man diese Laute von ihm nicht. Kalifornische Spottdrosseln spezialisieren sich auf die Nachahmung von Baumfröschen, Spechten und Buschhähern, während Spottdrosseln in Kentucky oder Maryland, die solche Laute nie hören, sie auch nicht in ihr Repertoire aufnehmen.

Bevor es Tonbandgeräte gab, entwickelte Aretas Saunders, ein begabter Analytiker von Vogelmelodien, ein System von Symbolen, mit dessen Hilfe er den Gesang schriftlich festhalten und lesend interpretieren konnte. Indem er sich nur auf sein System und auf sein ungewöhnlich scharfes Ohr verließ, entdeckte er, daß es Arten gibt, bei denen kein Vogel genauso singt wie ein anderes Exemplar dieser Art. Im Laufe mehrerer Jahre registrierte er 884 Variationen des Liedes allein bei der Singammer auf der Hog-Insel, Maine (USA), und hielt deren Gesang 462mal fest. Seine Analyse zeigte, daß es 13 verschiedene Singweisen und 187 weniger auffällige Variationen gab. Dennoch war die Grundmelodie immer gleich, und jedes Lied konnte sofort als das einer Singammer erkannt werden.

Gesang ist nur eine der vielen Möglichkeiten, durch die sich die sozialen Instinkte der Vögel ausdrücken, mit denen sie auf ihre Umgebung reagieren und miteinander kommunizieren. Von der einfachen Aggressivität – die diese Singammer zeigt, die ihr eigenes Spiegelbild als vermeintlichen Reviereindringling angreift –, bis zu komplizierten Ritualen der Werbung verfügen sie über ein bemerkenswertes Repertoire von Verhaltensweisen, um sich auszudrücken.

Es ist wahrscheinlich, daß Unterschiede in den Stimmen von Einzeltieren, die unserem Ohr kaum unterscheidbar sind, den Vögeln helfen, ihre Nachbarn und Freunde zu erkennen. Man fand heraus, daß ein Adélie-Pinguin auf einem überfüllten arktischen Nistplatz seinen Partner an der Stimme erkennen konnte, wenn er nach mehrmonatiger Abwesenheit zurückkehrte. Pinguin-Küken antworten auf die Stimmen ihrer Eltern selbst dann, wenn sie von einem Bandgerät kamen.

Bio-Akustik. Tonbandgeräte haben das Studium der Vogelstimmen revolutioniert. Diese Instrumente machen es nicht allein möglich, die Lockrufe und den Gesang der Vögel kritisch zu vergleichen, sondern gestatten es den Forschern auch, sie visuell durch Einschaltung eines Oszillographen oder eines Spektrographen zu analysieren. In der Tat hat die neue Wissenschaft der Bio-Akustik während der letzten 10 oder 15 Jahre mehr Ergebnisse hinsichtlich der Klassifizierung der Vogelstimmen, ihrer Bedeutung und ihrer individuellen Entwicklung geliefert als alle vorangegangenen Jahrhunderte zusammen. In Nordamerika besitzt das Ornithologische Institut der Cornell University in Ithaca, New York, auf Band genommene Vogelstimmen aus aller Welt. Die rasch wachsende Sammlung des Instituts umfaßt zur Zeit 15 000 Aufnahmen. Auch die BBC hat eine große Sammlung, und in Schweden wird ebenfalls auf diesem Gebiet gearbeitet.

Die verschiedenen Arten der Vogellaute sind in fünf Hauptgruppen eingeteilt worden: 1. Zusammenscharen und Gruppenbewegungen, 2. Nahrung, 3. Räuber und Feinde, 4. Beziehung zwischen Alttieren und Jungen, 5. Sexuelles Verhalten und verwandte Aggressionen. Dabei fällt der Gesang überwiegend in die letzte Gruppe.

Zugvögel geben oft besondere Verständigungslaute von sich. Einige dieser Laute, die man gelegentlich am Nachthimmel hört – besonders einige bestimmte dunkle Lockrufe –, stellen selbst für den Experten ein Rätsel dar. Da sie nur in der Nacht zu hören sind, ist anzunehmen, daß sie dazu dienen, die Verbindung herzustellen, wenn die Vögel einander nicht sehen können. Freilich geben nur einige Familien nordamerikanischer Vögel – die Waldsänger, Finkenvögel und Drosseln – während ihrer nächtlichen Züge solche Laute von sich, andere anscheinend nicht. Die Vireos, die Tyrannen und die Tangaren, die sämtlich nachts ziehen, sind offensichtlich dabei stumm.

Jeder Vogel hat ein Vokabular, das sich auf die Sache bezieht, die ihn am meisten beschäftigt: Nahrung. Auf jedem Bauernhof ist der aufgeregte Futter-Ruf der Henne zu hören, die ihre verstreuten Küken zusammenlockt. Ein Wanderdrosseljunges, das die zwei, drei Würmer verspeist hat, die seine Eltern ihm gebracht haben, wird wahrscheinlich für eine Weile ruhig sein, aber wenn der Hunger sich wieder bemerkbar macht, beginnt das Junge leise Piep-Töne von sich zu geben, die lauter werden und schließlich in einen zweisilbigen Ruf übergehen. Dieser Ruf wird mit der Zeit beharrlicher und hilft den Eltern, den eben flügge gewordenen Vogel wiederzufinden, wenn er das Nest verlassen hat. Wenn sie schließlich mit der nächsten Mahlzeit ankommen, stößt das Junge einen atemlosen Schrei aus, der eigentlich nur als «Vorfreude» gedeutet werden kann.

Eine Silbermöwe, die eine kleine Portion Nahrung findet, verschlingt sie, ohne einen Laut von sich zu geben. Ist es aber mehr, als sie selbst bewältigen kann, kündigt sie allen in der Nähe befindlichen Möwen ihren glücklichen Fund durch einen dreisilbigen Schrei an. In ähnlicher Weise informieren Papageien und andere fruchtfressende Vögel – wie im dritten Kapitel geschildert – laut ihre Nachbarn über eine reiche Nahrungsquelle, die sie entdeckt haben.

Vielleicht helfen sich die Vögel bei der Nahrungssuche gegenseitig mehr, als man annimmt. Im Norden Europas und Amerikas jagen Waldvögel oft in gemischten Gruppen zusammen – etwa Meisen, Spechte, Kleiber, Baumläufer, Goldhähnchen und andere. Ähnlich gemischte Gruppen streifen durch die tropischen Wälder. Es ist wahrscheinlich, daß verschiedene Arten untereinander ihre Rufe, die Signale beim Abflug und bei der Ankunft, die Sammelrufe, Nahrungsrufe und Warnschreie, erkennen – wie ein Deutscher bald einige Schlüsselwörter im Englischen, Französischen oder Spanischen versteht, wenn er oft mit Ausländern zusammen ist.

Aber wenn sich die Vögel bei der Futtersuche auch gegenseitig helfen: sobald es ihnen an Nahrung fehlt, bekämpfen sie sich. Auf einem überfüllten Futterplatz bedrohen sie einander durch ihre Stimme und in ihrer Haltung. Eine Meise oder ein Kernbeißer reißen aggressiv den Schnabel auf, ein erregter Kleiber spreizt Flügel- und Schwanzfedern. Ein Vogel versucht den anderen durch Bluff aus dem Felde zu schlagen. Wirkliche Kämpfe sind jedoch selten.

Warnungsschreie unterscheiden sich oft voneinander, je nachdem, welcher Art die Bedrohung ist. Die Henne, die einen Falken erblickt, jagt ihre Küken mit einem harten Schrei ins Versteck; wenn aber ein Hund oder ein Mensch sich nähert, warnt sie durch Gackern.

Meisen geben bei momentanem Erschrecken einen scharfen, krächzenden Ton von sich, der alle in der Nähe befindlichen Vögel in die Verstecke treibt, aber die Entdeckung einer kleinen Eule löst einen davon deutlich zu unterscheidenden, anhaltenden klagenden Laut aus. Ein Biologe schilderte, wie ein von einem kleinen Falken gejagter Schwarm Buschmeisen sich zu einem schrillen, vibrierenden Chor vereinigte, der volle zwei Minuten andauerte und bei dem es ganz unmöglich war, einen einzelnen Vogel herauszuhören.

Andere Biologen stellten bei ihren Experimenten mit Tonbandgeräten fest, daß sie eine ganze Schar krächzender Krähen innerhalb von 6 Minuten anlocken konnten, indem sie laut den Sammelruf abspielten, den die Tiere

Flach auf dem Rücken liegend ist ein Buntfalkenweibchen mit drohend gekrümmten Krallen bereit, die Eier in seinem Nistkasten gegen einen Angreifer zu verteidigen. Bei dieser Art ist das Weibchen viel größer und kräftiger als das Männchen.

Daß viele Vögel instinktmäßig auf bestimmte Formen und Bewegungen am Himmel reagieren, um einer Gefahr zu entgehen, wurde durch ein Experiment bewiesen. Eine Attrappe wurde angefertigt, deren Silhouette ein Mittelding zwischen Falke und harmloser Gans darstellte. In der einen Richtung über den Himmel gezogen, ähnelte die Attrappe einer langhalsigen Gans und wurde von den Küken auf dem Boden ignoriert. In entgegengesetzter Richtung bewegt, glich sie jedoch einem kurzhalsigen, langschwänzigen Falken, und die Küken duckten sich ängstlich. Da diese Küken noch nie einen Falken gesehen hatten, war bewiesen, daß ihre Reaktion auf die Form eines Raubvogels am Himmel instinktiv war.

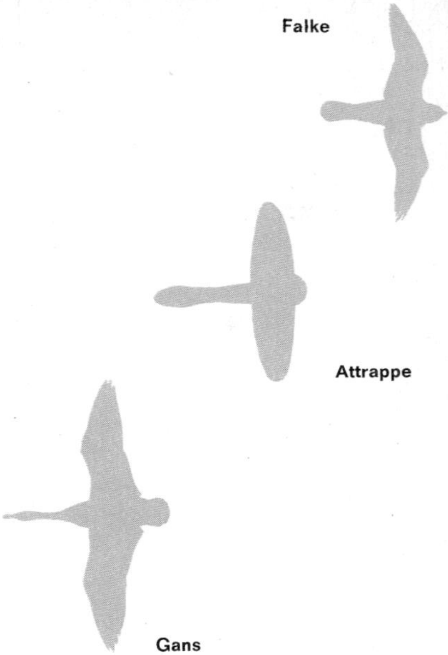

beim Erscheinen einer Eule von sich geben. Andererseits flüchteten Silbermöwen von Abfallplätzen, wenn ihre Warnschreie abgespielt wurden, und Stare verließen ihre Ruheplätze so lange, bis sie gemerkt hatten, daß es sich um falschen Alarm handelte.

Eine Mehrzweck-Attrappe aus Pappe. Das Erscheinen eines Raubvogels bedeutet für viele kleinere Vögel plötzlichen Tod, und selbst junge Vögel, die keine Erfahrung mit solchen Überfällen haben, hasten in Deckung, wenn sie einen Raubvogel zu Gesicht bekommen. Form und Verhalten des Feindes scheinen in ihrem Wahrnehmungsapparat vorgeprägt zu sein. Gänse, die sich nur vor großen Adlern zu fürchten brauchen, werden manchmal von entfernten Flugzeugen zur Flucht getrieben, wenn diese sich adlergleich auf sie zu bewegen. Tinbergen und Lorenz experimentierten mit aus Pappe ausgeschnittenen Silhouetten, die sie an Drähten durch die Luft zogen. Wenn sie Attrappen mit kurzem oder gar keinem Hals, jedoch mit langem Schwanz verwendeten, erblickten ihre Versuchsvögel darin einen Falken; in Attrappen mit langem Hals und kurzem Schwanz sahen sie hingegen einen harmlosen Schwimmvogel. Sie stellten daraufhin ein

Mehrzweck-Modell her – ein paar Schwingen, die an der einen Seite in einer langen, an der anderen Seite in einer kurzen Spitze ausliefen. Wenn die Attrappe mit dem kurzen Ende nach vorn über den Himmel gezogen wurde, konnten damit Enten und junge Gänse in Panik versetzt werden; wenn sie sie anders herum «fliegen» ließen, blieben die Tiere desinteressiert.

Männchen oder Weibchen? Bei einigen Vögeln sind Männchen und Weibchen einander so ähnlich, daß es eines besonderen Zeichens bedarf, um eine Unterscheidung möglich zu machen. Das ist etwa bei den Seeschwalben mit ihren völlig identischen schwarzen Kappen und roten Schnäbeln der Fall. Die männliche Seeschwalbe macht sich dadurch bemerkbar, daß sie dem Weibchen einen kleinen Fisch überreicht – so wie man der Dame seines Herzens eine Eintrittskarte für den Zirkus überreichen würde. Die Zeremonie wird dann dadurch fortgesetzt, daß die beiden Vögel über die Kolonie hinfliegen, wobei sie das symbolische Geschenk ein paarmal austauschen. Die Entscheidung fällt, wenn das männliche Tier sich in seinem Revier niedergelassen hat und den Fisch noch einmal überreicht. Wenn er ordnungsgemäß angenommen wird und der andere Vogel sich seinem Schnabelpicken unterwirft, besteht kein Zweifel mehr, daß es sich bei diesem anderen Tier um ein Weibchen handelt. Ein Männchen würde sich jedoch derartigen Einschüchterungsversuchen nicht beugen. Behauptet es in einem solchen Fall das Feld, entbrennt gewöhnlich ein heftiger, mit den Schnäbeln ausgefochtener Kampf. Männliche Reiher stehen ebenfalls vor dem Problem, Partner aus einer Schar von gleich aussehenden Vögeln auswählen zu müssen. Auch hier wird eine Zeremonie abgewickelt, die bei jeder Reiherart verschieden ist. Der Nachtreiher zum Beispiel führt auf dem Nestrand einen Tanz auf, bei dem er seinen Hals vorstreckt und mit den Füßen auf und ab schreitet. Dann spreizt er die Schmuckfedern, senkt den Kopf fast bis zu den Füßen hinunter und gibt ein kurzes *Plap-bazz* von sich. Diese bizarre Vorführung erregt die Aufmerksamkeit geneigter Weibchen, die zunächst einmal wieder verjagt werden, ehe einem der Zutritt zum Nest gestattet wird – vorausgesetzt, daß sie leuchtend rote Beine hat, ein Zeichen dafür, daß das Weibchen geschlechtsreif ist. Dies Ritual hat sich nie verändert und ist so uralt wie das Geschlecht der Reiher selbst. Wenn irgendein Schritt ausgelassen wird, kommt es nicht zur Paarung.

Bei einigen Vögeln helfen wechselseitige Grußzeremonien, die Bindung zwischen den Partnern aufrechtzuerhalten. Die europäischen Weißstörche sind fast stumm, aber ein kastagnettenartiges Klappern mit den Schnäbeln – oft weithin zu hören – dient ihnen als Verständigung. Wenn der im Nest befindliche Vogel seinen heimwärts fliegenden Partner entdeckt hat, klappert er, wirft seinen Kopf nach hinten, bis er den Rücken berührt, um ihn dann wieder zu einer steifen Verbeugung nach vorne zu werfen. Der ankommende Vogel beteiligt sich nun an der Zeremonie, beide klappern gemeinsam, werfen die Köpfe hoch, verneigen und drehen sich mit aufgerichteten Schwanzfedern und halb gespreizten Schwingen.

Die Schaustellungen der Vögel können wie ihr Gesang auch ein aggressiver Akt sein, der vornehmlich gegen andere Männchen gerichtet ist. Wilde männliche Puter schenken sich bei Begegnungen untereinander mehr Beachtung als den Hennen. Sie stolzieren einher, die aufgerichteten Schwanzfedern zum vollen Rad entfaltet, während die steifen Schwungfedern der Flügel am Boden schleifen. Beim Anblick irgendwelcher Rivalen laufen ihre nackten Gesichter blau an, und Blut schießt in die Stirnklunker. Wenn ein Vogel kollert, kollern alle mit. Wenn eine Henne sich paaren will, muß sie sich buchstäblich vor dem Puter ihrer Wahl auf den Boden werfen, ehe er seine «egozentrische Pomphaftigkeit» aufgibt.

In der Balz-Arena. Eine hochspezialisierte Form der Werbung unter Vögeln besteht darin, daß die Männchen sich auf einem selbstgewählten Stück Boden wie in einer Arena zur Schau stellen und paradieren. Die Weibchen leben in Promiskuität (Geschlechtsverkehr ohne gegenseitige Bindung auf längere Zeit). Gewöhnlich ist es das Weibchen, welches das Männchen auswählt. Dauernde Bande werden nicht geknüpft, und die Männchen übernehmen keine Verantwortung für Nest und Brut. Eine Anzahl von Rauhfußhühnern und anderen Hühnervögeln hat eigene Balzplätze, auf denen sich die Hähne versammeln, und von einer Reihe tropischer Vögel weiß man, daß sie in Waldarenen Hof halten: die pfauartigen Argusfasane Asiens, die Paradiesvögel Neuguineas, die leuchtend orangefarbenen Klippenvögel der südamerikanischen Gebirge, die winzigen Pipras des tropischen Südamerika und einige Kolibris. Die Leierschwanzwidah hat in dem Grasland Ostafrikas manchmal Gesellschaftsbalzplätze mit bis zu 100 einzelnen Tanzrevieren; jedes davon besteht aus einem Ring niedergetrampelten Grases. Das unberührte Grasbüschel in der Mitte wird von dem männlichen Tier umtanzt und kann vielleicht als symbolisches Nest verstanden werden.

Es stellt sich die Frage nach den biologischen Vorzügen dieses Arena-Systems. Bei polygamen Verhaltensweisen ist nur ein kleiner Prozentsatz der männlichen Tiere an der Erhaltung der Art beteiligt. Einer der phantastischsten Arena-Vögel ist das Beifußhuhn des westlichen Nordamerika. Seine Arenen sind manchmal bis zu 800 Meter lang und 180 Meter breit; 400 Hähne stolzieren in einem Abstand von 8 bis 14 Metern darin herum. Bis vor kurzem haben viele Farmer noch gemeint, daß das Beifußhuhn sich nicht wie andere Vögel paarte, sondern daß die Hähne ihren Samen ausstießen und die Hennen ihn aufpickten. Untersuchungen haben aber gezeigt, daß die große Schar, die wochenlang jeden Morgen miteinander

Ein balzendes Kragenhuhn schlägt heftig mit den Flügeln und ruft dadurch ein dröhnendes Trommeln hervor. Dieses Trommeln ist wie das Klopfen des Spechtes ein Beispiel für nichtstimmliche Lautäußerungen von Vögeln.

kämpft, langsam eine Hierarchie aufbaut, in welcher schließlich der kräftigste Hahn die Schlüsselstellung einnimmt. Die erstaunlichste Entdeckung jedoch war, daß dieser dominierende Vogel, der «Scharmeister», sich mit praktisch allen Hennen paart, die – unbehelligt von den weniger privilegierten Männchen – sein Standquartier aufsuchen. Ein solcher Pascha begattete 21 Hennen an einem Morgen. Neben dem Scharmeister steht sein stärkster Rivale, der «Unterhahn», und eine Stufe unter ihm nehmen die «Wächter» ihren Platz in der Hierarchie ein, die den niederen Adel zurückweisen, sich aber ihren Herzögen beugen. Der Unterhahn und die Wächter paaren sich gelegentlich mit einer Henne, wenn der Scharmeister beschäftigt ist. So begünstigt die natürliche Auslese das Überleben des besten Stammes.

In Europa teilen die Birkhühner ihren Tanzplatz in ähnlicher Weise in einzelne Territorien ein. Zuerst tanzen und schreien sie, was auf die ganze Gruppe sehr stimulierend wirkt. Dann fordert jedes männliche Tier, aufgeplustert und am ganzen Körper zitternd, seinen Rivalen mit einem gurgelnden *Ru-ku* zum Kampf. Mit gespreizten Schwanzfedern und geschwollenen roten Kämmen über den Augen, führen sie kurze, heftige Angriffe aus. Erst nachdem sie das Revier erfolgreich verteidigt haben, sind sie bereit, einem Weibchen den Hof zu machen, das seine Wahl getroffen hat und sich nähert.

Der Kampfläufer, ein eurasischer Schnepfenvogel, fällt dadurch auf, daß alle Männchen verschiedene Hochzeitskleider tragen. Zwar ist jedes mit einer Halskrause geschmückt, jedoch weisen alle unterschiedliche Farben – von Schwarz über Braungelb und Fuchsrot bis Weiß – und unterschiedliche Strukturen auf. Die Männchen versammeln sich in einer kleinen Arena, hüpfen umher, schlagen mit den Flügeln und sehen zeitweise sehr kämpferisch aus. Aber selten verwickeln sie sich in wirklich ernsthafte Kämpfe. Wenn die schlicht aussehenden weiblichen Tiere die Arena betreten, wirken sie völlig indifferent. Die Männchen dagegen erscheinen dann wie gelähmt, bleiben regungslos zusammengekauert stehen, als fürchteten sie die Weibchen, die sich in der Nähe aufhalten und offensichtlich ihre Wahl treffen.

Die «Vogelwelt» ist klein. Unzweifelhaft besitzen Vögel, obwohl sie an solche rituellen Formen gebunden sind, eine gewisse begrenzte Lernfähigkeit: man denke an die Dohlen und Raben, die der deutsche Verhaltensforscher Otto Koehler abgerichtet hatte und die bis sechs oder sieben zählen konnten, an die Nachtigallen, die den Gesang fremder Vögel erlernen, wenn man sie isoliert hält, oder an die Möwen, die Muscheln auf die Steine fallen lassen, um die Schalen zu zerbrechen. Aber der Lebensraum eines Vogels ist relativ eng eingegrenzt und die meisten Dinge, die er tut, geschehen instinktbezogen. Einer großen Anzahl von Situationen begegnet er mit stereotypen Reaktionen.

Gelegentlich jedoch steht ein Vogel einer Situation gegenüber, die völlig

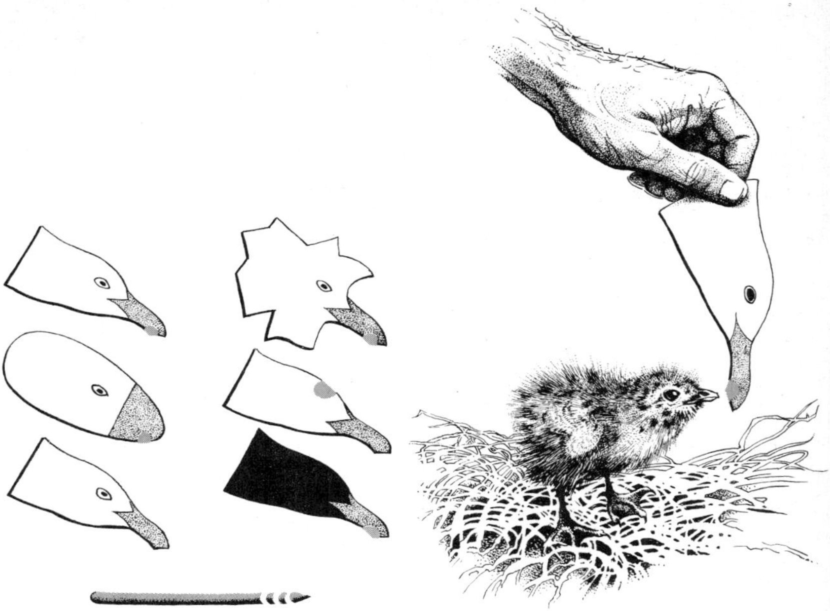

*Eine kleine, eben aus dem Ei geschlüpfte Silbermöwe bringt nicht sofort die Schnäbel ihrer Eltern mit dem Fütterungsprozeß in Zusammenhang. Instinktmäßig pickt sie gegen den leuchtend roten Fleck an der Spitze dieses langen, dünnen Gegenstandes und erhält daraufhin ein bißchen vorverdauten Fisch. So stark ist der Drang zu picken, daß auch ein Pappmodell akzeptiert wird, sofern es nur einen ins Auge fallenden Fleck aufweist. Der Verhaltensforscher Niko Tinbergen (*1907) testete die Reaktionen frisch ausgebrüteter Möwen auf eine Reihe verschiedener Attrappen, von denen einige unten abgebildet sind. Alle wurden akzeptiert, mit Ausnahme derjenigen unten links, die keinen roten Fleck hatte und praktisch keine Reaktion bei dem Küken auslöste. Dagegen erwies sich ein bleistiftdicker roter Stock – des Kontrastes wegen am Ende mit weißen Ringen versehen – also ebenso attraktiv wie die Schnäbel der Eltern.*

unerwartet und neu für ihn ist. Was tut er dann? Er nimmt zum Beispiel einen Stock auf, pickt auf dem Boden umher, beginnt sich zu putzen, oder fängt an zu singen. Diese Verlegenheitshandlungen entsprechen den menschlichen Anzeichen von Nervosität wie etwa Schlüsseldrehen, Hinter-dem-Ohr-Kratzen, Räuspern oder Pfeifen.

Prägung und Erfahrung. Konrad Lorenz entdeckte, daß es eine Form des Lernens gibt, die sich sehr früh im Leben eines Vogels vollzieht; er be-

Einen Flügel nachziehend, täuscht dieser Regenpfeifer eine Verletzung vor, um einen Räuber irrezuführen, der es auf sein Gelege abgesehen hat. Diese Methode ist besonders wirksam, wenn der abgespreizte Flügel eine auffällige Farbe oder Musterung aufweist.

zeichnete sie als «Prägung». Er fand, daß neugeborene Graugänse, die im Brutschrank ausgeschlüpft waren, ihn sofort als «Gänsemutter» identifizierten, wenn er sich ihnen zeigte. Sie folgten ihm, wohin er ging und schwammen sogar mit ihm in der Donau, wobei sie andere Gänse ignorierten. Solche frühen Lerneindrücke sind inzwischen bei einer ganzen Reihe anderer Vögel nachgewiesen worden, ja, man hat sogar Bindungen an leblose Gegenstände wie Kästen oder Flaschen beobachtet.

Im Gegensatz zu diesen Eindrücken, die unter Umständen für das ganze Leben bestimmend sind, steht das Lernen durch Erfahrung. Dieses setzt später ein, wenn die jungen Vögel die Techniken des Fluges erlernen, wenn sie erfahren, welche Nahrung ungenießbar ist oder welche Situationen sie vermeiden müssen.

Man sollte meinen, daß ein so grundlegender Akt wie das Füttern der Jungen keiner besonderen Signale bedürfe, aber anscheinend ist das doch der Fall. Junge europäische Kuckucke, die ihre Nestgenossen hinausgedrückt haben, werden von ihren Pflegeeltern gefüttert – einfach weil sie da sind und den Schnabel aufsperren. Indessen liegen die rechtmäßigen Kinder außerhalb des Nestes und gehen zugrunde. Sie werden nicht gefüttert, weil sie sich nicht am richtigen Platz aufhalten und zu schwach sind, um ihrerseits den Schnabel aufzusperren.

Durch das Sträuben ihrer Federn bemüht sich eine Sumpfohreule, groß und gefährlich zu erscheinen. Viele Vogelmännchen plustern sich in ähnlicher Weise auf – gewöhnlich, um andere Männchen durch ihre vermeintliche Körpergröße einzuschüchtern und in die Flucht zu schlagen.

Wenn ein Vogel zu seinem Nest zurückkehrt, klappen automatisch die Schnäbel der Jungen auf. Tatsächlich bewirkt eine Hand, die man über das Nest hält, den gleichen Effekt. Entsprechend ist die Reaktion des erwachsenen Vogels, der unter sich einen aufgesperrten roten Schlund sieht – er schiebt einen Wurm hinein. Der Vogel versucht nicht, sich zu erinnern, welches Junge er zuletzt gefüttert hat. Er reagiert auf den am weitesten aufgesperrten Schnabel. Das wirkt sich auch in der Praxis gut aus, denn der am weitesten aufgerissene Schnabel gehört gewöhnlich dem hungrigsten Tier.

Viele ausgewachsene Möwen haben einen roten oder schwarzen Fleck auf dem Schnabel. Durch Picken auf diese Stelle veranlaßt der junge Vogel seine Eltern, die Nahrung für ihn auszuwürgen. Wenn man jungen Vögeln zum Experiment ein angemaltes Pappmodell hinhielt, pickten sie nur zögernd; wenn das Modell jedoch einen solchen Fleck aufwies, waren sie außer sich. Es war nicht einmal erforderlich, daß der Schnabel an einem Kopf saß. Sogar kleine Möwen, die von einer Henne ausgebrütet worden waren, reagierten in derselben Weise.

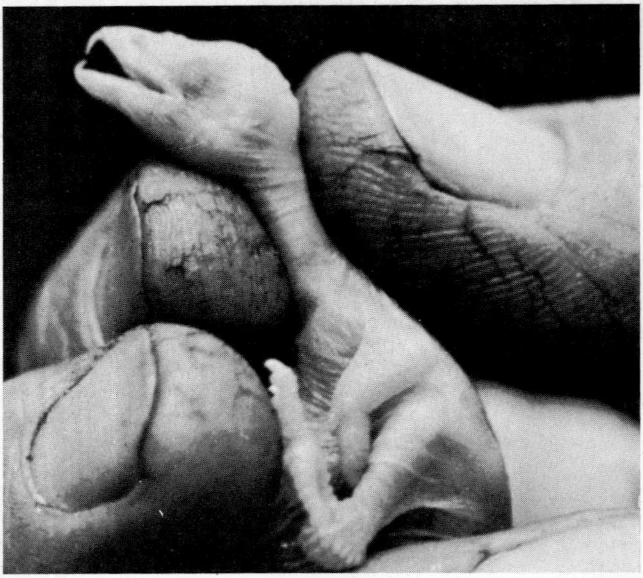

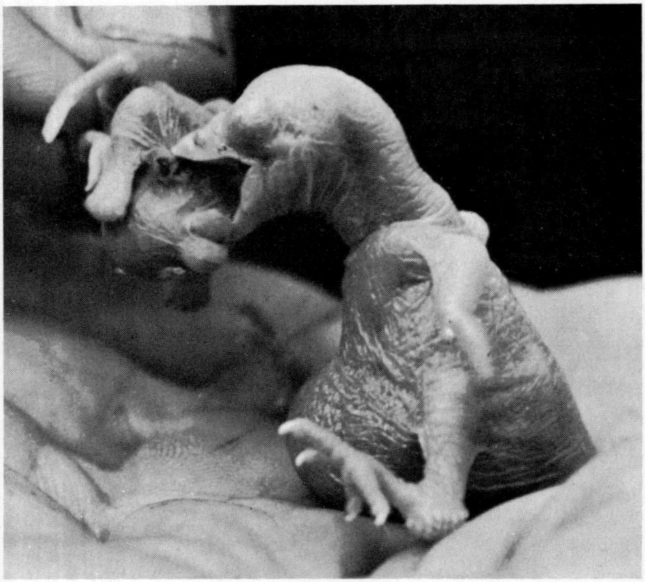

7. Vom Ei zum ausgewachsenen Vogel

Das «Vogeljahr», dessen Höhepunkt die Vermehrung bildet, beginnt etwa zu der Zeit, da der Winter dem beginnenden Frühling weicht. Die Futter suchenden Schwärme sind nicht mehr so kooperativ; sie zanken sich, jagen einander, und zum erstenmal ist bruchstückhaft Gesang zu hören. Die zunehmende Länge der Tage scheint den inneren Rhythmus der Vögel zu beeinflussen. Große Umstellungen vollziehen sich in den Gonaden, den Geschlechtsdrüsen, die von gewissen, durch die Hypophyse ausgesonderten Hormonen kontrolliert werden. Die Hoden eines männlichen Vogels sind zur Brutzeit unter Umständen mehrere hundertmal größer als während der Winterruhe.

Wie wählt nun ein Vogel sein Revier aus, wenn die Nistzeit herannaht? Nachdem er lange gesucht hat, neigt der Vogel dazu, immer wieder auf die gleiche Buschspitze oder den gleichen Ast zurückzukehren, um von dort seinen herausfordernden Gesang ertönen zu lassen. Vielleicht beginnt er mit einem Gebiet von 12 000 bis 15 000 Quadratmetern, das mehrere bevorzugte Singplätze hat. Aber bevor er seinen Anspruch geltend machen kann, ist das Gebiet gewöhnlich auch schon von anderen Männchen mit besetzt worden, die ihn aus der Nachbarschaft bedrängen. Diesen Vorgang beschrieb ein Zoologe so: «Er spielt mit ihnen Sing-Tennis über das zwischen ihnen liegende neutrale Gebiet hinweg – ein Gebiet, das freilich rasch seine Neutralität verliert. Wenn einer der rivalisierenden Nachbarn sich in seinem Revier niederläßt, fliegt er demonstrativ auf ihn zu, wobei er oft während des Fluges singt. Der Nachbar zieht sich in sein eigenes Gebiet zurück, und wenn er verfolgt wird, vertauschen sich die Rollen. Auf diese Weise werden die Grenzen der Reviere abgesteckt.» Vor Jahren wurden die Reviergrenzen von Vögeln in einem Garten ermittelt, indem Spiegel aufgestellt und beobachtet wurde, von wo an die Vögel ihr Spiegelbild angriffen.

Ein singendes Männchen ist in seinem eigenen Bereich fast immer unbesiegbar. Einmal wurde ein europäisches Rotkehlchen innerhalb seines eigenen Reviers in einen Käfig gesperrt. Als ein benachbartes Rotkehlchen die

Ein Beiß-Trieb hilft einem jungen afrikanischen Honiganzeiger zu überleben. Sofort nachdem er aus dem Ei geschlüpft ist, benutzt er instinktiv die scharfen Haken an seinem Schnabel, um die rechtmäßigen Insassen des Nestes – junge Spechte – zu beißen und zu töten. Wenn sie ihren Zweck erfüllt haben, fallen die Haken ab. Wie bei den meisten Brustschmarotzern wird jeweils nur ein Ei in das Wirtsnest gelegt.

Grenzen überschritt, trieb der eingesperrte Vogel den Eindringling in die Flucht – allein durch die Kraft seines Gesanges. Wurde umgekehrt der eingesperrte Vogel in das Gebiet seines Nachbarn getragen, kauerte er sich furchtsam zusammen, da die Gitterstäbe ihn an der Flucht hinderten. In einem ähnlichen Experiment setzte man eine eingesperrte Singammer in das Revier eines Rivalen. Der Vogel wurde wild vor Furcht, und als sein Gegner von draußen die Flügelspitzen durch die Gitterstäbe zwängte, starb er an Herzschlag.

Reviere und Kolonien. Als «Revier» bezeichnet man, wie im 4. Kapitel gezeigt wurde, ganz einfach ein Gebiet, welches ein Vogel gegen andere seiner Art verteidigt. Die Hauptfunktion besteht wohl darin, daß die Vögel einigermaßen gleichmäßig über eine bestimmte Fläche verteilt werden, so daß alle genügend Nahrung für ihre heranwachsenden Jungen finden. Die Größe typischer Singvogel-Reviere bewegt sich in Amerika zwischen 2000 Quadratmetern oder weniger – wie bei einigen Wanderdrosseln – und 90 000 Quadratmetern wie beim Lerchenstärling. James Tanner hat bei seinen Untersuchungen über den nahezu ausgestorbenen Elfenbeinspecht herausgefunden, daß ein einziges Paar wegen seiner sehr spezialisierten Nahrungs- und Lebensgewohnheiten nicht weniger als etwa 15 Quadratkilometer sumpfigen Urwalds benötigt – ein Gebiet, in dem 36 Helmschwarzspechtpaare oder 126 Paare des Rotbauchsammelspechtes leben könnten. Es besteht kein Zweifel, daß die Nahrungsreserven die Größe, besonders die Mindestgröße, eines Reviers wesentlich mitbestimmen. S. Charles Kendeigh berichtet von Waldsängern, die in Kanada Reviere von nur 400 Quadratmetern verteidigten, als wegen einer Schädlingsepidemie überreichlich Futter vorhanden war. Als Extrem nach der anderen Seite könnte der Steinadler genannt werden, der, auf der Spitze der Pyramide des Vogelreiches stehend, manchmal ein Territorium von nahezu 90 Quadratkilometern beansprucht.

Vögel, die in Kolonien leben, sind gewöhnlich auf mobilen Nahrungsnachschub angewiesene Insektenfresser wie etwa die Schwalben oder Segler, die manchmal große Entfernungen zurücklegen, um Zusammenballungen fliegender Insekten zu finden, oder wie die Seevögel, die von den Launen der Meeresströmungen und den Fischschwärmen abhängen. Einen kritischen Punkt für die Seevögel stellt das Auffinden eines Nistplatzes dar, der vor vierbeinigen Räubern sicher sein soll. Häufig suchen sie sich deshalb eine Insel. Haben sie einen solchen Platz gefunden, so wird er Gemeinbesitz aller, der auch gemeinsam verteidigt wird. Vögel in einer großen Kolonie haben bessere Nisterfolge als in einer kleinen. Innerhalb einer Kolonie ist das einzelne Revier – wenn man überhaupt noch davon sprechen darf – effektiv auf den Nistplatz selbst beschränkt und umfaßt nur den Umkreis, den ein brütender Vogel mit dem Schnabel erreichen kann.

Eine einfache Vertiefung im groben Sand, umgeben von ein paar Kieseln und etwas Vegetation, dient der Küstenseeschwalbe als Nest. Der Vogel verbringt den größten Teil seines Lebens auf der Reise und wendet daher naturgemäß für den Nestbau nur wenig Zeit auf.

Auf der Insel Raza im Golf von Kalifornien nisten oft mehr als 40 000 Brandseeschwalben auf 4000 Quadratmetern vulkanischen Bodens. Einige Eier sind kaum mehr als 20 Zentimeter voneinander entfernt, und die Vögel kreuzen oft ihre degenartigen Schnäbel mit denen ihrer Nachbarn, während sie brüten.

Im nördlichen Teil der USA liegen etwa 2 Monate zwischen dem Erscheinen der ersten und der letzten Wanderdrossel im Frühjahr. Die Ankunft des gewöhnlichen Rotschulterstärlings kann sich über 3 Monate erstrecken. Zuerst erscheinen einige Einzelgänger, denen bald die Masse der voll ausgewachsenen Männchen folgt, um jene Reviere zu beanspruchen, die sie im Jahr vorher innehatten. Dann kommen die Weibchen und zum Schluß die jungen Männchen, die sich in das Bevölkerungsmosaik einfügen müssen, wie es der Platz erlaubt.

Wenn ein Bezirk unbesetzt ist, ergreift rasch ein junges Männchen davon Besitz. Wie das vonstatten geht, haben wir bereits bei der Schilderung von Versuchen gesehen, die in einem Nadelwald in Maine angestellt wurden und bei denen man die residierenden Männchen abschoß. In einem ähnlich rücksichtslosen, aber genauso aufschlußreichen Experiment, das man vor einigen Jahren in New Jersey (USA) unternahm, wurde ein Indigofinkenmännchen unmittelbar nach der Paarung eingefangen. Am nächsten Morgen hatte das Weibchen einen anderen Partner. Neunmal in neun Tagen

Viele der sperlingsartigen Webervögel Afrikas gehören zu den besten Nestbauern der Erde. Ihre Technik beruht auf der Fähigkeit, eine Grasfaser mit dem Fuß festhalten zu können, während der Schnabel am anderen Ende die Arbeit des Wickelns, Knotens und Flechtens übernimmt. Nicht weniger als 300 Grasfasern werden für ein Nest benötigt. Eine Zwischenwand verhütet, daß die Eier durch den am Boden befindlichen Eingang herausfallen.

wurde das Männchen entfernt. Jedesmal gelang es dem Weibchen, in kurzer Zeit einen Nachfolger zu finden.

Vorspiele. Wenn das Weibchen zum erstenmal in ein Revier eindringt, wird es von dem Männchen ebenso bedroht, wie ein anderes Männchen bedroht werden würde. Aber es besteht ein Unterschied: Weibchen kämpfen und fliehen nicht! Durch ihr sanftes Verhalten nehmen sie dem aggressiven Männchen gleichsam den Wind aus den Segeln, so daß es sich allmählich beruhigt. Es ist möglich, daß dem Weibchen auch zuerst die Grenzen des Reviers noch nicht ganz klar sind. Es entfernt sich, wird aber durch den unwiderstehlichen Gesang zurückgelockt. Eine Art von Verfolgungsjagd beginnt. Das Männchen möchte sich paaren, das Weibchen aber ist noch nicht bereit dazu. Oder es finden besondere Liebesspiele statt, Fütterungen als Akte der Werbung. Jedenfalls sind die Vorspiele sehr stimulierend, und nach einigen Tagen befindet sich das Weibchen im Brunststadium. Es ist mit dem Männchen einig und zur Kopulation bereit.

Es ist möglich, daß beide Partner, die jetzt vor der Paarung stehen, erst im vorigen Jahr aus dem Ei geschlüpft sind. Die meisten Singvögel und Enten paaren sich, wenn sie knapp 12 Monate alt sind. Silbermöwen dagegen sind mindestens 3 und Adler sogar 4 oder 5 Jahre alt, bis sie die volle Geschlechtsreife erlangen. Wie schon erwähnt, dauert es bei Seevögeln wie den Albatrossen am längsten. Sie paaren sich erst, wenn sie alle Fähigkeiten entwickelt haben, die zur Aufzucht der Jungtiere erforderlich sind.

Nestbau. Der Nestbau ist unlösbar mit der Werbung und der Paarung verbunden. In der fossil überlieferten Stammesgeschichte ist kein Hinweis zu finden, wie es zur Ausbildung eines so komplizierten Verhaltens gekommen ist, aber einige Verhaltensforscher glauben, daß es sich auf ganz einfache Weise entwickelt hat – etwa durch die Bewegung, die der Vogel in der sexuellen Erregung vollführt. Eine weibliche Seeschwalbe zum Beispiel dreht sich auf ihrer Brust, um dem Männchen, das es mit herabhängenden Flügeln umkreist, mit dem Blick zu folgen. Dadurch entsteht im Sand schließlich eine untertassenartige Vertiefung. Einige Seeschwalben legen ihre Eier in solche flachen Mulden, ohne sie irgendwie zu verschönern, andere verwenden Steinchen oder Stöckchen. Die komplizierten Nester anderer Vögel mögen einen ebenso einfachen Ursprung haben.

Meist beginnt der Nestbau auf natürliche Weise im Sitzen. Zuerst hockt der Vogel etwa auf einem Grasbüschel, das er mit der Brust zusammendrückt und ausformt, oder er versucht, seinen Körper in eine geeignete Astgabel in einem Busch oder an einem Baum zu zwängen. Ein paar Zweige oder Strohhalme werden zum Ausbau verwendet. Wenn sie nicht halten, versucht es der Vogel an einer anderen Stelle. Schließlich gewinnt das Nest durch Knicken, Stoßen und Schieben die geeignete Form.

Jede Art baut andere Nester. Ein Kenner braucht keineswegs immer die Eier zu sehen, um zu wissen, von welchem Vogel das Nest stammt: Material, Größe, Bauart und Stellung geben seinem geübten Auge genügend Hinweise. Die Form der Nester ist völlig unterschiedlich. Teils fehlen sie völlig – so legen etwa Ziegenmelker und ihre Verwandten ihre durch die Färbung gut getarnten Eier auf den nackten Boden, ohne auch nur eine Vertiefung zu machen –, teils weisen sie so kunstvolle Strukturen auf wie die Beutel der Stärlinge und die komplizierten Flechtarbeiten der Webervögel.

Über die Frage, welcher Vogel das kleinste und welcher das größte Nest baut, herrscht nicht völlige Einigkeit. Einige Kolibris bauen Nester von knapp $2^1/_2$ Zentimeter Durchmesser, doch ist die kleine Schale aus Rinde, Dunenfedern und getrocknetem Leim, in welche der Haubensegler sein einziges Ei legt, kaum größer. Das Nest eines Weißkopfseeadlers bei Vermilion, Ohio (USA) hatte einen Durchmesser von 2,60 Metern, war etwa 3,60 Meter tief und wog fast zwei Tonnen. Ein anderes «Supernest», das von einem Adlerpaar in der Nähe von St. Petersburg, Florida, gebaut worden war, hatte einen Durchmesser von 2,90 Metern und war über 6 Meter tief.

Sogar noch größer im Durchmesser als die Horste der Adler sind die gewaltigen Hügel der Großfußhühner, auch Wallnister genannt. Diese merkwürdigen austral-asiatischen Hühnervögel brüten ihre Eier nicht mittels der Körperwärme aus, sondern schichten große Komposthaufen auf, die als Brutöfen wirken. Dabei wird die Wärme durch den gärenden Kompost erzeugt. Bei einer Art dieser Familie ist ein Hügel von 6 Metern Höhe und 15 Metern Durchmesser beobachtet worden.

Der nach oben offene Napf – die typische Nestform vieler Landvögel – kann tief und verfilzt sein wie beim Stieglitz, flach und aus Zweigen wie bei der Taube oder fest aus Gras und Haaren geflochten, wie es die Gewohnheit der Waldsänger ist. Die amerikanische Wanderdrossel und die europäische Singdrossel verstärken ihre Nester mit einem Mörtel aus Schlamm, während Vireos und Buchfinken ihre Nester mit Spinnwebfäden zusammenbinden. Nester finden sich überall, vom Erdboden bis zu mehr als 30 Meter Höhe in den größten Bäumen. Freilich werden die wenigsten höher als 6 Meter gebaut, die meisten befinden sich in einer Höhe von etwa 2 Metern. Die Nester der meisten kleinen Vögel werden innerhalb einer Woche errichtet. Eine Singammer kann unter Umständen ein Nest – und zwar ein durchaus gutes – in der kurzen Zeit von drei Tagen fertigstellen.

Zaunkönigmännchen, die gewöhnlich vor Tatkraft strotzen, bauen oft Attrappennester. In einem Schilfgebiet, wo viele Kugelnester des Rohrkolbenzaunkönigs an den Rohrkolben befestigt sind, findet man nur in einem unter einem halben Dutzend Eier oder Junge.

Vom Halkyon der antiken Fabel, dem Eisvogel, wurde erzählt, er lege seine Eier auf das ruhige Wasser des Meeres, woher der Ausdruck «halkyonische Tage» rührt. Tatsächlich nisten die Eisvögel in Gängen, die sie in die Flußufer bauen – oder gelegentlich in Termitenhügeln. Ihre Nisthöhlen können etwa 2 Meter lang sein, aber die der Bienenfresser und einiger anderer in der Erde nistender Vögel sind noch länger.

Nestbaumaterialien. Natürlich legt kein Vogel seine Eier in das Wasser, aber die Lappentaucher kommen dem sehr nahe, da sie ihre Eier auf kleine Ansammlungen von Getreibsel und verfaulender Vegetation legen, die auf manchen Gewässern schwimmen. Wenn der Vogel ins Wasser schlüpft, zieht er geschickt etwas Material vom Nestrand über die Eier. Diese Instinkthandlung dient zwei Zwecken. Einerseits werden dadurch die Eier getarnt, andererseits wird – wie ein Thermometer zeigen würde – dadurch ihre Temperatur reguliert. Enten erreichen das gleiche, indem sie die Eier in eine Dunendecke aus Federn von ihrer eigenen Brust einhüllen.

Schlamm ist ein nützliches Material für die Herstellung von Nestern.

Das Nest des Schneidervogels ist buchstäblich mit Pflanzenfasern zusammengenäht. Der Vogel sticht gewandt mit seinem Schnabel Löcher in die Ränder großer Blätter und zieht behutsam Fasern hindurch, so daß die Blätter schließlich ein Schutzdach bilden, unter dem dann das eigentliche Nest entsteht.

Flamingos errichten etwa 60 Zentimeter hohe, konische Hügel, die sie aus vielen einzelnen Schlammkügelchen aufbauen. Nordamerika-Klippenschwalben und Mehlschwalben befestigen ihre aus Schlamm gebauten Nester unter Gesims, unter Brücken und Dachrinnen. Der Töpfervogel, der Nationalvogel Argentiniens, mischt einen Mörtel aus Sand und Kuhdung und baut eine 4 Kilogramm schwere Kugel mit einem Eingang an der einen Seite und einer hohen Schwelle zum Schutz der Eier. Die Querstange nahezu jedes Telegrafenmastes am Rande der Landstraße trägt einen dieser steinharten «Backöfen» des *hornero*, des «Bäckers».

Zu den geschicktesten Vogelhandwerkern gehören diejenigen, die ihre Nester herunterhängen lassen. Die Vireos Nordamerikas stellen feste kleine Flechtkörbe her, die von den V-förmigen Astgabeln seitlicher Zweige herunterhängen. Die Nester der Trupiale, die von den Spitzen schlanker Gerten herabhängen, sind tiefer und beutelartiger. Ihre tropischen Verwandten, die Stirnvögel, stricken fast 1 Meter lange «Strümpfe», an denen sie einen Monat arbeiten. Zwanzig oder dreißig solcher Beutel hängen manchmal am Rande eines einzigen Kapokbaumes herunter. Am einfachsten hängt die Smaragdracke aus Malaya ihr raffiniert gewobenes Nest über einem Waldweiher an einem einzigen Faden auf.

Beim Bau solcher Hängenester stellt die Befestigung der ersten Stränge aus pflanzlichen Fasern ein technisches Problem dar. Die Australien-Felsgrasmücke löst dieses Problem, indem sie ihren zarten Beutel mittels klebriger Spinnwebfäden an die Decke einer Höhle hängt. Der in Afrika und Südasien lebende Webervogel macht richtige Knoten. Einige Weber bauen ganz raffiniert hängende Netze, in die sie durch eine senkrechte Röhre hineingelangen, die sich noch unterhalb der runden Nistkammer fortsetzt. Eine Art kleines Gitter verhütet, daß die Eier herausfallen. Ob Intelligenz oder Zufall ursprünglich bei der Entstehung solcher Konstruktionen eine Rolle gespielt haben weiß man nicht, aber es gilt als bewiesen, daß, wenn immer eine Einrichtung dem Überleben dienlich ist, sie mit Wahrscheinlichkeit erhalten bleibt.

Wenige Vögel bauen seltsamere Nester als die Segler. Die meisten der 76 bekannten Arten benutzen dazu ihren Speichel, der so hart wie Stein wird. Ein nordamerikanischer Stachelschwanzsegler, der früher in hohlen Baumstämmen nistete, klebt sein konsolenartiges Nest jetzt an die Innenseiten von Schornsteinen, weshalb die Amerikaner ihn als Kaminsegler bezeichnen. Der Steigrohrsegler des tropischen Amerika verwendet Speichel und Federn, um verfilzte, bis zu 60 Zentimeter lange Röhren zu bauen, die er unter Felsvorsprünge hängt. Aber die unwahrscheinlichste Methode des Nestbaus wird von einem tropischen Segler, dem Palmsegler, angewandt, der seine zwei Eier *aufrecht* auf filzartige Polster klebt, die er an einem herabhängenden Palmblatt befestigt. Auch wenn das Blatt sich bewegt oder vom Wind umgedreht wird, halten sich die Eier und ebenso die brütenden Vögel.

Die kleinen Salanganen der indo-australischen Region verwenden mehr Speichel als andere Segler, und zwei Arten bauen ihre kleinen, untertassenartigen Konsolennester ausschließlich aus diesem klebrigen Material. Dies sind die berühmten eßbaren Schwalbennester, die als orientalisches Handelsgut bekannt sind und aus denen jene angeblich so delikate Suppe gemacht wird. Zahllose Salanganen bewohnen einige der Kalksteinhöhlen an der Küste Indochinas, und hier bringen die Menschen ihre befremdliche Ernte ein, indem sie mit langen Stangen frische Nester herunterschlagen, deren Bau einen Monat Zeit gekostet hat.

Ohne Nest bei minus 40° C. Der Kaiserpinguin, der größte aller Pinguine, benötigt überhaupt kein Nest; sein einziges Junges wird in der tödlichen Kälte des arktischen Winters aufgezogen, wenn die Temperatur auf minus 40° C sinkt. Das Weibchen legt sein Ei im Mai, wenn die lange arktische Nacht einsetzt, und das Männchen übernimmt sofort seine Betreuung. Es legt das Ei auf seine Füße, dort wo die warme Haut und die Federn des Bauches herunterhängen und wie ein schützender Mantel wirken.

Dieser geduldig brütende Vater stemmt sich gegen die kältesten Winde der Erde, die eine Geschwindigkeit von 150 Stundenkilometern erreichen können, und hegt den Keim des Lebens mehr als zwei Monate hindurch, bis das Küken schlüpft, wobei er von seinen Artgenossen, die Seite an Seite auf dem Eis stehen, etwas gewärmt wird. Wenn das wohlgenährte Weibchen endlich einspringt, um ihn abzulösen und das Küken zu füttern, hat das Männchen gewöhnlich über 10 Kilogramm, ein Drittel seines Gewichtes, verloren.

Gemeinschaftshäuser. Kolonien wie die der Reiher und Seeschwalben, die dichtbevölkerten Städten mit ihren vielen Einzelwohnungen ähneln, sind nicht die einzigen Beispiele dafür, wie Vögel gemeinsam nisten. Der Kaiserpinguin tut es auf die einfachste Art und Weise. Der Siedlersperling aus Südafrika baut ein regelrechtes Mietshaus, das man aus der Ferne für eine Eingeborenenhütte halten könnte. 100 Pärchen oder mehr errichten in den Zweigen eines einsamen Baumes in der Steppe ein Gebilde, das ein Heuhaufen von 4 bis 5 Metern Durchmesser zu sein scheint. Zuerst wird das Dach gebaut, und darunter legt jedes Vogelpaar seine eigene Nistkammer an. In Argentinien baut der Mönchspapagei ähnliche Gemeinschaftshäuser aus Zweigen, in denen nicht weniger als 20 kreischende Familien unterkommen.

Müssen Vögel lernen, wie Nester gebaut werden, oder können sie es instinktiv? Wir wissen nicht, welche Rolle die Erinnerung spielt, die Vögel eventuell an ihre erste Umgebung mitbringen, aber es ist ein Fall bekannt,

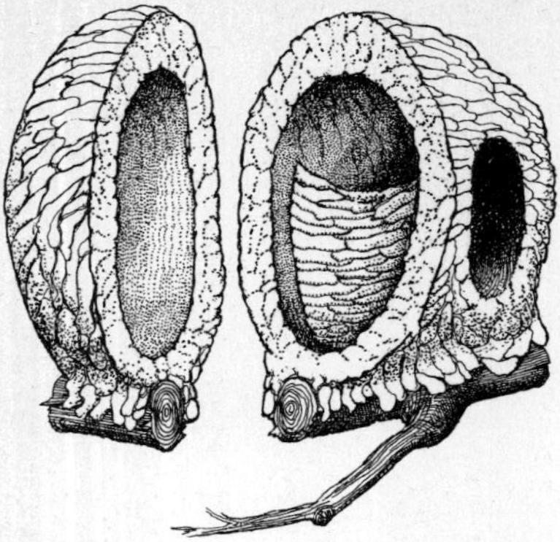

Der südamerikanische Töpfervogel baut als Nest eine runde Höhle. Er verwendet dabei einen aus Sand und Kuhdung gemischten Mörtel, der so fest wird, daß ein dagegengeworfener Stein abprallt. Das links abgebildete Nest ist aufgeschnitten, um zu zeigen, wie durch eine halbe Trennwand zwischen dem Vorraum (rechts) und dem Nistraum (links) die Eier vor dem Herausfallen geschützt werden.

in welchem vier Generationen gefangener Webervögel keine Gelegenheit hatten, Nester zu bauen, woraufhin die fünfte diese Aufgabe dann jedoch einwandfrei löste, als ihr das notwendige Material gegeben wurde.

Eiablage. Das Eierlegen ist mit dem Nestbau eng verbunden und beginnt manchmal an dem Tage, an dem das letzte Stückchen Holz oder Stroh an seinen Platz gesteckt worden ist. Einige Vögel gönnen sich eine Pause von ein paar Tagen, ehe sie beginnen, ihre Eier zu legen. Die meisten Sperlingsvögel legen jeden Tag am frühen Morgen ein Ei, aber der europäische Kuckuck, der in dieser Hinsicht ein Parasit ist, überlistet seine Nachbarn, indem er sich nachmittags einschleicht und sein Ei in das Nest eines anderen Vogels legt. Das ist nicht, wie wir manchmal zu glauben geneigt sind, eine heimtückische List, sondern ein Ergebnis der natürlichen Auslese. Es hat sich einfach für den Kuckuck als nützlich erwiesen, daß er von der Gewohnheit, morgens zu legen, abwich.

Nicht alle Vögel folgen beim Eierlegen einem 24-Stunden-Rhythmus. Viele legen in längeren Intervallen, so etwa ein großer Teil der Greifvögel, Eulen und Möwen, die einen um den anderen Tag legen. Einige Adler und Kondore lassen 5 Tage bis zum nächsten Ei verstreichen, das Thermometerhuhn 5 bis 9, ausnahmsweise sogar bis zu 16 Tagen, wodurch sich seine gesamte Legezeit auf 4 Monate ausdehnen kann. Als Großfußhuhn kann sich das Tier so viel Zeit nehmen, da es ja mit der Mühe des Brütens nicht belastet ist.

Die Zahl der Eier, die ein Vogel legt, kann als Indexziffer für seine durchschnittliche Lebenserwartung angesehen werden. Aus der Tatsache, daß Kolibris nur zwei Eier legen, darf gefolgert werden, daß sie weniger Unglücksfällen ausgesetzt und langlebiger sind als Zaunkönige, die zweimal

Die lockere Konstruktion eines Trauertauben-Nestes wird von Männchen und Weibchen gemeinsam gebaut: das Männchen trägt das Material zusammen, das Weibchen übernimmt die Verarbeitung. Dieses Nest in einem Kaktus bietet sicheren Schutz vor den meisten Feinden.

in einem Sommer sechs oder sieben Eier ausbrüten. Ein Albatros oder ein Sturmvogel legt nur ein einziges Ei im Jahr, und wenn es verlorengeht, kein zweites. Ein Fasan oder eine Ente legt dagegen manchmal 12 bis 15 Eier in ein einziges Nest.

Am winzigsten sind die erbsengroßen und stets weißen Eier der Kolibris. Fast immer legt ein Kolibri zwei Eier. Die größten Eier von allen lebenden Vögeln legt der Strauß – 13 bis 18 Zentimeter lang und mit einer starken Schale ausgestattet. Um sie hartzukochen, braucht man 40 Minuten.

Winzige Vögel – wie Blaumeisen, Schwanzmeisen und Goldhähnchen – können ein einziges Gelege hervorbringen, das ihr eigenes Körpergewicht übertrifft. Auch bei einigen Enten kann das der Fall sein. Eine Schwarzkopfruderente, die im Verhältnis zu ihrer Körpergröße die größten Eier unter allen Enten legt, wiegt nicht einmal ein Pfund, während ihr durchschnittliches Gelege von 9 Eiern nahezu das Doppelte, und ein großes Gelege von 12 bis 15 Eiern fast 3 Pfund wiegt.

Nicht alle Eier sind «eiförmig». Die Eier der Eulen und Tukane sind fast rund; die der Lummen und anderer Alke birnenförmig. Letzteres ist ein erheblicher Vorteil, da sie sich drehen lassen, aber nicht von den kleinen Felsenvorsprüngen, auf die sie gelegt werden, herunterrollen können. Die

Die in Australien und auf einigen pazifischen Inseln lebenden Großfußhühner nutzen die Wärme gärender Stoffe, um ihre Gelege auszubrüten. Die Eier werden in einen großen Haufen aus verfaulendem Laub gebettet, den der männliche Vogel herbeigeschafft und mit einer Sandschicht überdeckt hat. Die richtige Temperatur wird durch dauernde Veränderung der Sandschicht erhalten. Das ist gewissermaßen die Lebensaufgabe des Männchens. (Auf der unteren Abbildung sieht man, wie es die Temperatur mit dem Schnabel prüft.) Das Weibchen darf sich dem Hügel nähern, um ein Ei zu legen, was sie mehrere Monate hindurch etwa wöchentlich einmal tut. Jedes ausschlüpfende Küken wühlt sich ohne Hilfe durch den Sand nach oben und ist als typischer Nestflüchter sofort nach dem Schlüpfen völlig selbständig.

anderen Seevögel, die sich die Klippen mit ihnen teilen – Möwen, Kormorane und Baßtölpel – müssen hingegen Nester bauen, um ihre Eier sicher zu bewahren.

Die meisten Eier, die in offene Nester gelegt werden, sind gesprenkelt, gefleckt oder gestreift. Einige haben eine sehr wirksame Tarnfärbung. Da das Pigment, das die Färbung bewirkt, während des Durchgangs durch den Eileiter auf die Eierschale gelangt, gibt es viele Variationen; kein Ei ist dem anderen völlig gleich. Das Pigment auf den stark gefleckten Eiern eines Schneehuhns – fast blutrot, wenn sie eben gelegt sind – oxydiert sehr bald, so daß sie beinahe schwarz werden.

Erkennen Vögel ihre eigenen Eier? Darüber läßt sich streiten. In einer Seeschwalben-Kolonie variiert das Muster der Eier von winzigen Sprenkeln bis zu großen Flecken. Da die Tiere oft nur einen Schnabelstoß voneinander entfernt nisten, sollte man meinen, daß die Unterscheidung der Eier für Seeschwalben wichtig sei. Versuche haben jedoch gezeigt, daß selbst in solchen beengten Verhältnissen der Brutplatz die eigentliche Anziehung auf die Tiere ausübt. Eine Seeschwalbe bebrütet sogar eine Glühbirne, wenn diese sich am richtigen Platz befindet. Wenn ihr eigenes Ei – oder auch irgendein anderes Ei – einige Zentimeter vom leeren Nest entfernt hingelegt wird, holt sie es zurück, indem sie es in das gescharrte Loch zurückrollt; wenn die Entfernung jedoch größer ist, schenkt sie demselben Ei keine Beachtung. Andererseits kümmerte sich eine Rußseeschwalbe auf der Midway-Insel, die nur ein Ei legt, gewöhnlich um das eigene Ei, wenn sie zwischen zweien zu wählen hatte, so daß man ein bestimmtes Maß an Erkennungsvermögen doch konstatieren muß.

Andere in Kolonien nistende Vögel reagieren in ungefähr der gleichen Art. Die Silbermöwe bebrütet bunt bemalte Holzeier, und Nachtreiher nehmen sogar Holzklötze mit unbequemen Ecken an – selbst dann, wenn sie ihre eigenen Eier knapp einen Meter entfernt liegen sehen.

Brutschmarotzer. Singvögel – selbst diejenigen, die auf dem Boden brüten – kümmern sich nicht um ihre Eier, wenn sie über den Nestrand gerollt sind. Einige Arten weigern sich, die Eier des Kuhstärlings auszubrüten. Anscheinend bemerken sie, daß sie anders sind als die übrigen. Die meisten kleinen Vögel jedoch nehmen die Eier dieses Schmarotzers bereitwillig an, vielleicht wirkt die Größe sogar stimulierend auf sie.

Nahezu 80 Vogelarten, die verschiedenen Familien angehören, zeigen während der Nistzeit schmarotzerisches Verhalten, indem sie ihre Eier in fremde Nester legen und den Wirtsvögeln die Sorge für ihre Jungen überlassen. Eine Reihe anderer Arten zeigt gemischtes Verhalten, baut gewöhnlich eigene Nester und sorgt für die eigenen Jungen, legt aber gelegentlich seine Eier auch in fremde Nester. Die größte Anzahl dieser «Gelegenheitsschmarotzer» findet sich unter den Enten. Mehr als 20 Arten legen zumindest von Zeit zu Zeit ihre Eier in die Nester ihrer Nachbarn; bei der amerikanischen Rotkopfente ist das sogar zur Gewohnheit geworden. Milton Weller berichtet, daß 13 verschiedene weibliche Rotkopfenten ihre Eier in dasselbe Nest legten; und in einem verlassenen Nest fanden sich nicht weniger als 87 Eier. Nur von der südamerikanischen Schwarzkopfente wird angenommen, daß sie sich völlig parasitär verhält, da nie Nester von ihr gefunden worden sind. Ihre Eier wurden nicht nur in den Schilfrohrnestern anderer Enten entdeckt, sondern auch in Nestern von Möwen, Brillensichlern und Chimangos (aus der Karakara-Gruppe).

Die Honiganzeiger, besonders die afrikanischen Arten, schmarotzen bei ihren Verwandten, den Spechten. Um das Überleben sicherzustellen, ist der Schnabel des Honiganzeigers bei der Geburt mit zwei nadelspitzen Haken ausgestattet, mit denen er seinen Nestgenossen einen tödlichen Hieb versetzt. Wenige Tage später fallen die nun nicht mehr benötigten Haken ab.

Der berühmteste unter allen Schmarotzervögeln ist der Kuckuck Europas und Asiens. Mehr als 300 Vogelarten werden von diesem Meisterparasiten ausgenutzt. Um sich in einem kleinen Nest Platz zu verschaffen, rutscht und schiebt der junge Kuckuck sich hin und her, bis er die Nestgenossen oder die noch nicht ausgebrüteten Eier über den Nestrand gedrängt hat.

Aufgesperrte Schnäbel mit ihren leuchtend roten Schlünden bieten bei diesen Goldammer-Jungen den mit Nahrung herbeifliegenden Eltern ein auffälliges Ziel. Lebhafte Schlundfärbung findet man vor allem bei denjenigen Vögeln häufig, die als Nesthocker hilflos geboren werden.

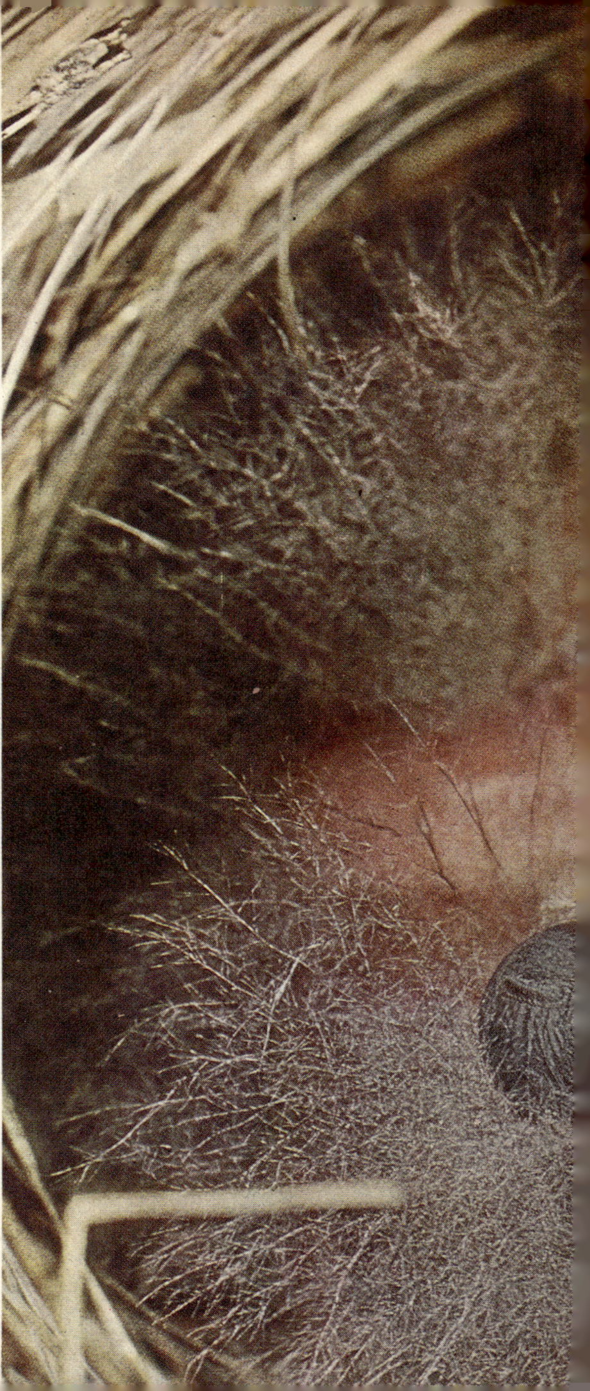

Verhaltensforscher haben festgestellt, daß ein Kuckuck dazu neigt, seine Eier in ein gleiches Nest zu legen wie das, in dem er selbst groß geworden ist. Seine eigenen Eier sind denen der Wirtsvögel erstaunlich ähnlich, selbst in der Farbe. Vielleicht ist der Vogel durch das Nest seiner Pflegeeltern geprägt worden und trägt diesen Eindruck durch das ganze Leben mit sich. So legen einige Kuckucksarten ihre Eier nur in die Nester von Wiesenpiepern, während eine andere Linie sich auf Weidenlaubsänger spezialisiert hat. Kritiker weisen darauf hin, daß diese Theorie sich vielleicht als richtig erweisen wird, daß es aber bisher versäumt wurde, die ausgewachsenen Tiere zu markieren, um ihre Identität zu beweisen.

Während die Kuckucke der Alten Welt sich parasitär verhalten, gilt das für diejenigen der Neuen Welt mit einer oder zwei Ausnahmen nicht. Gelegentlich legen jedoch sowohl der Gelbschnabel- wie der Schwarzschnabelkuckuck Amerikas ihre Eier in fremde Nester. Bei diesen gelegentlich oder teilweise schmarotzenden Vögeln können wir auf Hinweise zur Lösung der verwickelten Frage stoßen, wie diese Gewohnheit sich entwickelt haben mag.

In der Neuen Welt bilden die Kuhstärlinge die stärkste Gruppe der Brutschmarotzer. Jeder junge Kuhstärling wird auf Kosten eines oder zweier Junger seiner Wirtseltern großgezogen – ein Umstand, der biologisch ungeschulte «Vogelliebhaber» veranlaßt, jedes Kuhstärlings-Ei, das sie finden, zu zerstören. In der Tat ist die Überlebenschance eines Kuhstärlings nicht größer als diejenige seiner Wirte, und die Vernichtung der Kuhstärlings-Eier vergrößert die Zahl der Schnäpperwaldsänger, Singammern und Vireos keineswegs.

Brutgeschäft. Einige Vögel legen jedes Jahr genau die gleiche Anzahl von Eiern. Ein Strandläufer oder Regenpfeifer legt 4 Eier, keines mehr. Wenn man ihm eines wegnimmt, ersetzt er es nicht. Er legt immer vier Eier und hört dann auf. Nicht auf eine bestimmte Eizahl «geprägte» Leger dagegen erzeugen weitere Eier, wenn man ihnen die gelegten wegnimmt. Offensichtlich müssen sie die richtige Anzahl von Eiern im Nest fühlen, ehe sie mit dem Legen aufhören. Ein nordamerikanischer Goldspecht, dessen Ei täglich entfernt wurde, legte 71 Eier in 73 Tagen. Ein europäischer Wendehals legte 62 Eier in 62 Tagen. Haushühner fallen in die gleiche Ka-

Ein weiblicher Leierschwanz entfernt einen Kotsack aus seinem Nest (oben) und wirft ihn zu den schon vorher beseitigten Exkrementen in einen nahe gelegenen Fluß (unten). Diese von einer dünnen Haut überzogenen Säckchen bilden sich in den Därmen der Jungen. Die Körperausscheidungen lassen sich in diesen sauberen Paketen leicht beseitigen und verhindern so, daß diese sehr niedrig im Unterholz nistende Vogelart auf Grund von Kotgerüchen aufgespürt wird.

Um Taubenmilch zu bekommen – ein Sekret, das chemisch der Kaninchenmilch ähnlich ist –, saugt eine Weißwangenbergtaube an dem elterlichen Kropf. Sowohl Weibchen als auch Männchen sondern diese Flüssigkeit ab.

tegorie, wobei der Rekord für ein Huhn 361 Eier im Jahr ist. Dieser Rekord wird allerdings noch durch eine Ente übertroffen, die es auf 363 Eier gebracht hat.

Das Brutgeschäft wird also durch den physiologischen Prozeß, die richtige Anzahl der Eier gelegt zu haben, oder durch das körperliche Gefühl, auf der richtigen Anzahl zu sitzen, ausgelöst. Die meisten Nesthocker und die meisten Nestflüchter (Enten, Gänse, Rauhfußhühner usw.) beginnen erst mit dem Bebrüten, wenn das Gelege etwa vollständig ist. Das gibt allen Jungen, die ungefähr gleichzeitig schlüpfen, den gleichen Start für das Leben. Greifvögel, Eulen, Papageien, Reiher, Störche und eine Anzahl anderer großer Vögel brüten jedoch von dem Augenblick an, da das erste Ei im Nest liegt.

Obwohl der Keim des Lebens, der Embryo, sich bereits zu entwickeln beginnt, bevor das Ei die Wärme des Vogelleibes verlassen hat, setzt das Wachstum so lange aus, bis der Vogel mit dem 11 bis 80 Tage dauernden Brüten beginnt. Der Embryo wächst schnell und verbraucht dabei das Eiweiß und den größten Teil des Dotters. Einen oder zwei Tage vor dem Schlüpfen setzt die Atmung ein. Der Sauerstoff entstammt der Luftkammer oder dringt durch die poröse Schale. Diese ist inzwischen schwächer geworden, da ein Teil ihres Kalkes für die Knochen des sich entwickelnden Skeletts benötigt wurde.

Nur auf den Eiern zu sitzen, genügt nicht, um das Ausbrüten sicherzustellen. Federn wirken isolierend. Um die Körperwärme an die Eier gelangen zu lassen, bekommen die Vögel «Brutflecke», nackte Stellen am Unterleib. Die Dunenfedern fallen aus, das Fett verschwindet und eine Konzentration von Blutgefäßen erhöht die Temperatur der Haut. Wenn der Vogel sich auf den Eiern niederläßt, spreizt er die Federn am Unterleib und ruckelt so lange, bis diese Flecke sich in Kontakt mit den Eiern befinden. Im allgemeinen bilden sich die Flecke, ein bis drei an der Zahl, nur bei dem Geschlecht, das brütet. Wenn sich Männchen und Weibchen die Arbeit teilen, bei beiden. Aber nicht alle Vögel haben diese thermostatische Bruthilfe. Enten zum Beispiel nicht. Aber sie schaffen dadurch einen Ersatz, daß sie sich die Dunen selbst auszupfen, um damit ihr Nest auszulegen. Auch Tölpel haben keine Brutflecke. Sie legen dafür einen ihrer großen Schwimmfüße wie eine wärmende Hand auf das einzige Ei.

In regelmäßigen Abständen, vielleicht ein dutzendmal in der Stunde, wendet der Vogel die Eier oder bringt sie wieder in richtigen Kontakt mit den Brutflecken. Allerdings brauchen die Eier nicht immer bedeckt zu sein. Obwohl die durchschnittliche Temperatur eines Eies bei etwa 33° C liegen mag, verdirbt es in heißer Sonnenbestrahlung eher, als wenn es der Kälte ausgesetzt wird. Reiher, Seeschwalben, Strandläufer und andere Vögel lösen einander ab – oft unter Innehaltung einer ausgeprägten Übergabezeremonie – und brüten manchmal ununterbrochen die ganze Zeit. Aber bei den meisten Vögeln, bei denen das Weibchen allein für das Brutgeschäft verantwortlich ist, brütet es 15 bis 30 Minuten und macht dann eine Pause von 6 bis 10 Minuten, um sich Futter zu suchen.

Die Brutzeit beträgt bei vielen Sperlingsvögeln 11 Tage, aber bei Kiwis und großen Albatrossen bis zu 80 Tagen. Den Rekord hält ein Thermometerhuhn, dessen Ei anstatt der normalen 62 Tage insgesamt 90 Tage bis zum Schlüpfen brauchte.

Das Thermometerhuhn achtet übrigens besonders sorgfältig auf sein Brutofennest. Das Männchen verbringt mehr als 5 Stunden täglich damit, die Temperatur des Bruthügels zu prüfen, indem es den Schnabel oder die Zunge hineinsteckt. Durch Öffnen des Hügels oder durch das Aufwerfen

Lerchenstärling mit Ei

Einen Tag altes Küken

Die Jungen der meisten Vögel sind bei der Geburt blind, oft nackt und ganz hilflos. Sie schlüpfen in verhältnismäßig unentwickeltem Zustand aus dem Ei und bedürfen ständiger Hilfe und Fütterung durch die Eltern, bis sie kräftiger werden, Federn bekommen und das Nest verlassen können. Vögel dieses Typs nennt man «Nesthocker». Angesichts der kurzen Zeit (11–14 Tage), die sie im Ei zubringen, sind diese Tiere gewöhnlich verhältnismäßig klein. Der Lerchenstärling, ein typischer Nesthocker, schlüpft nach etwa zwei Wochen und verläßt das Nest zehn bis zwölf Tage später.

von Sand hält es die Eikammer gleichmäßig bei 34° C. Man kann nicht sagen, daß auf diese Art und Weise Arbeit gespart wird, denn das Männchen bringt 11 Monate des Jahres mit der Wartung des Hügels zu. Sein Verwandter aus Celebes, das Hammerhuhn, legt seine Eier in den warmen vulkanischen Sand an der Küste oder sogar neben heiße Quellen und dampfende Erdspalten an Vulkanabhängen.

Die Familienbeziehung der Thermometerhühner ist fast reptilienhaft. Das Küken kennt weder Vater noch Mutter. Sobald es sich in zwei bis 15 Stunden aus dem Hügel herausgegraben hat, ist es auf sich allein gestellt und kann auch sofort fliegen.

Die Küken schlüpfen. Um die Schale aufpicken zu können, ist das ungeborene Küken mit einem Eizahn ausgestattet, einem kleinen, hornigen Höckerchen an der Spitze des Oberschnabels, mit dem es sein Gefängnis aufbricht. Dies nur vorübergehend vorhandene Organ, das bald nach der Geburt verschwindet, darf als ein Zeichen der reptilischen Abkunft der Vögel gelten, denn die Schlangen und Eidechsen besitzen es auch. Der Prozeß des eigentlichen Schlüpfens nimmt manchmal nur einige Stunden, unter Umständen jedoch mehr als einen Tag in Anspruch. Schon zwei Tage vor dem Ausschlüpfen kann man das Küken schwach unter der Schale piep-

Einen Tag altes Küken

Schreiregenpfeifer mit Ei

Einige Vögel wie der Schreiregenpfeifer sind in der Lage, unmittelbar nach dem Ausschlüpfen für sich selbst zu sorgen. Sie werden «Nestflüchter» genannt. Obwohl der Schreiregenpfeifer etwa die gleiche Größe hat wie der Lerchenstärling, ist sein Ei bedeutend größer, da das Küken bis zum Schlüpfen eine viel längere Zeit darin zubringt (24–28 Tage) und eine entsprechend größere Menge Eigelb als Nahrung benötigt. Die Jungen einiger Nestflüchter können binnen einer Stunde laufen und sich ernähren, bei anderen dauert es bis zu zwei Tagen.

sen hören, und nach Tinbergen ist das der Moment, von dem an die Eltern den Fetus als ein Küken, nicht mehr als ein Ei ansehen.

Wenn der junge Vogel sich schließlich freigestoßen hat, fressen die Eltern entweder die leere Schale auf oder beseitigen sie, indem sie mit ihr ein Stück weiter weg fliegen. Das geschieht allerdings nur, wenn es sich um Nesthocker handelt. Rauhfußhühner, Wachteln und Enten, deren Küken laufen können, sobald sie aus dem Ei geschlüpft sind, lassen die abgestoßenen Schalen meist einfach liegen.

«Wachsmaschinen» und «Fütterautomaten». Die Jungen der Vögel teilt man in zwei Hauptgruppen ein: die Nesthocker, die hilflos, blind, nackt und schwach geboren werden und kaum andere Fähigkeiten besitzen, als ihren Schnabel aufzusperren und Ausscheidungen von sich zu geben. Die hilflosen Jungen einiger Seevögel, Reiher, Greifvögel und Eulen werden ebenfalls dazu gerechnet, obwohl sie bei der Geburt mit einem Dunenkleid bedeckt sind. Die zweite Gruppe bilden die Nestflüchter. Diese sind voll mit Dunenfedern bedeckt, können sehen und sind in der Lage, hinter ihren Eltern herzulaufen und zu picken, sobald ihre Dunen trocken sind. Als Faustregel gilt, daß Nestflüchter, gemessen an ihrer Körpergröße, größere Eier legen als Nesthocker.

Ein Nesthocker frißt an einem Tag so viel, wie sein eigenes Gewicht beträgt. Ein Singvogel, nackt und hilflos geboren, frißt und wächst in einem erstaunlichen Tempo. Ein junger europäischer Kuckuck, der bei der Geburt 2 Gramm schwer war, wog drei Wochen später 50mal so viel. Während dieser Zeit intensiven Wachstums spielen in der Ernährung der jungen Vögel die Proteine eine wesentliche Rolle, selbst dann, wenn später Samen und Früchte die Hauptnahrung bilden.

Wenn man die Jungen als «Wachsmaschinen» bezeichnen kann, dann sind die Eltern unermüdliche «Fütterautomaten», die pausenlos für Nachschub sorgen. Von einem Paar der Phoebe weiß man, daß es an einem Tag 845mal zum Nest flog. Ein Kohlmeisenpaar legte diesen Weg 900mal zurück. Ein Adler andererseits macht nur zwei oder drei Wege täglich, aber die Beute, die er den hungrigen Jungen bringt, ist groß.

Nicht alle Vögel bauen ein eigenes Nest. Einige Arten, wie die Kuhstärlinge und Kuckucke, überlassen anderen diese Arbeit. Der Braunkuhstärling wartet zum Beispiel oft, bis ein anderer Vogel sein Nest fertig gebaut hat und übernimmt es dann. Es kann ihm jedoch passieren, daß sich kurz darauf sein Vetter, der Rotachselkuhstärling, einschleicht und ein Ei in das von ihm gestohlene Nest legt. Bei den afrikanischen Witwen, ebenfalls Brutschmarotzern, paart sich das Männchen mit einer ganzen Reihe von Weibchen, die dann alle ihre Eier in verschiedenen Prachtfinkennestern ablegen. Das Ei des Eindringlings ist oft das erste, das ausgebrütet wird. Da mancher Brutparasit sowohl älter und größer als auch natürlicherweise kräftemäßig den anderen Nestinsassen bei weitem überlegen ist, kann er sich ihrer leicht entledigen, indem er sie rigoros hinausstößt, auf sie tritt oder ihnen das Futter wegschnappt. Die erwachsenen Vögel machen keinen Unterschied zwischen den Jungen, die sie füttern. Sie stopfen einfach Nahrung in den nächsten und größten Schnabel. Links: Der Instinkt zu füttern, was immer in ihrem Nest sitzt, zwingt diese Heckenbraunelle, Insekten in den Schnabel eines Kuckucks zu stecken, und sie fährt damit auch nach dem Ausfliegen noch etwa 2 bis 3 Wochen fort, obwohl der Kuckuck schon viel größer geworden ist als sein Wirt. Manchmal springt der Singvogel sogar auf den Rücken seines bettelnden Nestlings, um sich seiner Aufgabe zu entledigen.

8. Zusammenleben mit den Menschen

Von allen Vögeln der Welt besitzt keiner eine engere Beziehung zum Menschen, hat keiner mehr zu seinem Wohlergehen beigetragen als das Bankivahuhn *Gallus gallus*. Von dieser einen Fasanenart stammen all die vielen Rassen des Haushuhns ab, und die Zahl der vorhandenen Einzeltiere geht heute in die Milliarden. Dadurch ist das Haushuhn der bei weitem häufigste Vogel der Erde geworden, der auch den Menschen an Zahl weit übertrifft. Obwohl es aus den Dschungeln und Bambusdickichten Südostasiens stammt, bevölkert es heute – zusammen mit dem Menschen – fast jeden Winkel der Erde mit Ausnahme der ganz kalten Zonen. Unter allen Haustieren hat sich nur der Hund noch stärker akklimatisiert.

Man kann nicht mit Sicherheit sagen, wann der Mensch dieses Geflügel zuerst domestiziert hat, aber es ist sicher mehr als 5000 Jahre her. *Gallus gallus* hat Mitteleuropa wahrscheinlich 1500 Jahre v. Chr. erreicht und war, als die Römer kamen, bereits seit langem ein Haustier. Lange bevor die Schiffe der europäischen Entdecker den Pazifik erforschten, haben die Polynesier Hühner auf die Hawaiischen Inseln gebracht, und noch heute kann man in den Regenwäldern auf Kauai wilde Abarten des ursprünglichen Stammes finden. Es gibt neuerdings Hinweise dafür, daß es möglicherweise die seefahrenden Polynesier waren, die die ersten Hühner nach Amerika gebracht haben.

Die Verbindung mit dem Menschen hat eine Art Wohlfahrtsstatus mit sich gebracht – Schutz vor Feinden und sichere Nahrung –, aber die Vögel bezahlen für diese relative Sicherheit mit ihren Eiern und ihrem Fleisch. Während ihre wildlebenden Brüder in den Wäldern sich kaum verändert haben, entwickelten sich die domestizierten Vögel zu mehr als hundert Standardrassen. Durch Auslese und besondere Fütterung sind einige sehr viel größer und fleischiger geworden. Es gibt einige domestizierte Rassen, die das ganze Jahr hindurch fast täglich ein Ei legen.

Während solcherart die Hennen zu Eierfabriken entwickelt wurden, erweckte die natürliche Kampflust der Hähne bei manchen Menschen entsprechende Instinkte, und so wurden Kampfhähne mit starken Beinen und

In der Sonne leuchten die Kehllappen der Puter, die sich in einem Gehege einer Putenfarm drängen. Dort werden sie nach wissenschaftlichen Pflegemethoden gemästet. Etwa 100 Millionen werden jedes Jahr allein in den USA aufgezogen; das übertrifft die Gesamtzahl der wildlebenden Tiere um mehr als das Hundertsiebzigfache.

längeren Sporen gezüchtet. Solche Vögel sind ihren wilden Vorfahren weit ähnlicher als andere Rassen. Als der Mensch aber zivilisierter wurde, begann er, mit dekorativen Varietäten zu experimentieren.

Einige Ergebnisse dieser «schöpferischen Phantasie» sind wirklich schön, andere bizarr und wieder andere kann man nur als monströs und geschmacklos bezeichnen. Riesen und Zwerge sind gezüchtet worden, Vögel mit extrem langen und mit extrem kurzen Beinen. Es gibt Arten, bei denen sich die Federn kräuseln, und andere, bei denen der Schwanz fehlt. Eines der außergewöhnlichsten – und zugleich nutzlosesten – Produkte der Züchterkünste ist das berühmte langschwänzige japanische Phoenix-Huhn, dessen Schwanzfedern manchmal eine Länge von sechs Metern aufweisen.

Obwohl die Züchter, die es auf dekorative Formen abgesehen haben, miteinander wetteifern, bleibt es der Hauptzweck der Tausende von Geflügelschauen im ganzen Land, die Produktion von Eiern oder Fleisch zu erhöhen. 1890 war eine Geflügelfarm mit 500 Hühnern noch eine Sehenswürdigkeit; heute findet man auf einigen Farmen 100 000 oder mehr Tiere. In einigen dieser Geflügelfabriken haben die Küken keinen Auslauf mehr, sondern leben unter künstlichen Bedingungen in Drahtkäfigen, die in mehreren Schichten übereinander stehen.

Eier und «Hähnchen vom Spieß». In den USA ist die Hühnerzucht heute eine Milliarden-Dollar-Industrie. Der Bestand der Legehennen wird auf rund 300 Millionen Stück gehalten, während fast 2 Milliarden jährlich am Bratspieß enden. Die Eierproduktion liegt bei 64 Milliarden Stück pro Jahr, so daß täglich fast ein Ei auf jeden Bewohner der USA entfällt.

Während die wirtschaftliche Bedeutung der Hühner in Milliarden Dollar ausgedrückt werden muß, kommen in den USA jährlich nur etwa 12 Millionen Hausenten auf den Markt. Diese Enten werden ihres Fleisches wegen gezüchtet, und obwohl sie heute träge, dickwänstig und weiß sind, stammen sie alle von der hübschen, grünköpfigen Stockente ab. Diese Wildenten sind ökonomisch viel bedeutsamer: sie werden von 1,5 Millionen amerikanischen Sportjägern verfolgt, und die meisten von diesen bezahlen nicht nur jährlich drei Dollar für ihre Jagdlizenz, sondern geben darüber hinaus viel mehr für Ausrüstung, Reisen und Unterkunft aus, so daß durch sie eine große Zahl von Industrien gefördert und viele Dienstleistungen in Anspruch genommen werden.

Der Puter ist Amerikas Beitrag zur landwirtschaftlichen Tierzucht. Im Jahr werden oft mehr als 100 Millionen Jungtiere ausgebrütet, und es darf als sicher gelten, daß es heute mehr domestizierte Tiere gibt, als je die

An einer Felswand in der Sahara wurde diese mindestens 10 000 Jahre alte Darstellung laufender Strauße entdeckt.

Urwälder in der vorkolumbischen Zeit bevölkerten. Die mexikanische Rasse des wilden Truthahns ist schon von den Indianern als Haustier gehalten worden, als Mexiko von Cortez erobert wurde. Die heimkehrenden Konquistadoren brachten den Vogel nach Europa, und schon 1530 war er hier fest eingebürgert. Als die Pilgrims ihren ersten Thanksgiving Day in Massachusetts feierten, waren sie zweifellos schon mit dem schmackhaften Geflügel vertraut, das die eingeborenen Indianer zu dem Fest beisteuerten.

Es ist eine offene Frage, ob Huhn oder Taube das erste gefiederte Haustier war; nach der biblischen Legende jedoch war Noah der erste Taubenliebhaber. Sicherlich züchteten die Ägypter schon 3000 v. Chr. Tauben, die ihnen nicht nur als Nahrung dienten, sondern wahrscheinlich bereits zur Beförderung von Nachrichten verwendet wurden – lange bevor das Huhn am Nil heimisch wurde. Wann Tauben zum erstenmal im Krieg Nachrichten übermittelten, ist ungewiß. Zweifellos aber verwendete Julius Caesar sie bereits, um Siegesmeldungen auszuschicken, und seitdem haben sie bis zum Zweiten Weltkrieg im Nachrichtenwesen eine bedeutsame Rolle gespielt, als die technische Entwicklung ihre Dienste weitgehend überflüssig machte.

Immer noch werden Tauben zu Millionen in der ganzen Welt gezüchtet: als Brat- und Brieftauben ebenso wie um ihrer Schönheit willen. Es gibt mehr als 200 Schmuckrassen. Dem Wettfliegen der Tauben – einem Hobby, das Hunderttausende von Anhängern hat – gab das Zeitalter der Luftfahrt einen starken Auftrieb, da es jetzt möglich wurde, die Vögel innerhalb von Stunden über Hunderte von Kilometern hinweg an ihre Startplätze zu bringen.

Die Stamm-Mutter der meisten, wenn nicht aller domestizierten Taubenrassen ist die Felsentaube, die noch heute wild an den europäischen Felsenküsten brütet. Es ist sehr wahrscheinlich, daß die ersten wilden Tauben, die sich in der Stadt niederließen, auf den Tempeln und Moscheen Südasiens nisteten. Heute hat fast jede große Stadt ihre Schwärme, die sich völlig ihrer neuen Umgebung angepaßt haben, da die hohen Steingebäude den angestammten Klippen an der See nicht unähnlich sind.

Kanarienvögel. Wahrscheinlich haben schon die Menschen der Bronzezeit Vögel in Käfigen in ihren Behausungen gehalten; doch das Urbild aller Käfigvögel, der fröhliche Kanarienvogel, wurde erst im 16. Jahrhundert durch Seeleute von den Kanarischen Insen nach Europa gebracht. Er erwies sich als ebenso wandlungsfähig wie das Bankivahuhn und die Felsentaube. Durch Zuchtwahl entstand sehr bald eine Vielfalt von Formen, während durch Training glänzende Sänger herangezogen wurden. Wenn man den ursprünglichen, dunkel gestreiften, olivbraunen und gelben Kanarienvogel ansieht und ihn singen hört, möchte man meinen, daß der gewöhnliche europäische Buchfink ein besseres Züchtungsmaterial abgegeben hätte.

Die Eule wurde zuerst von den Griechen «alt und weise» genannt, die sie als Gefährtin der Göttin der Weisheit, Athene, abbildeten. Hier erscheint eine Eule auf einer Athenischen Münze des 5. Jahrtausend v. Chr.

Wellensittiche. Erst nach dem Zweiten Weltkrieg wurde die Vorherrschaft des Kanarienvogels durch einen anderen Käfigvogel bedroht: durch den Wellensittich. Die Millionen, die in Gefangenschaft gehalten werden, übertreffen jetzt sicherlich zahlenmäßig die Scharen, die sich immer noch an den Wassertümpeln des dürren australischen Hinterlandes drängen. In Gefangenschaft reicht die Farbskala von reinem Gelb bis zu reinem Blau, aber die wildlebenden Tiere sind alle grün.

Naturschutz kontra Käfigvogelhalter. Die Zahl der Vogelzüchter ist stark angestiegen, obwohl Schutzgesetze in Amerika und vielen anderen Ländern Europas ihnen verbieten, die wilden Vögel ihres Landes hinter Gittern aufzuziehen. Die Nachfrage nach einigen der attraktiveren Vögel ferner Länder ist so groß geworden, daß Kenia und andere tropische Länder ihre Ausfuhrbestimmungen verschärfen mußten. Die Ornithologen und die rasch anwachsende Schar jener Vogelbeobachter, die die Vögel lieber in der freien Wildbahn ungezwungen kommen und gehen sehen, sind keineswegs immer einer Meinung mit der Zunft der Käfigvogelhalter. Sie meinen, daß ein Leben im Käfig dem Wesen des Vogels widerspricht.

Der wertvollste Vogel der Welt. Der wertvollste wildlebende Vogel der Welt ist zweifellos der Guano-Kormoran des peruanischen Küstenlandes. Obwohl er sich mit dem Hausgeflügel als Einnahmequelle nicht messen kann, beläuft sich der Wert seiner Exkremente auf viele Millionen Dollar jährlich. Die Inka haben die reichen Nitrate seit undenklichen Zeiten zum Düngen verwendet, aber erst seit etwa 125 Jahren werden sie ökonomisch ausgenutzt. 50 Meter hohe Berge von Guano, die sich in einer Zeitspanne von wenigstens 25 Jahrhunderten angesammelt hatten, wurden abgebaut und verschifft. Während des dritten Viertels des 19. Jahrhunderts verschiffte Peru 20 Millionen Tonnen Guano im Wert von 2 Milliarden Dollar. Als die uralten Reserven erschöpft waren, begann eine nüchterne Kalkulation. Die Vögel werden jetzt bewacht, das «Abernten» wird reguliert und das Entstehen neuer Kolonien durch den Bau von Schutzwällen und Nistplätzen gefördert, was alles zusammen zu steigendem Anfall von Exkrementen geführt hat.

Vogeljagd. Die Mittelmeervölker jedoch wurden nicht daran gehindert, die einstmals «zahllosen» Wachteln auf ihre jetzige niedrige Zahl zu reduzieren. Die Wachteln sind diejenigen Vögel, die nach dem Bericht über den Auszug aus Ägypten die Kinder Israels vor dem Verhungern bewahrten. Ein Forscher hat ausgerechnet, daß damals in zwei Tagen und einer Nacht 9 Millionen dieser Tiere getötet worden sein mußten. Aber es war die kommerzielle Ausbeutung der neueren Zeit, durch die die großen Schwärme vernichtet wurden, zumal man nichts zu ihrer Erhaltung getan hat. Vor 1920 exportierten allein die Ägypter bis zu 3 Millionen Vögel im Jahr.

Heute gilt als Faustregel, bei der Jagd nur den natürlichen Überschuß zu erlegen, ohne den für die Erhaltung der Art erforderlichen Bestand anzugreifen. Als Folgeerscheinung des vielzitierten explosiven Bevölkerungszuwachses der menschlichen Rasse ist die Gefährdung des Tierbestandes gewachsen. Immer mehr Tiere werden auf die Liste des jagdbaren Wildes gesetzt. Es ist bedauerlich, daß der Kanadakranich, ein Vogel, der nur zwei Eier legt, jetzt in einigen Gebieten gejagt werden darf. Watvögel mit ihrer geringen Vermehrungsfähigkeit (gewöhnlich 4 Eier) und leicht zugänglichen Zugrouten wurden schließlich unter Naturschutz gestellt – freilich erst, als der Eskimo-Brachvogel nahezu ausgerottet war.

Trotz großer Gelege und der Fähigkeit, sich von Naturkatastrophen schnell zu erholen, sehen die Wasservögel einer keineswegs rosigen Zukunft entgegen. Anders als Rauhfußhühner, Fasane und Wachteln, die sich über Hunderttausende von Morgen amerikanischen Landes ausbreiten können, sind sie an die Gewässer gebunden. Ein Professor, der über die Regu-

Ein ägyptisches Wandbild zeigt den Moment einer Entenjagd, in dem die Vögel gerade auffliegen.

lierung des Wildbestandes arbeitet, sagt voraus, daß die Entenjagd in den USA innerhalb einer Generation ein Ende finden wird. Einige Jäger erinnern sich noch, daß es einmal erlaubt war, täglich bis zu 25 Stück zu schießen. Heute sind an einigen Zugstraßen nur noch zwei gestattet.

Wie groß die Zahl der Enten in Nordamerika einmal gewesen ist, kann man höchstens vermuten. Die Schätzungen liegen zwischen 250 und 500 Millionen. Als 1824, in der Pionierzeit, der Trapper Jim Bridger sein Büffelhautkanu den Bärenfluß zum großen Salzsee hinunterruderte, verdunkelten die Enten mit ihren Schwärmen den Himmel. Ihm folgten bald Berufsjäger, die bereits die Schwärme im Osten dezimiert hatten. 1887 erlegte einer dieser Schützen 1880 Vögel in einer Saison; ein anderer schoß 335 Enten an einem Tag.

Die Dezimierung der Enten ist aber nicht allein auf die Verfolgung durch Jäger zurückzuführen. Jeden Tag werden neue Pläne gemacht, einen Teich, einen Sumpf oder eine feuchte Niederung trockenzulegen. Ungefähr 200 000 Quadratkilometer des ursprünglich über 500 000 Quadratkilometer feuchten Landes sind verschwunden, und riesige Gebiete werden von den künstlichen Gräben zur Moskitokontrolle durchzogen. In den entenreichen Prärieprovinzen Kanadas wurden zahllose Nistbezirke trockengelegt, wodurch sich der Entenbestand noch weiter verringerte. Die Trockenperiode der späten zwanziger Jahre hatte eine vernichtende Wirkung auf die Entenvögel. 1935 schätzte der U.S. Fish and Wildlife Service die Vogelbevölkerung des Kontinents auf nur 27 Millionen.

In einer übervölkerten Welt erweisen sich nach Meinung der Experten einige Jagdmethoden als veraltet und nicht mehr praktikabel. Sie schlagen vor, die Beobachtung an Stelle der Jagd zu setzen. Wie viele Menschen sich aber damit zufriedengeben werden, nach Vögeln nur auszuschauen, ist schwer zu sagen, da sie keine Lizenzen benötigen. Als kürzlich einmal in einem gänsereichen Sumpfgebiet in den USA eine Zählung durchgeführt wurde, zeigte sich, daß auf einen Jäger etwa hundert Menschen kamen, die die Gänse lediglich beobachten wollten.

Da die menschliche Bevölkerung sich auf die 4-Milliarden-Grenze zubewegt, werden die Interessenkonflikte zwischen Vögeln und Menschen immer häufiger werden. Der Regierung der USA gehen viele Anträge zu, die Rotschulterstärlinge, Bootsschwänze und andere körnerfressende Vögel unter Kontrolle zu bringen, da bei ihnen eine explosive Vermehrung zu beobachten ist. Diese Erscheinung wird vor allem darauf zurückgeführt, daß sie sich den vom Menschen veränderten Landschaftsformen angepaßt haben und die riesigen Weizen- und Kornfelder als die ihren betrachten.

Die wachsende Zahl der Vogelfreunde stellt sich indes so gewaltsamen Methoden wie einer Massenvernichtung durch Gift, Dynamit oder Schußwaffen entgegen, indem sie mit völligem Recht behauptet, daß derartige Verfahren nicht selektiv genug seien und andere Wege gefunden werden müßten, um die Verheerungen durch die Vögel zu unterbinden.

Vogelkrankheiten. Die Vögel haben ihre eigenen Krankheiten, wovon die meisten zwar auf andere Vögel, aber nicht auf Menschen übertragbar sind. Die Ornithose, eine Viruskrankheit, die der Lungenentzündung ähnlich ist (und früher als Psittakose bezeichnet wurde, weil man sie für eine Papageienkrankheit hielt), kann jedoch von Tauben auf den Menschen übertragen werden. Der Ornithosevirus ist aber nicht auf Vögel beschränkt. Kürzlich wurde er bei Robben in der Bering-See festgestellt.

Zu den gefährlichsten von Insekten übertragbaren Viruskrankheiten gehören verschiedene Formen der Encephalitis oder Schlafkrankheit. Es ist festgestellt worden, daß Vögel, die von solchen Insekten gestochen worden sind, die Krankheit übertragen können. Wenn dann eine Epidemie ausbricht, kann leicht die Forderung laut werden, die Vögel zu beseitigen. Aber das ist praktisch undurchführbar, denn meistens handelt es sich um Haustiere, domestizierte Enten und Fasane. Doch selbst wenn es möglich wäre, alle Vögel, wildlebende und vom Menschen gehaltene, zu vernichten, würde diese Maßnahme nichts nützen, da auch Wirbeltiere den Virus beherbergen und auf den Menschen übertragen können. Das Problem muß in anderer Weise gelöst werden; Biologen und Hygieniker arbeiten heute zusammen, um nach neuen Möglichkeiten zu suchen.

Wie wird die Zukunft der Vögel aussehen? Auf lange Sicht gesehen, vom Standpunkt der Evolution her, können wir voraussetzen, daß einige Vögel verschwinden werden. Dies nicht einfach nur deshalb, weil der moderne Mensch sich – ökologisch gesehen – als bösartig erwiesen hat, indem er den natürlichen Lebensraum der Tiere, die Quelle ihrer Existenz, vernichtete, sondern auch, weil die Vögel selbst gleichsam in eine Sackgasse geraten sind und gewissermaßen die Verbindung zu der sich verändernden Welt zu verlieren drohen. Dies könnte zum Beispiel die Lage des Kalifornischen Kondors sein. Mit einer noch übriggebliebenen Anzahl von ungefähr 40 Exemplaren ist er der letzte Abkomme der gigantischen Aasfresser, die in Nordamerika während des Pleistozäns gediehen, als die Säugetiere noch größer und zahlreicher waren.

Vor 60 oder 70 Millionen Jahren stellten, nach den fossilen Zeugnissen zu urteilen, die kranichartigen Vögel (Kraniche, Rallen, Trappen und ihre Verwandten) einen viel größeren Anteil der Vogelbevölkerung als heute. Außerdem ist auch in geschichtlicher Zeit ihr Niedergang viel rascher erfolgt als der irgendeiner anderen großen Ordnung. Aber während die Kraniche und einige andere Ordnungen großer Vögel – die Strauße und andere Ratiten sowie die Pelikane und ihre Verwandten – langsam immer seltener werden, haben die Sperlingsvögel, die mehr als drei Fünftel aller Vögel der Erde ausmachen, anscheinend ihre größte Blütezeit innerhalb der letzten 10 Millionen Jahre seit dem frühen Pliozän gehabt.

Unter diesen Vögeln sind die Körnerfresser – die Webervögel, Ammern, Finken und ihre Verwandten – die zahlreichsten und wahrscheinlich die anpassungsfähigsten. Sie entwickelten sich erst ziemlich spät, als Samen

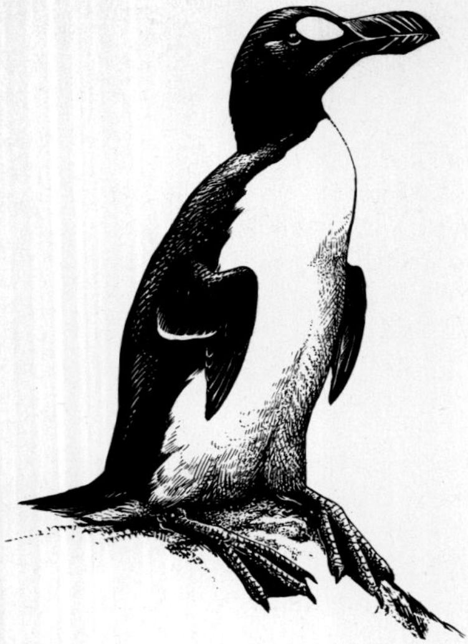

Der Riesenalk – der erste Vogel, der aus der westlichen Hemisphäre als ausgestorben gemeldet wurde – war ein gänsegroßer Inselbewohner des Nordatlantik. Obwohl flugunfähig, war er ein glänzender Schwimmer, und er hätte ewig überleben können, wenn er nicht 300 Jahre hindurch vom Menschen rücksichtslos gejagt worden wäre. Die letzten bekannten Exemplare wurden 1844 in Island getötet.

tragenden Pflanzen, besonders Gräser, die Zeit ihrer großen Ausbreitung hatten. Es ist bereits darauf hingewiesen worden, daß sie unter allen Vögeln sicherlich die besten Zukunftsaussichten haben, aber ähnliches ließe sich auch von Insektenfressern und den Honig saugenden Vögeln sagen.

Wenn eine normale Verschiebung dadurch stattfindet, daß das Leben einer Art durchschnittlich 500 000 Jahre dauert, wie man z. B. für das Pleistozän ermittelt hat, würde die Quote des Aussterbens und Ersetztwerdens im Sinne der Evolutionstheorie nicht mehr als zwei Arten pro Jahrhundert betragen. Wenn wir diesen Maßstab als richtig annehmen, müßte die Welt während der letzten 300 Jahre, nach dem Untergang des Dodo, fünf oder sechs Arten ohne Schuld des Menschen verloren haben. Zum Beispiel könnte die Labradorente gut eine dieser Arten sein, denn wir können ihr Verschwinden keinem bekannten menschlichen Fehlverhalten anlasten.

Tatsächlich haben wir jedoch während der letzten 300 Jahre – oder genauer: seit 1680 – fast 80 Vogelarten verloren, von denen einige nicht einmal durch ein einziges Exemplar in irgendeinem Museum vertreten sind. Das Aussterben geht also ungefähr 15mal so schnell vor sich, als es, wenn wir die oben genannten Zahlen anerkennen, die Evolution normalerweise mit sich bringen würde. Die stärksten Verluste traten um die Jahrhundertwende ein. In den zwanzig Jahren zwischen 1885 und 1905 starben etwa 20 Arten aus. Davon waren die auf Inseln lebenden Vögel am meisten betroffen; denn sie sind gefährdeter als die kontinentalen Vögel. Einige, wie

Wenig weiß man über das Verschwinden der Labrador-Ente. Sehr zahlreich war sie anscheinend nie; zwischen 1850 und 1870 schrumpfte jedoch der Bestand stark zusammen, und bald war das Tier völlig ausgestorben. Welche Ursachen für ihr Aussterben verantwortlich zu machen sind, wird wahrscheinlich nie geklärt werden.

der Dodo und der Riesenalk, die nicht fliegen konnten, wurden rücksichtslos ausgerottet; andere verschwanden, weil Ratten, Ziegen, Katzen, Kaninchen und Mungos in ihre Nistgebiete eingeschleppt wurden – Tiere, die im Gefolge des Menschen eine Insel nach der anderen heimsuchten. Wieder andere gingen zugrunde, wenn die ihnen eigentümliche Umgebung landwirtschaftlicher Nutzung weichen mußte. Eine nicht kleine Zahl der berühmten Kleidervögel Hawaiis verschwand zum Beispiel auf höchst geheimnisvolle Art, aber es gibt einige Anzeichen dafür, daß sie Krankheiten zum Opfer gefallen sind, die eingeführte Vögel auf sie übertragen haben: der Vogelmalaria und der Vogelschlafkrankheit. Die Eindringlinge waren wahrscheinlich bereits gegen diese Krankheiten immun, während die einheimischen Vögel sich ihrer genausowenig erwehren konnten wie seinerzeit die Eingeborenen Polynesiens den Verheerungen der Masern und anderer «harmloser» Krankheiten, die Kapitän Cook und andere frühe Besucher auf ihre Inseln brachten.

Einige Vögel sind dem Aussterben so nahe, daß wir nicht sicher sein können, ob sie von einem Jahrzehnt zum nächsten überleben werden. Eine Liste sämtlicher bedrohter Vögel würde wahrscheinlich 100 oder mehr Arten enthalten. Einige nordamerikanische Arten, die dazu gehören, sind bereits genannt worden – der Elfenbeinspecht, der Eskimo-Brachvogel, der große Schneekranich und der Kalifornische Kondor. An einer anderen Stelle der Welt erholt sich der Bonin-Albatros langsam, nachdem er auf den japanischen Bonin-Inseln beinahe ausgerottet worden war.

Es liegt etwas Unabdingbares im Aussterben. Wir können oft das genaue Datum für das endgültige Verschwinden eines Vogels vorausbestimmen, aber wir können keine Voraussagen über sich entwickelnde Arten machen. Sie brauchen ihre Zeit. Daher können die Experten sich oft nicht einigen, ob ein Vogel eine «richtige» Art darstellt, das heißt, sich rein und isoliert für sich fortpflanzt, oder ob es sich nur um eine Unterart handelt.

Alexander Wilson erwartete vor mehr als 150 Jahren zum Beispiel, daß

Der Carolina-Sittich wurde auch ein Opfer der Verfolgung durch den Menschen. Seine Angewohnheit, grüne Früchte von den Bäumen zu brechen, führte dazu, daß man ihn überall vernichtete. Mit der Besiedlung der USA wurde sein Verbreitungsgebiet, das sich ursprünglich über die ganzen Südstaaten erstreckte, stetig verkleinert. Zuletzt wurde ein Schwarm von 30 Tieren 1920 in Florida beobachtet.

der Elfenbeinspecht, der auf die Urwaldwildnis als Lebensraum angewiesen ist, aussterben würde. Gleichzeitig kündigte er das Aussterben des Helmschwarzspechtes an, aber hierin irrte er sich. Ein Stamm dieser Art, der sich in ausgeforsteten Wäldern halten konnte, war in der Lage, sich einen Lebensraum zu erobern, in dem seit mehr als einer Generation das laute Klopfen dieses «Zimmermanns» nicht zu hören gewesen war. Heute ist der Helmschwarzspecht wieder ein ziemlich häufig vorkommender Vogel.

Die Vögel, die sich Gärten, Städten, Obstgärten, Straßenrändern und Bauernhöfen anpassen konnten, gediehen am besten: die Wanderdrossel, die Singammer, die Schwirrklapperammer, der Goldwaldsänger, der Hauszaunkönig, die Spottdrossel, der Blutkardinal, der Obstblauhäher, der Lerchenstärling, die Trupiale, der Königssatrap, die Phoebe und noch mindestens zwei oder drei Dutzend andere. Die ganze Familie der Schwalben hat den Menschen völlig als «Wohltäter» angenommen. Sie bevorzugen seine Scheunen und Brücken gegenüber den Klippen und Höhlen, die sie vordem bewohnten. Baumschwalben und Mehlschwalben benutzen seine Nistkästen, und Uferschwalben bilden Kolonien in den Sandgruben und den Straßendurchschnitten. Segler ziehen Schornsteine hohlen Bäumen vor, Falkennachtschwalben legen ihre Eier auf die flachen Dächer von Bürohäusern, und so ließe sich die Liste der Vögel, die sich in der Nähe des Menschen mit Erfolg nachbarlich eingerichtet haben, fortsetzen.

Wenn unsere Städte älter sind, werden die schattigen Bäume und Gärten ohne Frage mehr Vögel beherbergen, nicht weniger. In England, einem älteren Land, gibt es, wie wir gesehen haben, in den Gärten und Landsitzen der Vorstädte die größte Vogeldichte, durchschnittlich fast 8 Vögel auf je 1000 Quadratmeter. Die optimale Vogeldichte in Waldgebieten ist weit geringer.

Um die Zukunft der meisten Singvögel brauchen wir uns keine Sorgen

Das letzte Präriehuhn starb 1932 in den USA. Die Besiedlung des Landes und der massenweise Abschuß des Tieres führten dazu, daß der Bestand gegen Ende des 19. Jahrhunderts radikal dezimiert wurde.

zu machen – vorausgesetzt, daß wir sie nicht mit chemischen Insektenbekämpfungsmitteln ausrotten. Die Vögel, die unsere Hilfe am meisten brauchen werden, sind diejenigen, die weiten Lebensraum benötigen, wie der Weißkopfseeadler und andere Vögel, die ganz besondere Bedürfnisse haben.

«Martha», die letzte Überlebende. Es erscheint wie Ironie, daß ausgerechnet der einst am zahlreichsten vorhandene wildlebende Vogel zum Symbol des Aussterbens geworden ist. Die Wandertaube, deren Menge man zur Zeit Audubons und Wilsons auf vielleicht 5 Milliarden geschätzt hat, übertraf damals an Zahl fast alle anderen brütenden Landvögel zusammen. Obwohl der letzte wildlebende Vogel dieser Art im März 1900 geschossen worden war, lebten ein paar Tiere in Gefangenschaft, bis «Martha», die einsame letzte Überlebende, am 1. September 1914 um 1 Uhr mittags amerikanischer Zeit im Zoo von Cincinnati (USA) starb.

Während in den Vereinigten Staaten und in Kanada sehr viel für die Vögel getan wird, bleibt das Problem in einigen südamerikanischen Staaten fast völlig unbeachtet. Diese geographische Einteilung findet eine Parallele in Westeuropa. Während etwa in England, Holland, der BRD, der DDR und Skandinavien die Beobachtung von Vögeln sehr verbreitet ist, sehen die Menschen der Mittelmeerländer diese Tiere lieber im Käfig und in der Bratpfanne. Unter den östlichen Völkern erreicht das Interesse an Vögeln und ihrer Erhaltung seinen Tiefpunkt in den arabischen Ländern und den Höhepunkt in Japan.

Die Inkonsequenz in der Vogelschutzpolitik ist seit dem Zweiten Weltkrieg tragisch deutlich geworden, besonders während der letzten zehn Jahre, als die Schädlingsbekämpfungsmittel überall als Wunderdrogen und Universalheilmittel angepriesen wurden. George Wallace, Professor der Zoologie an der Staatsuniversität Michigan (USA), ging so weit zu sagen, daß diese Mittel in ihren Wirkungen auf das Leben der Vögel «schlimmer als Abholzung, schlimmer als die kommerziell betriebene Jagd, schlimmer als Trockenlegung, Dürre oder Ölpest sind ... Wenn die Programme zur Schädlingsbekämpfung so weitergeführt werden, wie sie zur Zeit geplant sind, werden wir binnen eines einzigen Jahrhunderts Zeuge einer größeren Vernichtung von tierischem Leben sein als in all den Jahren menschlicher Geschichte zuvor.»

Unmerklicher als die sofortigen Folgen des Spritzens sind die Wirkungen der Rückstände. Regenwürmer, die faulendes Laub von Ulmen fressen, die Monate vorher mit DDT gegen die Ulmenkrankheit bespritzt wurden, speichern diese Gifte noch monatelang in ihrem Körper. Zehn solcher infizierten Würmer genügen, um eine Wanderdrossel zu töten, aber das Massensterben beginnt erst ein Jahr nach der Spritzung.

Die Zahl der Wanderdrosseln in einem Universitätsgelände in Michigan (USA) sank innerhalb von nur vier Jahren von 370 auf 3 Tiere. Wallace stellte fest, daß «Millionen» von Wanderdrosseln infolge der Bemühungen, die Ulmen im Mittelwesten zu erhalten, zugrunde gegangen sind. Hickey aus Wisconsin schätzte etwas zurückhaltender, daß bis zu einer halben Million umkamen, als zum erstenmal DDT bei den Ulmen des Mittelwestens angewandt wurde, und eine etwas geringere Anzahl in den Jahren darauf.

Wie die Regenwürmer speichern auch Fische DDT und andere Kohlenhydratgifte in ihrem Gewebe, und daher ist es möglich, daß der Weißkopfseeadler und der Fischadler, die beide Fischfresser sind, innerhalb der nächsten 10 oder 20 Jahre von der atlantischen Küste verschwinden werden. Die Vögel sitzen jetzt wochenlang auf abgestorbenen Eiern, nur noch wenige Junge werden großgezogen. Analysen haben ergeben, daß sowohl Fischadler- wie Seeadler-Eier beträchtliche Mengen der lebenszerstörenden Gifte aufwiesen.

Die Öffentlichkeit ist jetzt endlich auf diese Gefahren aufmerksam geworden. Forschungen werden betrieben, um Ersatz für die schädlichen Gifte zu finden. Die beste Lösung ist wahrscheinlich, selektivere Chemikalien einzusetzen und biologische Kontrollen durchzuführen. Krankheit, Räuber und Parasiten sind die Mittel der Natur, um mit der Übervölkerung fertig zu werden. Wir sollten uns diese natürlichen Kontrollen zunutze machen und Chemikalien nur insoweit verwenden, als sie die regulierenden Mechanismen der Natur selbst nicht zunichte machen.

Literaturhinweise

Allgemein

ARDLEY, N.: Die Vogelwelt. (Tessloff Wissen, 5). Neuer Tessloff Verlag, Hamburg 1975

BRUNS, H.: Ullstein Vogelbuch. Vogelkunde, Vogelbeobachtung, Vogelliebhaberei und Vogelschutz als Wissenschaft und Hobby. Ullstein GmbH Verlag 1974

CERNY, W. und K. DRCHAL: Welcher Vogel ist das? Ein Bestimmungsbuch für Vogelfreunde. (Kosmos-Naturführer). Franckh'sche Verlagsbuchhandlung, Stuttgart 1973

GERLACH, R.: Die Geheimnisse der Vogelwelt. A. Classen-Verlag GmbH, Düsseldorf 1968

GILLIARD, E. T. und G. STEINBACHER: Vögel. (Knaurs Tierreich in Farben, 3 – Volksausgabe). Droemersche Verlagsanstalt, Th. Knaur Nachf., München 1959

HANZAK, J.: Das Große Bilderlexikon der Vögel. C. Bertelsmann Verlag, München, Gütersloh, Wien 1965

NICOLAI, J.: Vogelleben. Chr. Belser Verlag, Stuttgart 1973 (auch: rororo sachbuch 6935, Rowohlt Taschenbuch Verlag GmbH, Reinbek bei Hamburg 1975

PORTMANN, A.: Kleine Einführung in die Vogelkunde. Verlag R. Piper & Co., München 1966

RORORO TIERWELT 4–6: Vögel. Rowohlt Taschenbuch Verlag GmbH, Reinbek bei Hamburg 1974

STEINBACHER, G.: Knaurs Vogelbuch. Droemersche Verlagsanstalt Th. Knaur Nachf., München 1972

Verbreitung

BRUUN, B.: Europäische Vogelwelt. (Bunte Delphin-Bücherei, 26). Delphin Verlag GmbH, Stuttgart 1974

Das READERS DIGEST BUCH der Vogelwelt Mitteleuropas. Verlag Das Beste GmbH, Stuttgart 1973

FRIELING, H.: Was fliegt denn da? Das Taschenbuch: Vögel Mitteleuropas. (Kosmos-Naturführer). Franckh'sche Verlagshandlung, Stuttgart 1966

HEINZEL, H., R. FITTER und J. PARSLOW: Pareys Vogelbuch. Alle Vögel Europas, Nordafrikas und des Mittleren Ostens. Paul Parey Verlag, Hamburg 1972

NIETHAMMER, G. (Hg.): Handbuch der Vögel Mitteleuropas. 11 Bde. Akademische Verlagsgesellschaft mbH, Frankfurt am Main

PAYSAN, K.: Vogelvolk in Flur und Garten. (Humboldt-TB, 147). Humboldt Taschenbuch Verlag Jacobi KG, München 1970

SCHMIDT, G. (Hg.) und K. BREHM: Vogelleben zwischen Nord- und Ostsee. Eine Vogelkunde Schleswig-Holsteins. Karl Wachholtz Verlag, Neumünster 1974

VOOUS, K. H.: Die Vogelwelt Europas und ihre Verbreitung. Ein tiergeographischer Atlas über die Lebensweise aller in Europa brütenden Vögel. Paul Parey Verlag, Hamburg o.J.

Verhalten

LORENZ, K.: Der Kumpan in der Umwelt des Vogels. Der Artgenosse als auslösendes Moment sozialer Verhaltensweisen. (dtv-Wissenschaftliche Reihe, 4231). Deutscher Taschenbuch Verlag, München 1973

TINBERGEN, N.: Die Welt der Silbermöwen. Musterschmidt-Verlag, Göttingen 1967

Vogelschutz

BEZZEL, E.: Belauschte Vogelwelt. Vögel beobachten und schützen. Rosenheimer Verlagshaus, Rosenheim 1973

BEZZEL, E.: Verstummen die Vögel? Unsere bedrohte Vogelwelt. Ehrenwirth Verlag GmbH, München 1973

MÖNIG, F.: Vogelschutz und -hege in Garten, Park und Siedlung. (Lehrmeister-B., 325). Albrecht Philler Verlag, Minden o.J.

Vogelstimmen

SCHALLPLATTEN. Stimmen einheimischer Vögel. Vogelstimmen aus Südeuropa. Franckh'sche Verlagshandlung, Stuttgart

THIELCKE, G.: Vogelstimmen. (Verständliche Wissenschaft, 104). Springer-Verlag KG, Berlin 1970

VOIGT, A.: Exkursionsbuch zum Studium der Vogelstimmen. Quelle und Meyer, Heidelberg 1961

Wanderungen und Vogelflug

MORRISON, T.: Vogelzüge und Tierwanderungen. (Delphin-Tb in Farbe, 28). Delphin Verlag GmbH, Stuttgart 1974

RÜPPELL, G.: Vogelflug. Kindler Verlag GmbH, München 1975

SALOMONSEN, F.: Vogelzug. (Moderne Biologie). BLV-Verlagsgesellschaft mbH, München 1969

SCHÜZ, E.: Grundriß der Vogelzugkunde. Paul Parey Verlag, Hamburg 1971

Personennamenregister

(Die Seitenzahlen können sich auch auf Abbildungen beziehen)

Aristoteles 95
Audubon, John James 35, 103, 181

Bachman, John 35
Bartsch, Paul 103
Bridger, Jim 176

Caesar, Julius 172
Chapman, Frank M. 35
Cook, Wells 84

Darwin, Charles 10, 75, 80

Fisher, James 77, 80
Friedrich II. 95
Frisch, Johann Leonhard 95

Greenewalt, Crawford 40, 48, 56
Griffiths, Alex 58

Huxley, T. H. 9

Jaeger, Edmund C. 96
Jeremias 95

Kendeigh, S. Charles 146
Koehler, Otto 140
Kramer, Gustav 118, 119, 122

Lack, David 112, 127
Linné, Carl von 95
Lorenz, Konrad 125, 135, 141

Merikallio, Einari 81
Mortensen, Christian 103

Sauer, E. G. F. 119, 123
Saunders, Aretas A. 126, 129
Sclater, P. L. 75
Stager, Kenneth 35

Tanner, James 146
Tinbergen, Niko 125, 128, 135, 141, 165

Vogt, William 128

Walllace, George 181, 184
Weller, Milton 157
Wetmore, Alexander 29
White, Gilbert 96
Wilson, Alexander 179, 181

Sachregister

(Die Seitenzahlen können sich auch auf Abbildungen beziehen)

Abendkernbeißer: Gelegenheits-Zugvogel 115
Adler: Auge 31; Brutgeschäft 167; Eiablage 154; Flug 48, 49; Flügelknochen 42; Nahrungssuche 63, 65; Nestbau 150
Adlerkolibri: Schnabel 34
Aepyornis (Madagaskar-Strauß) 13, 14
Afrikanische Witwe: Brutschmarotzer 167
Albatros 16, 18; Brutzeit 163; Eiablage 155; Fuß 38; Flug 46, 47, 49; Fortpflanzung 80; Geschlechtsreife 149
Alexandersittich, großer: Schnabel 59
Alk 20, 62; Eier 155; Fortpflanzung 80
Allesfresser 68, 73
Ammerfink: Sehfeld 32
Archaeopteryx 9–12, 48
Archaeornithes (Urvögel) 11
Auge: Augapfel 32, 33; binokulares Sehen 32; Fächer 31; Fovea 31, 33; Größe 32; Hornhaut 32; Lid 34; Linse 32, 33; monokulares Sehen 32; Netzhaut 33; Nickhaut 33, 34; Sehfeld 32; Sehschärfe 30, 31; Sehzellen 31; Vergleich mit der Sehschärfe des Menschen 31; Ziliar-Muskeln 32
Augestorbene Vögel: Dodo 22, 178, 179; Kleidervogel 179; Labrador-Ente 178, 179; Lappenhopf 38; Präriehuhn 181; Riesenalk 178, 179; Wandertaube 181
Austernfischer: Schnabel 57

Bartvogel 24
Beifußhuhn: Balzverhalten 137
Bienenfresser 24
Birkhuhn: Balzverhalten 140
Bleßhuhn 20; Fuß 39
Buntfalke (Falco sparverius): Nahrungsmenge e. Jahres 65; Verteidigung d. Weibchens 134
Buntspecht: Nahrungssuche 52
Bussard: Flug 49; Sehschärfe 30

Columbiformes (Taubenvögel) 22

Diatryma 15
Dinornis (Moa) 13, 14

Echte Vögel (Neornithes) 11
Einsiedlerkolibri: Schnabel 34
Eisvogel 24; Einzelgänger 125; Nestbau 150; Schnabel 38
Emu 14
Ente 18; Brutgeschäft 160; Eiablage 155, 157; Fuß 38; Mauser 30
Eule 23; Auge 31, 33, 34; Brutgeschäft 162; Eiablage 154; Flügelfeder 43; Fuß 39; Halsbewegung 33; Nahrungssuche 63, 64; Sehfeld 32, 33; symbolische Bedeutung 173
Eulenvögel 23
Evolution 12, 24, 55

Falke: Fuß 39; Nahrungssuche 63, 64; Schnabel 37; Sehschärfe 31
Fasan 20; Eiablage 155; Fuß 39
Feder: Ast 28; Dunen- 29, 43; Faden- 29, 43; Fahne 28, 29; Farbe 40; Flügel- 43; Kontur- 29, 43; Mauser 29, 96; Puderdunen 29; Schaft 28, 29; Schwanz- 30; Schwung- 28, 30, 40, 43, 49; Schutz 29, 43; Steuer- 43; Struktur 28; Zählung 29
Fink 25
Fischadler: Flug 48; Fuß 36
Flamingo: 18; Kolonie 85; Nestbau 152; Schnabel 37, 57
Fleischfresser: Adler 63, 65; Affenadler 67; Eule 63, 64; Falke 63, 64; Geier 63, 65; Greifvögel 64, 65; Habicht 64; Milan 65; Rabengeier 67; Raubvögel 63; Rotschwanzbussard 70; Schneckenweih 72; Sekretär 67; Sperber 64; Turmfalke 64; Uhu 67; Wanderfalke 64; Wespenbussard 67, 72; Zwergfalke 67
Fliegen 44, 45; Aufwindsegeln 46, 47, 106; Geschwindigkeit 27, 112; Gleiten 46, 48, 106; Höhe 112; Landen 49; Rütteln 48; Segeln 46, 48, 49
Flughuhn 23
Flugunfähige Laufvögel (Ratitenvögel) 13
Flügel: Daumen- 44; Form 40; Knochen 42; «Propeller» 40; Schlag 40
Fortpflanzung: Brutgeschäft 160–164; Brutschmarotzer 157, 160–167; Eiablage 154–157; gemeinsames Nisten 153; Geschlechtsreife 149; Honiganzeiger 145; Kaiserpinguin 153; Lappentaucher 150; Nestbau 147–152; Nistzeit 163, 164; Nestflüchter 165; Nesthocker 164, 165, 167; Revier 145–147; Schlüpfen d. Küken 164, 165; Tarnung d. Geleges 150; Vorspiel 148, 149
Fregattenvögel 18; Flug 49
Füße und Beine: Funktion 38, 39; Greifvogel 36; Lauffuß 37; Laufgelenk 39; Oberschenkel 39; Schwimmfuß 36, 38, 39; Stützzehe 36, 38; Tarsometatarsus 39; Verschlußmechanismus 39; Zehen 37, 38, 39

Gans 18; Beringung 107; Brutgeschäft 162; Flug 48; Fuß 38; instinktive Reaktion Feinden gegenüber 135; Mauser 30; Prägung 142; Zug 108, 116
Gänsevögel 18
Geier 20; Flug 49; Geruchssinn 35; Nahrungssuche 63, 65, 67; Sehschärfe 30
Geruchs- und Geschmackssinn 34, 35
Glanzvogel 24

Goldammer: Schlundfärbung d. Jungen 158
Greifvögel 20; Augenform 33; Brutgeschäft 162; Eiablage 154; Einzelgänger 125; Flug 46–48; Nahrungssuche 64, 65
Großfußhuhn 20; Eiablage 154, 156; Nestbau 150
Gruiformes (Kranichvögel) 20
Guanhuhn 20
Guano 61, 63, 75
Guanotölpel 61, 75

Habicht 23; Nahrungssuche 63, 64
Häher 25
Haushuhn: Brutgeschäft 160; Domestizierung 169; Fuß 39
Hesperornis (Zahntaucher) 11, 13
Hoatzin 20
Hokko 20
Hühnervögel 20

Ibis 18; Nahrungssuche 62
Ichtyornis (Kreidemöwe) 11, 12
Indigofink 78, 79
Insektenfresser: Ameisenvogel 53; Baumläufer 53; Baumsteiger 53; Bienenfresser 53; Buntspecht 52; Hornrabe 53; Kleiber 53; Kuhreiher 53; Magnolienwaldsänger 52; Racke 53; Schwalbe 53; Segler 53; Specht 54; Stocherfink 54, 55; Trappe 53; Turmfalke 53; Vireo 53; Waldsänger 52–54
instinktive Reaktion auf Gefahr 135, 136

Jassana: Zehenlänge 38

Kakadu: Schnabel 57
Kasnar 14; Fuß 39
Kinri 14; Brutzeit 163; Geruchssinn 34
Kleinschnabelkolibri: Schnabel 34
Knochengerüst 30; vgl. mit dem der Reptilien 17
Kolibri 23; Balzverhalten 137; Eiablage 154, 155; Flug 40, 46–48; Flugmuskeln 30; Fuß 39; Nestbau 149; Schnabel 34
Kolkrabe: Verbreitung 77
Kolonie 146
Kondor: Eiablage 154; Nahrungssuche 65
Konvergenz 15, 16, 23, 38
Königsgeier: Nickhaut 33
Königspinguin: Nickhaut 33; Pupille 33
Kormoran 18; Fuß 38
Körnerfresser: Ammer 55; Fink 55; Sperlingsvögel 55
Kragenhuhn: Lauffuß 37
Krähe 25
Kranich 20; Nahrungssuche 62
Kranichvögel 20
Kreuzschnabel: Schnabel 57
Kuckuck 23; Brutschmarotzer 157, 160, 167; Eiablage 154, 157, 160; Einzelgänger 125; Wachstum 167
Kuckucksartige Vögel 23; Zug 116
Kuhstärling: Brutschmarotzer 167

Leierschwanz 25; Brutgeschäft 160
Lemming-Zyklus 92, 93
Lerche: Fuß 38
Lerchenstärling 78; Brutgeschäft 164; Gesang 126; Revier 146
Löffler: Nahrungssuche 62
Luftsäcke 30, 42, 61

Mauersegler: Fuß 39; Schnabel 39
Mauser 29; Alpenschneehuhn 96
Mausvögel (Coliiformes) 24
Meerespelikan oder Braunpelikan 6; Luftsäcke 61
Meise: Fuß 38
Möwe 20; Eiablage 154, 157; Flug 49; Fuß 38; künstliche Einfärbung 122; Verständigung 133

Nachteule: Schwungfeder 43
Nachtschwalbe 23; Einzelgänger 125
Nahrungsvolumen im Verhältnis zur Körpergröße 65, 146
Nashornvogel 24; Schnabel 37
National Audubon Society 79
Nektarsammler: Kleidervögel 58; Kolibri 55, 58; Lori 58; Seidenschwanz 58, 59; Zwergkolibri 55, 56
Nektarvögel (Nectariniidae) 57, 58

Ohrentaucher 18; Fuß 36
Ornithologe (Vogelkundler) 34

Papagei 23; Brutgeschäft 162; gemeinsames Nisten 153; Schnabel 37
Papageivögel 23
Paradiesvogel 25; Balzverhalten 137
Pelikan 18; Flug 48; Flügelschlag 40; Luftsäcke 61; Schnabel 36
Pfau: Feder 40
Pfefferfresser 24
Phoenix-Huhn 170
Phororhacos 15
Pieper: Fuß 38
Pinguin 16; Aufzucht d. Jungen 153; Mauser 30; Magellanpinguin 90; Verständigung 132; Zählung 80
Pterodactylen (flugfähige Reptilien) 11

Rabe: Fuß 37
Racke 24
Rackenvögel 24
Ralle 20; Einzelgänger 125
Raubvögel: Nahrungssuche 63–72
Rauhfußhuhn 20; Balzverhalten 137; Brutgeschäft 162; Fuß 38
Rebhuhn 20
Regenpfeifervögel 20
Reiher 18; Brutgeschäft 162, 163; Einzelgänger 125; Fuß 37, 38; Gefiederpflege 29; Nahrungssuche 62; Schnabel 38; Verständigung 136

Reptilien, gemeinsame Merkmale mit 9–11, 16, 27, 28
«Röhrennasen» 16, 18; Geschmackssinn 34
Rohrdommel: Gefiederpflege 29
Rotschwanzbussard: Flug 48
Rubinkehlkolibri: Flügelschlag 40

Sägeracke 24
Scherenschnäbel: Nahrungssuche 51
Schlangenhalsvogel oder Pfeilschütze 18; Schnabel 57
Schlundfärbung 158
Schnabel: Funktion 36, 38, 57, 59; Gewicht 38; Körnerfresser 55; Kolibri 34
Schnäpperwaldsänger 78, 79
Schneegans: Beringung 95
Schneidervogel: Nestbau 151
Schnepfe: Schnabel 37
Schreiregenpfeifer: Brutgeschäft 165
Schreit- und Flamingovögel 18
Schuppen 28, 29, 37
Schwalbe: Beringung 95, 103; Flug 48; Fuß 39; Nestbau 152; Zug 98, 106
Schwalmvögel 23
Schwan 18
Schwarzmantelscherenschnabel: Nahrungssuche 51
Schwertschnabelkolibri: Schnabel 34
Seeschwalbe 27; Brüten 163; Eier 156; Nestbau 147, 149; Schnabel 38; Verständigung 136
Seetaucher 16; Fuß 38; Knochen 62; Schnabel 38; Sehschärfe 30
Seevögel: Geschlechtsreife 149; Guano 61, 63; Nahrungssuche 61–63; Nestbau 156; Zählung 80, 81, 84
Seglerartige Vögel 23
Seltene Vögel: Bonin-Albatros 179; Carolina-Sittich 180; Elfenbeinspecht 85, 88, 89, 179, 180; Eskimo-Brachvogel 85, 88, 89, 174, 179; Flamingo 85; Galapagos-Albatros 89; Kalifornischer Kondor 88, 89, 177, 179; Sandwichgans 88, 89; Schneckenweih 88; Schneekranich 88, 179; Storch 183; Wachtel 174
Singammer 78, 79; Nestbau 150
Singvögel: Eiablage 157; Gesang 126, 127, 129; Nestbau 150; Revier 146; Sehfeld 32; Sehschärfe 31; Wachsen 167
Specht 24; Fuß 36; Nahrungssuche 54, 78; Zunge 54
Spechtvögel 24
Sperber: Nahrungssuche 64; Sehschärfe 30
Sperling 25; Flug 46, 47
Sperlingsvögel oder Passeres 25; Brutzeit 163; Eiablage 154; gemeinsames Nisten 153; Nestbau 148
Spezialisten bei der Nahrungssuche: Fettschwalm o. Guacharo 72; Fregattvögel 73; Grauwürger 68; Honigsauger 72; Palmgeier 72; Pfeifente 73; Raubmöwe 73; Stahlmantelmöwe 73; Weißkopfseeadler 73
Spottdrossel: Flügelschlag 40
Steinadler 28; Revier 146
Steißfüße (Familie: Lappentaucher) 18
Steißhühner 15
Stockente: Fuß 36
Stoffwechsel 65
Storch 18; Brutgeschäft 162; Lebensbedrohung 183; Nahrungssuche 62; Zug 98, 106
Strauß 14; Auge 31; Darstellung 170; Fuß 37, 39
Sturmschwalbe 16
Sturmtaucher 16; Fortpflanzung 80; Zählung 80

Tagesgreifvögel: Nahrungssuche 67
Taube 22; Flügelschlag 40; Flug 46, 47; Nestbau 155; Orientierung 117, 118
Taubenvögel 22, 23
Thermometerhuhn: Brutzeit 163
Todi 24
Tölpel 18; Fuß 38; Luftsäcke 61
Töpfervogel: Nestbau 152, 154
Trappe 20
Trogon 24
Truthahn 20
Truthahngeier: Flug 48
Tukan 24; Eier 155; Schnabel 37
Turako 23
Tyrannen: Beringung 103; Graukehlfliegentyrann 76; Groß-Piwihtyrann 76; Nordamerika-Fliegentyrann 76; Olivfliegentyrann 76; Verständigung 132; West-Wandertyrann 76

Uhu: Nahrungssuche 63, 67

Verbreitung 77, 78; feste Reviere 89, 92; Zyklen 92, 93
Verständigung: Aggressivität 130, 137; angeborene Fähigkeit 129; Arena-System 137, 140; Buchfink 127; Drossel 128; erworbene Fähigkeit 129; Experimente zur Erforschung 127, 132, 141; Färbung 127, 129; Gesang 125, 126, 128, 129; geschlechtsbedingte V. 127, 128, 136, 137; Hauptgruppen d. Verständigungsarten 132, 133; Interpretationssystem Klippenvögel 137; Kragenhuhn 138; Leierschwanzwidah 137; Lernen 140–143; nichtstimmliche V. 138; Piepenwaldsänger 128; Pinguin 132; Puter 137; Regenpfeifer 142; Rotaugenvireo 128; Rotkelchen 127; Rotschulterstärling 127; Seeschwalbe 136; Singammer 129, 130; Spottdrossel 129; Sumpfohreule 143; Star 129; Täuschung 142, 143; Verteidigung 134; Weißstorch 136; Werbung 128, 130, 137; Zugvögel 132
Vireo: Nestbau 152
Vogelzug: Austernfischer 111; Beringung 103 bis 105, 107, 110; Borstenbrachvogel 116; Buntfußsturmschwalbe 101; Experimente zur Erforschung 117–119, 121–123; Gelegenheitszugvögel 115; Goldregenpfeifer 101, 104, 116; Graubruststrandläufer 102; Instinkt-Zugvögel

110; Kanadagans 108; Kleiner Gelbschenkel 111; Kranich 95; Küstenseeschwalbe 98, 104; Moorschneehuhn 101; Nachtwanderer 108, 119, 123; Orientierung 102, 103, 113, 115 bis 123; Pelikan 95; Reisstärling 102, 106; Spießente 111; Star 118, 121, 122; Storch 98; Strandläufer 104, 105; Sturmtaucher 101; Tag-Wanderer 108, 119; Ursachen 112, 113, 115; Weißstorch 98, 106; Wetter-Zugvögel 108; Wildgans 106

Wachtel 20
Waldsänger: Revier 146
Waldschnepfe: Sehfeld 32
Wanderalbatros: Balzverhalten 125; Flug 49
Wanderdrossel: Bedrohung durch DDT 184; Nestbau 150; Revier 146; Sehfeld 32; Verständigung 132
Wanderfalke: Nahrungssuche 64
Wassertreter: Fuß 39
Watvogel 20; Nahrungssuche 63; Naturschutz 174
Weißkopfseeadler 28; Nestbau 149; Schutzbedürftigkeit 181, 184
Weißwangenbergtaube: Milchabsonderung 162
Wiedehopf 24
Winterschlaf: Nachtschwalbe 96

Zählung 75, 76, 79; Afrika 85; Europa und UdSSR 81–84; Seevögel 80, 81, 84; USA 84
Zaunkönig 25; Eiablage 154; Nestbau 150
Ziegenmelker: Fuß 39
Zusammenleben mit Menschen: Bankivahuhn 169; Darstellung 170, 173, 175; DDT-Wirkung 184; Ente 176; Geflügelfabrik 170; Guano-Abbau 174; Helmschwarzspecht 180; Jagd 174–176; Kampfhahn 169, 170; Kanarienvogel 172; Krankheiten d. Vögel 177; Puterzucht 169, 170, 172; Schwalbe 180; Singvögel 180; Stockente, ökonomische Bedeutung 170; Taubenzucht 172; Vermehrung, explosive (d. Vögel) 176; Vogelschutz 173–176, 181, 184; Wellensittich 173; Züchtung 170

Danksagungen

Die Herausgeber dieses Buches sind vor allem zu Dank verpflichtet: Eugene Eisenmann, Research Associate, Department of Ornithology, The American Museum of Natural History, der das ganze Buch las, und Andrew J. Berger, Associate Professor of Anatomy, University of Michigan; Roland C. Clement, Staff Biologist, National Audubon Society; James Fisher, Direktor und Herausgeber der Rathbone Books, London, sowie Robert J. Newman, Kurator, Museum of Zoology, Louisiana State University, die die einzelnen Kapitel jeweils auf ihrem Fachgebiet lasen und kritisierten.

Die Herausgeber haben ebenfalls zu danken: John Aldrich, U.S. Fish and Wildlife Service; Arthur Allen, Cornell University; Dean Amadon, The American Museum of Natural History; Pierce Brodkorb, University of Florida; dem verstorbenen James Chapin, The American Museum of Natural History; William Conway, New York Zoological Park; Philip A. DuMont und Allan Duvall, U.S. Fish and Wildlife Service; Crawford H. Greenewalt und Doubleday and Co. für die Erlaubnis, *Hummingbirds* als Quelle für die Zeichnungen auf S. 144 und 145 zu benutzen; Mary Heimerdinger, Yale University; Joseph H. Hickey, University of Wisconsin; Peter Paul Kellogg, Cornell University; Jane Kinne, Photo Researchers, Inc.; Wesley E. Lanyon, Robert Cushman Murphy und Charles E. O'Brien, The American Museum of Natural History; A. H. und A. W. Reed, Neuseeland; S. Dillon Ripley, Yale University; Charles G. Sibley, Cornell University; John H. Storer; Niko Tinbergen, Oxford University, England; Joel Carl Welty, Beloit College; Robert Woodward, National Audubon Society; Rhea Zinman, U.S. Department of Agriculture; Patuxent Research Refuge, U.S. Fish and Wildlife Service, sowie der Bibliothek des American Museum of Natural History.

Der Autor dankt auch den folgenden Personen, die Daten zu der Karte auf S. 82/83 beitrugen: Gordon Alcorn, Washington; Robert Arbib, New York; Alfred M. Bailey, Colorado; James L. Baillie, Ontario; Joyce A. Bates, Vermont; William H. Behle, Utah; Alexander Bergstrom, Connecticut; Francisco Bernis, Spanien; James Bond, West Indien; Maurice Brooks, West Virginia; John L. Bull, New Jersey; Thomas D. Burleigh, Idaho; Joseph Cadbury, New Jersey; Roland C. Clement, Rhode Island; Ben B. Coffey, Britisch-Kolumbien; Kai Curry-Lindahl, Schweden; David Cutler, New Jersey; Clifford V. Davis, Montana; L. Irvy Davis, Mexiko; David A. Easterla, Kansas; Ruth Emery, Massachusetts; Robert B. Etchecopar, Frankreich; James Fisher, Großbritannien, Rußland; Sergio Frugis, Italien; Robert W. Fuller, Vermont; Mrs. Robert Gammell, Nord-Dakota; B. E. Gandy, Mississippi; Albert F. Ganier, Tennessee; Paul Geroudet, Schweiz, Frankreich, Deutschland; Bruce Glick, Mississippi; W. Earl Godfrey, Alberta, Quebec, Labrador, Prince Edward Island,

New Brunswick, Northwest Territories, Yukon; Richard R. Graber, Illinois; Finnur Gudmundsson, Island; Gordon Gunter, Mississippi; Dr. Henry D. Haberyan, Mississippi; Earl H. Hath, Missouri; Mrs. Richard C. Hebert, New Hampshire; Joseph J. Hickey, Wisconsin; Julian Hill, Delaware; Holger Holgersen, Norwegen; P. A. D. Hollom, Großbritannien, Irland, Europa; Stuart Houston, Saskatchewan; Laurence P. Howe, Vermont; Dr. Joseph C. Howell, Tennessee; Douglas James, Arkansas; Ned. K. Johnson, Nevada; Brina Kessel, Alaska; Edgar Kincaid, Texas; J. Kist, Holland; Donald E. Kunkle, New Jersey; Harrison F. Lewis, Neuschottland; Bernt Löppenthin, Dänemark; Carl-Frederick Lundevall, Schweden; Locke L. Mackenzie, Connecticut; David B. Marshal, Oregon; Joseph T. Marshall Jr., Arizona; Robert M. Mengel, Kentucky; Marion F. Metcalf, Vermont; Burt L. Monroe Sr., Kentucky; Russel E. Mumford, Indiana; Reverend J. Murray, Virginia; Robert J. Niedrach, Colorado; G. Niethammer, Deutschland; Ralph Palmer, Maine; Kenneth C. Parkes, Pennsylvania; Peter Peterson, Iowa; Fred J. Pierce; Iowa; Tudor Richards, New Hampshire; Frank Richardson, Nevada; S. Dillon Ripley, Indien und Pakistan; Chandler Robbins Jr., Maryland; William B. Robertson Jr., Florida; Gerth Rokitansky, Österreich; W. Rydzewski, Polen; Oliver K. Scott, Wyoming; Marion Smith, Vermont; Wendell Smith, Vermont; Dorothy E. Snyder, Massachusetts; Alexander Sprunt Jr., South Carolina; James D. Stewart, Vermont; Herbert L. Stoddard Sr., Georgia; Finn Salomonsen, Dänemark, Grönland; Arnold Small, Kalifornien; George M. Sutton, Oklahoma; M. J. Tekke, Holland; Edward S. Thomas, Ohio; Harrison B. Tordoff, Michigan; Milton B. Trautman, Ohio; Leslie M. Tuck, Neufundland; Harold F. Tufts, Neuschottland; Charles Vaurie, China, Korea, Äußere Mongolei; Dwain W. Warner, Minnesota; N. R. Whitney, Süd-Dakota.

Bildquellennachweis

(Die Seitenzahlen stehen vor den Namen derer, die Fotos, Zeichnungen oder Graphiken für diesen Band zur Verfügung gestellt haben.)

Umschlagvorderseite: Dmitri Kessel. 7: Helen Cruickshank von National Audubon Society. 8, 10: Rudolf Freund. 12–15: Roger Tory Peterson. 17: Lois und Louis Darling. 19: Georg Nystrand von Frank Lane. 21: John Markham. 22: N. R. Farbman. 26: Robert B. Goodman von Black Star. 28: Lois und Louis Darling. 31: Adolph E. Brotman. 32: Lois und Louis Darling. 33: Constance P. Warner. 34, 35: René Martin. 36, 37: Lois und Louis Darling. 41: R. van Nostrand von National Audubon Society. 42: Andreas Feininger. 43: Lilo Hess, außer oben links: Marie Hansen. 44–47: nach Feder- und Kamerastudien von Richard E. Bishop und Edgar M. Queeny. 50: Time-Life-Archiv. 52/53: Hermann Schunemann von Annan Photo Service. 54–57: Lois und Louis Darling. 59: Constance P. Warner. 60, 61: Kurt Severin. 63: Robert Cushman Murphy. 65: Peter Parnell. 66, 67: Shelly Grossman. 68/69: Time-Life-Archiv. 70, 71: Shelly Grossman. 74: Robert Cushman Murphy. 76/77: Mark A. Binn. 78, 79: Lois und Louis Darling. 81: Niall Rankin. 82/83: Bill Dove. 86/87: Hans W. Silvester. 88, 89, 90/91: Roger Tory Peterson. 94: J. R. Eyerman. 97: René-Pierre Bille. 98, 102: Roger Tory Peterson. 105–107, 109: John G. Zimmermann. 110: William J. Johoda von National Audubon Society. 111: Albert Fenn. 113: James Whitmore. 114: Eric Schaal. 117: James Whitmore. 118, 119: Adolph E. Brotman. 120/121: James Whitmore. 122: Leonard McCombe. 124: Niall Rankin. 126: Leonard W. Wing aus National History of Birds, a Guide to Ornithology, © 1956, The Ronald Press Company. 130/131: Treat Davidson von National Audubon Society. 134: Leonard Lee Rue 3rd von Monkmeyer Press Photos. 135: Lois und Louis Darling. 138/139: David Goodnow. 141: Lois und Louis Darling. 142: O. S. Pettingill jr. von National Audubon Society. 143: Roger Tory Peterson. 144: Gordon A. Ranger mit freundlicher Genehmigung von H. Friedman. 147: William H. Drury jr. 148: Peter Parnell. 151: Loke Wan Tho. 154: Peter Parnell. 155: B. Max Thompson von National Audubon Society. 156: Roger Tory Peterson. 158/159: Walter Rohdich von Annan Photo Service. 161: L. H. Smith von Len Sirman Press. 162: Walter Dawn. 164, 165: Roger Tory Peterson. 166: John Markham. 168: Alfred Eisenstaedt. 171: Emil Schulthess mit freundlicher Genehmigung von Gonzett und Huber von Black Star. 173: Charles Mohr von National Audubon Society. 175: Aus Ägyptische Malerei, Edition Skira, Genf. 178–181: Roger Tory Peterson. 182, 183: Thomas D. McAvoy.